**Hillbilly,
una elegía rural**

Biografía

J. D. Vance es el candidato republicano a vicepresidente
de Estados Unidos. Creció en el cinturón industrial de
Middletown, Ohio, y en la ciudad de Jackson, Kentucky,
en los Apalaches. Tras terminar la preparatoria se alistó en el
Cuerpo de Marines y sirvió en Irak. Posteriormente se graduó
de Ohio State University y de la Facultad de Derecho de Yale.
Vive en San Francisco con su esposa y dos hijos.

J. D. Vance

Hillbilly, una elegía rural

Memorias de una familia
y una cultura en crisis

Traducido por Ramón González Férriz

DEUSTO

Obra editada en colaboración con Editorial Planeta – España

Título original: *Hillbilly Elegy*
Publicado por HarperCollinsPublishers, Nueva York, 2016

© J. D. Vance, 2016
© de la traducción, Ramón González Férriz, 2017

Adaptación de la portada: Booket / Área Editorial Grupo Planeta
Ilustración de la portada: © Netflix [2020]. Used with permission.

© 2017, Centro Libros PAPF, S. L. U. – Barcelona, España

Derechos reservados

© 2024, Editorial Planeta Mexicana, S.A. de C.V.
Bajo el sello editorial BOOKET M.R.
Avenida Presidente Masarik núm. 111,
Piso 2, Polanco V Sección, Miguel Hidalgo
C.P. 11560, Ciudad de México
www.planetadelibros.com.mx

Primera edición impresa en España en Colección Booket: noviembre de 2020
ISBN: 978-84-234-3223-3

Primera edición impresa en México en Booket: noviembre de 2024
ISBN: 978-607-39-2085-8

Impreso en los talleres de Litográfica Ingramex, S.A. de C.V.
Centeno núm. 162-1, colonia Granjas Esmeralda, Ciudad de Méico
Impreso en México – *Printed in Mexico*

Índice

Introducción 9

Capítulo 1 19
Capítulo 2 31
Capítulo 3 45
Capítulo 4 53
Capítulo 5 67
Capítulo 6 85
Capítulo 7 103
Capítulo 8 119
Capítulo 9 129
Capítulo 10 151
Capítulo 11 175
Capítulo 12 191
Capítulo 13 203
Capítulo 14 217
Capítulo 15 229

Conclusión 241

Agradecimientos 251

Para mamaw y papaw, mis terminators *hillbillies*

Introducción

Me llamo J. D. Vance y creo que debería empezar con una confesión: la existencia de este libro que tienes en las manos me parece un tanto absurda. En la portada dice que son unas memorias, pero tengo treinta y un años y soy el primero en reconocer que en mi vida no he conseguido grandes logros; ninguno, sin duda, que justifique que un completo desconocido pague dinero para leer sobre ella. Lo más cool que he hecho, al menos teóricamente, es graduarme en Derecho en Yale, algo que al J. D. Vance de trece años le habría parecido absurdo. Pero unas doscientas personas hacen lo mismo cada año, y créeme, no te interesaría leer sobre la mayoría de sus vidas. No soy senador, gobernador o exsecretario del gobierno. No he fundado una empresa valorada en mil millones de dólares o una ONG que esté cambiando el mundo. Tengo un buen trabajo, estoy felizmente casado, tengo una casa cómoda y dos perros alegres.

Así que no escribí este libro porque haya logrado algo extraordinario. Escribí este libro porque he logrado algo bastante ordinario, cosa que no les sucede a la mayoría de los chicos que crecieron como yo. Porque yo crecí siendo pobre en el Cinturón del Óxido, en un pueblo acerero de Ohio que ha estado perdiendo puestos de trabajo y esperanzas desde que tengo memoria. Por decirlo suavemente, tengo una relación compleja con mis padres, y mi madre ha luchado contra las adicciones durante casi toda mi vida. Mis abuelos, ninguno de los cuales acabó la educación secundaria, me educaron, y solo algunos parientes lejanos fueron a la universidad. Las estadísticas dicen que los chicos como yo tienen un futuro lúgubre; que si tienen buena suerte lograrán no depender de los apoyos sociales, y que si tienen mala suerte morirán de una sobredosis de heroína, como les sucedió a docenas en mi pequeño pueblo solo el año pasado.

Yo era uno de esos chicos con un futuro lúgubre. Casi dejé la preparatoria. Casi me dejé llevar por la ira profunda, por el resentimiento que sentía todo el mundo a mi alrededor. Hoy la gente me mira, a mí y a mi trabajo y a mis credenciales de una universidad de élite, y da por hecho que soy una especie de genio, que solo una persona realmente extraordinaria podría haber llegado al lugar que ocupo hoy. Pero con todo el respeto para esa gente, creo que esa teoría es una estupidez. Independientemente del talento que tenga, estuve a punto de cagarla hasta que un puñado de gente que me quería me rescató.

Esta es la historia real de mi vida y esa es la razón por la que escribí este libro. Quiero que la gente sepa qué se siente cuando se está a punto de dejarlo todo y por qué es posible no hacerlo. Quiero que la gente comprenda qué pasa en la vida de los pobres y el impacto psicológico que la pobreza espiritual y material tiene en sus hijos. Quiero que la gente comprenda el «sueño americano» tal como mi familia y yo nos lo encontramos. Quiero que la gente comprenda qué es la movilidad social ascendente. Y quiero que la gente comprenda algo que he aprendido solo hace poco: que los demonios que hemos dejado atrás quienes hemos tenido la suerte de vivir el sueño americano siguen persiguiéndonos.

Hay un componente étnico alrededor de toda mi historia. En una sociedad como la nuestra, tan preocupada por la raza, muchas veces el vocabulario no pasa del color de la piel —«negros», «asiáticos», «privilegio blanco»—. A veces estas categorías amplias son útiles, pero para entender mi historia hay que fijarse en los detalles. Quizá sea blanco, pero no me identifico con los WASP (blancos anglosajones protestantes) del nordeste. En cambio, me identifico con los millones de estadounidenses blancos de clase trabajadora y de ascendencia escocesa e irlandesa que no tienen un título universitario. Para esa gente, la pobreza es una tradición familiar: sus antepasados fueron jornaleros en la economía esclavista del sur, después de eso aparceros, después de eso mineros del carbón, y en tiempos más recientes maquinistas y empleados de fábricas de acero. Los estadounidenses los llaman hillbillies, *rednecks* (cuello rojo) o basura blanca. Yo los llamo vecinos, amigos y familia.

Los escoceses-irlandeses son uno de los subgrupos más distintivos de Estados Unidos. Como señaló un testigo: «Al viajar por América, los escoceses-irlandeses me han impresionado como la subcultura regional, con mucho, más persistente e invariable del país. Sus estructuras familiares, su religión y sus ideas políticas, y su vida social permanecen invariables si se comparan con el abandono general de la tradición que ha tenido lugar en casi todas partes.»[1] Esta aceptación distintiva de la tradición cultural contiene muchos rasgos positivos —un intenso sentido de la lealtad, una abnegada dedicación a la familia y al país—, pero también muchos negativos. No nos gustan los de fuera o la gente que es distinta de nosotros, sea por su aspecto, por cómo actúa o, lo que es más importante, por cómo habla. Para comprenderme, debes comprender que soy un hillbilly escocés-irlandés de corazón.

Si la etnicidad es una cara de la moneda, la geografía es la otra. Cuando la primera oleada de inmigrantes escoceses-irlandeses llegó al Nuevo Mundo en el siglo XVIII, sintió una profunda atracción por los montes Apalaches. Esta región es ciertamente inmensa —va de Alabama a Georgia en el sur y de Ohio a partes de Nueva York en el norte—, pero la cultura de los Grandes Apalaches está muy cohesionada. Mi familia, de los montes

---

1. Razib Khan, «The Scots-Irish as Indigenous People», *Discover*, 22 de julio de 2012, <http://discovermagazine.com/gnxp/2012/07/the-scots-irish-as-indigenouspeople/#.WG_ib_nhDIU>.

del este de Kentucky, se describe como hillbilly, pero Hank Williams, Jr. —nacido en Luisiana y residente en Alabama— también se identifica como tal en su himno rural blanco *A Country Boy Can Survive*. Fue la reorientación política de los Grandes Apalaches, de demócratas a republicanos, lo que redefinió la política estadounidense después de Nixon. Y es en los Grandes Apalaches donde la fortuna de la clase trabajadora parece más sombría. De la escasa movilidad social a la pobreza, pasando por el divorcio y la adicción a las drogas, mi pueblo es un foco de desesperación.

No es sorprendente, por lo tanto, que seamos gente pesimista. Sí es más sorprendente que, como han descubierto algunas encuestas, los blancos de clase trabajadora son el grupo más pesimista de Estados Unidos. Más pesimista que los inmigrantes latinos, muchos de los cuales sufren una pobreza impensable. Más pesimista que los estadounidenses negros, cuyas perspectivas materiales siguen estando por detrás de las de los blancos. Aunque la realidad permite un cierto grado de cinismo, el hecho de que los hillbillies como yo sean más negativos acerca del futuro que otros muchos grupos —algunos de los cuales están claramente más desamparados que nosotros— sugiere que ocurre algo más.

Y, de hecho, así es. Estamos más aislados socialmente que nunca y transmitimos ese aislamiento a nuestros hijos. Nuestra religión ha cambiado: está construida alrededor de iglesias basadas en una fuerte retórica emocional, pero que carecen del apoyo social necesario para permitir que a los niños pobres les vaya bien. Muchos de nosotros hemos abandonado la mano de obra o hemos decidido no cambiar de lugar de residencia en busca de mejores oportunidades. Nuestros hombres sufren una peculiar crisis de masculinidad, y algunos de los rasgos que nuestra cultura inculca hacen que les sea difícil tener éxito en un mundo cambiante.

Cuando menciono la grave situación de mi comunidad, con frecuencia me encuentro con una explicación que dice algo así: «Por supuesto que las perspectivas de los blancos de clase trabajadora han empeorado, J. D., pero te estás adelantando. Se divorcian más, se casan menos y son menos felices porque sus oportunidades económicas han disminuido. Solo con que tuvieran un mejor acceso a puestos de trabajo, otros aspectos de su vida también mejorarían.»

En el pasado yo era también de esa opinión, y durante mi juventud quería creer en ella desesperadamente. Tiene sentido. No tener trabajo es estresante y no tener suficiente dinero para vivir lo es aún más. A medida que el centro de producción del Medio Oeste industrial se vaciaba, la clase trabajadora blanca perdió tanto su seguridad económica como el hogar estable y la vida familiar que esta permite.

Pero la experiencia es un maestro difícil y me enseñó que esta historia de inseguridad económica es, en el mejor de los casos, incompleta. Hace unos años, durante el verano antes de empezar los estudios de Derecho en Yale, busqué un trabajo de tiempo completo para financiar mi mudanza a New Haven, Connecticut. Un amigo de la familia me sugirió que trabajara para él en un negocio mediano de distribución de baldosas para pavimento cerca de mi pueblo. Las baldosas pesan muchísimo. Cada una pesa entre un kilo y medio y tres kilos y lo normal es que se empaqueten en cajas de ocho o doce piezas. Mi primera obligación fue levantar las baldosas hasta una plataforma de transporte y prepararla para el envío. No era fácil, pero me pagaban trece dólares por hora y necesitaba el dinero, de modo que acepté el trabajo y trabajé todos los turnos y horas extra que pude.

La empresa de baldosas tenía unos doce empleados y la mayoría de ellos había trabajado allí muchos años. Un tipo tenía dos trabajos de tiempo completo, pero no porque lo necesitara: su segundo trabajo en la empresa de baldosas le permitía perseguir su sueño de pilotar un aeroplano. En mi pueblo, trece dólares por hora era dinero para un tipo soltero —un departamento decente costaba unos quinientos dólares al mes— y la empresa de baldosas ofrecía aumentos con regularidad. Todos los empleados que llevaban trabajando allí unos cuantos años ganaban al menos dieciséis dólares por hora en una economía en retroceso, lo que significaba unos ingresos anuales de cerca de 32 mil dólares, muy por encima de la línea de la pobreza hasta para una familia. A pesar de esta situación relativamente estable, a los jefes les resultaba imposible ocupar mi puesto en el almacén con un empleado fijo. Cuando me fui, en el almacén trabajaban tres tipos; con veintiséis años, yo era con mucho el mayor.

Un tipo al que llamaré Bob se había incorporado al almacén de baldosas pocos meses antes de que lo hiciera yo. Bob tenía diecinueve años y su novia estaba embarazada. El gerente le ofreció amablemente un puesto administrativo a la novia para responder las llamadas telefónicas. Los dos eran trabajadores horribles. La novia no iba al trabajo uno de cada tres días y nunca avisaba con antelación. Aunque le advirtieron una y otra vez que cambiara esa manera de actuar, la novia no duró más que unos meses. Bob faltaba al trabajo al menos un día a la semana y siempre llegaba tarde. Además de eso, con frecuencia se tomaba tres o cuatro pausas para ir al baño cada día, a veces de más de media hora. La situación empeoró tanto que al final de mi tiempo allí otro empleado y yo convertimos aquello en un juego: cuando iba al baño poníamos en marcha un cronómetro y gritábamos por el almacén los tiempos: «¡Treinta y cinco minutos!», «¡Cuarenta y cinco minutos!», «¡Una hora!»

Al final también despidieron a Bob. Cuando se lo comunicaron, le soltó a su jefe: «¿Cómo puedes hacerme esto? ¿No sabes que mi novia está embarazada?» Y no era el único. Al menos otras dos personas, incluido un primo de Bob, fueron despedidas o dejaron el trabajo durante el poco tiempo que pasé en el almacén de baldosas.

Cuando hablas de igualdad de oportunidades no puedes ignorar historias como esta. Los economistas que ganan premios Nobel se preocupan por el declive del Medio Oeste industrial y el abandono del centro económico de los trabajadores blancos. Lo que quieren decir es que los trabajos industriales se han desplazado al extranjero y que para la gente sin título universitario es más difícil conseguir trabajos de clase media. Cierto, yo también me preocupo por esto. Pero este libro trata de otra cosa: lo que pasa en la vida de la gente real cuando la economía industrial se hunde. Sobre cómo se reacciona a las malas circunstancias de la peor manera posible. Sobre una cultura que anima cada vez más a la descomposición social en lugar de contrarrestarla.

Los problemas que vi en el almacén de baldosas son mucho más profundos que las tendencias macroeconómicas y las medidas políticas. Demasiados jóvenes inmunes al trabajo duro. Buenos trabajos imposibles de cubrir durante un cierto lapso de tiempo. Y un joven con toda la necesidad de trabajar —una futura esposa que mantener y un bebé en camino— despreciando irresponsablemente un buen trabajo con un seguro médico excelente. Y lo más inquietante es que después de todo pensó que le habían hecho algo a él. Hay aquí una falta de voluntad: la sensación de que tienes poco control sobre tu vida y una disposición a culpar a todos los demás excepto a ti mismo. Esto es distinto del paisaje económico general del Estados Unidos moderno.

Vale la pena señalar que, aunque me centro en el grupo de gente que conozco —los blancos de clase trabajadora con vínculos con los Apalaches—, no estoy diciendo que merezcamos más solidaridad que otras personas. Esta no es la historia sobre por qué los blancos tienen más razones por las que quejarse que la gente negra o de cualquier otro grupo. Dicho esto, espero que los lectores de este libro sean capaces de obtener de él una idea de cómo la clase y la familia afectan a los pobres sin filtrar sus visiones a través del prisma racial. Para demasiados analistas, términos como «reina del *welfare*» conjuran imágenes injustas de una madre negra vaga que vive del seguro de desempleo. Los lectores de este libro se darán cuenta rápidamente de que hay poca relación entre ese espectro y mis argumentos: he conocido a muchas reinas del *welfare*; algunas eran mis vecinas, y todas eran blancas.

Este libro no es un estudio académico. En los últimos años, William Julius Wilson, Charles Murray, Robert Putnam y Raj Chetty han escrito tratados convincentes y bien documentados que han demostrado que la movilidad ascendente cayó en los años setenta y nunca se recuperó de veras, que a algunas regiones les ha ido mucho peor que a otras (sorpresa: los Apalaches y el Cinturón del Óxido sacan malas puntuaciones) y que muchos de los fenómenos que yo he visto en mi vida existen en toda la sociedad. Puedo poner alguna mínima objeción a algunas de sus conclusiones, pero han demostrado de manera convincente que Estados Unidos tiene un problema. Aunque utilizaré datos, y aunque a veces me apoyo en estudios académicos para sostener un argumento, mi objetivo principal no es convencerte de un problema documentado. Mi objetivo principal es contarte una historia verdadera sobre cómo se siente ese problema cuando naces con él colgado del cuello.

No puedo contar esta historia sin apelar al reparto de papeles que conforman mi vida. De modo que este libro no son solo unas memorias personales, sino familiares, una historia de oportunidad y ascenso social vista a través de los ojos de un grupo de hillbillies de los Apalaches. Hace dos generaciones, mis abuelos eran pobres de solemnidad y estaban enamorados. Se casaron y se mudaron al norte con la esperanza de escapar de la terrible pobreza que les rodeaba. Su nieto (yo) se graduó en una de las mejores instituciones educativas del mundo. Esta es la versión corta. La larga está en las páginas que siguen.

Aunque a veces cambio los nombres de las personas para proteger su privacidad, esta historia es, hasta donde alcanzan mis recuerdos, un retrato completamente preciso del mundo del que he sido testigo. No hay personajes colectivos ni atajos narrativos. Allí donde ha sido posible, he corroborado los detalles con documentación —boletines, cartas manuscritas, notas en fotografías—, pero estoy seguro de que esta historia es tan falible como cualquier recuerdo humano. De hecho, cuando le pedí a mi hermana que leyera un manuscrito previo, este desató una conversación de treinta minutos sobre si había desplazado cronológicamente un acontecimiento. Dejo mi versión, no porque sospeche que mi hermana tenga mala memoria (de hecho, considero que la suya es mejor que la mía), sino porque creo que hay algo que aprender en cómo he organizado los acontecimientos en mi mente.

Tampoco soy un observador imparcial. Casi todas las personas sobre las que leerás tienen defectos profundos. Algunas han tratado de asesinar a otras, y unas pocas lo lograron. Algunas han abusado de sus hijos física o emocionalmente. Muchas consumían (y aún consumen) drogas. Pero amo a esa gente, incluso a aquellos a los que, para mantener la cordura, no les hablo. Y si te dejo con la impresión de que en mi vida hay gente mala, entonces lo siento, tanto por ti como por la gente retratada así. Porque en esta historia no hay malvados. Solo un grupo heterogéneo de hillbillies que pelean por encontrar su camino, tanto para ellos como, primero Dios, para mí.

Capítulo 1

Como la mayoría de los niños pequeños, me aprendí la dirección de casa para, si me perdía, poder decirle a un adulto adónde llevarme. En la guardería, cuando la profesora me preguntaba dónde vivía, podía recitar la dirección de corrido, aunque mi madre cambiaba de dirección con frecuencia, por razones que de niño nunca entendí. Aún hoy, siempre distingo «mi dirección» de «mi casa». Mi dirección era donde pasaba la mayor parte del tiempo con mi madre y mi hermana, donde fuera. Pero mi casa nunca cambiaba: la casa de mi bisabuela, en el valle, en Jackson, Kentucky.

Jackson es un pequeño pueblo de unos seis mil habitantes en el corazón del país del carbón, en el sudeste de Kentucky. Llamarlo ciudad es un poco benevolente. Hay un juzgado, algunos restaurantes —la mayoría, cadenas de comida rápida— y unas pocas tiendas y negocios. La mayoría de la gente vive en las montañas que rodean la autopista 15 de Kentucky, en campamentos para casas rodantes, en viviendas de interés social, en pequeñas granjas y en casas en las montañas, como la que es el escenario de los mejores recuerdos de mi infancia.

Los jacksonianos saludan a todo el mundo, están dispuestos a interrumpir sus pasatiempos preferidos para sacar el coche de un desconocido de la nieve y —sin excepción— paran sus coches, se bajan y se quedan en posición de firmes cuando pasa una procesión fúnebre. Fue esta última práctica la que me hizo cobrar conciencia de que hay algo especial en Jackson y en su gente. ¿Por qué —le pregunté a mi abuela, a la que todos llamábamos mamaw— todo el mundo se para ante una carroza fúnebre? «Cariño, porque somos gente de las colinas. Y respetamos a nuestros muertos.»

Mis abuelos se marcharon de Jackson a finales de los años cuarenta y formaron su familia en Middletown, Ohio, donde yo crecí más tarde. Pero hasta que tuve doce años pasé los veranos y buena parte del resto del tiempo en Jackson. Iba de visita con mamaw, que quería ver a los amigos y a la familia, siempre consciente de que el tiempo estaba reduciendo la lista de sus personas más queridas. Y a medida que el tiempo pasaba, nuestros viajes tenían sobre todo una razón: cuidar a la madre de mamaw, a la que llamábamos mamaw Blanton (para distinguirla, aunque de una manera un tanto confusa, de mamaw). Nos quedábamos con mamaw Blanton en su casa, en la que había vivido desde que su marido se fue a combatir contra los japoneses en el Pacífico.

La casa de mamaw Blanton era mi lugar preferido en el mundo, aunque no era grande ni lujoso. La casa tenía tres dormitorios. En la parte frontal había un pequeño porche, un columpio de porche y un gran patio que llegaba hasta una montaña por un lado y hasta la cabecera del valle por el otro. Aunque mamaw Blanton tenía algunas tierras, la mayor parte de ellas estaban cubiertas de un follaje inhabitable. No había un patio trasero propiamente, aunque sí una preciosa ladera montañosa con piedras y árboles. Siempre estaban el valle y el riachuelo que corría por él; eso era un patio trasero suficiente. Los niños dormían en una sola habitación del piso de arriba: un barracón con una docena de camas donde mis primos y yo jugábamos hasta tarde en la noche, cuando nuestra abuela, irritada, nos metía miedo para que nos durmiéramos.

Las montañas de alrededor eran el paraíso para un niño y yo me pasaba mucho tiempo aterrorizando a la fauna de los Apalaches: ninguna tortuga, serpiente, rana, pez o ardilla estaban a salvo. Corría por ahí con mis primos sin ser consciente de la evidente pobreza o de la salud deteriorada de mamaw Blanton.

En un sentido más profundo, Jackson era el lugar que nos pertenecía a mi hermana, a mamaw y a mí. Yo amaba Ohio, pero estaba lleno de recuerdos dolorosos. En Jackson, yo era el nieto de la mujer más dura que nadie conocía y del mecánico de coches más habilidoso del pueblo; en Ohio, era el hijo abandonado de un hombre al que apenas conocía y de una mujer a la que me habría gustado no conocer. Mamá solo visitaba Kentucky para la reunión familiar anual o uno que otro funeral, y cuando lo hacía, mamaw se aseguraba de que no se trajera consigo ningún drama. En Jackson no se podía gritar, pelear ni pegarle a mi hermana, y especialmente «nada de hombres», como decía mamaw. Mamaw odiaba los variados intereses amorosos de mamá y no permitía que llevara a ninguno de ellos a Kentucky.

En Ohio yo me había vuelto muy habilidoso en la convivencia con varias figuras paternas. Con Steve, que sufría la crisis de la mediana edad y llevaba un arete para demostrarlo, fingía que los aretes eran maravillosos, tanto que le pareció que lo correcto era ponerme uno a mí. Con Chip, un agente de policía alcohólico que decía que mi arete era una señal de «amaneramiento», pasaba de todo y me encantaban las patrullas. Con Ken, un hombre raro que le pidió matrimonio a mamá después de tres días de relación, era un hermano amable para sus dos hijos. Pero ninguna de estas cosas era cierta en realidad. Odiaba los aretes, odiaba las patrullas y sabía que los hijos de Ken desaparecerían de mi vida en un año. En Kentucky no tenía que simular ser alguien que no era, porque los únicos hombres en mi vida —los hermanos de mi abuela y sus cuñados— ya me conocían. ¿Quería que estuvieran orgullosos? Por supuesto que sí, pero no porque simulara que me caían bien; los quería de verdad.

El más viejo y más cruel de los hombres Blanton era el tío Teaberry, que tenía ese apodo por su sabor preferido de chicle, el de té de la montaña. El tío Teaberry, como su padre, sirvió en la

Marina durante la Segunda Guerra Mundial. Murió cuando yo tenía cuatro años, de modo que solo tengo dos recuerdos reales de él. En el primero, estoy corriendo para salvar mi vida y Teaberry está detrás, cerca, con una navaja automática y asegurándome que si me atrapa le echará mi oreja derecha a los perros. Salto en los brazos de mamaw Blanton y ese juego aterrador termina. Pero sé que lo quería, porque mi segundo recuerdo es hacer tal berrinche porque no me dejaban visitarlo en su lecho de muerte que mi abuela se vio obligada a ponerse una bata de hospital y a colarme. Recuerdo abrazarla bajo esa bata de hospital, pero no me acuerdo de haberme despedido.

El siguiente era el tío Pet. El tío Pet era un hombre alto con un ingenio cáustico y un sentido del humor obsceno. Era el Blanton que había tenido más éxito económico; se fue de casa pronto y puso en marcha negocios de madera y de construcción que le dieron suficiente dinero para criar caballos de carreras en su tiempo libre. Parecía el más amable de los Blanton, tenía el suave encanto de un hombre de negocios de éxito. Pero ese encanto ocultaba un temperamento feroz. Una vez, cuando un camionero entregó los suministros a una de las empresas del tío Pet, le dijo a mi viejo tío hillbilly: «Descarga eso ahora mismo, hijo de puta.» El tío Pet se tomó el comentario al pie de la letra. «Al decir eso estás llamando zorra a mi querida y vieja madre, así que te pediré amablemente que me hables con más cuidado.» Cuando el conductor —llamado Big Red (Gran Rojo) por su tamaño y color de pelo— repitió el insulto, el tío Pet hizo lo que cualquier empresario racional habría hecho: bajó al hombre de su camión, lo golpeó hasta dejarlo inconsciente y le pasó una sierra eléctrica por todo el cuerpo. Big Red casi se muere desangrado, pero lo llevaron corriendo al hospital y sobrevivió. El tío Pet no fue a la cárcel. Al parecer, Big Red también era un hombre de los Apalaches y se negó a hablar con la policía sobre el incidente y a poner una denuncia. Sabía lo que significaba insultar a la madre de un hombre.

El tío David puede que fuera el único de los hermanos de mamaw que no se preocupara por esa cultura del honor. Un viejo rebelde con el pelo largo suelto y una barba aún más larga, lo amaba todo excepto las reglas, lo que podía explicar por qué, cuando encontré su planta de marihuana gigante en el patio trasero de su vieja casa, no trató de darme explicaciones. Sorprendido, le pregunté al tío David qué pensaba hacer con esa droga ilegal. Así que sacó papeles de liar y un encendedor y me lo mostró. Yo tenía doce años. Sabía que si mamaw lo descubría lo mataría.

Y yo le temía a eso, porque de acuerdo con la leyenda familiar, mamaw casi había matado a un hombre. Cuando tenía unos doce años, mamaw salió de casa y vio que dos hombres cargaban la vaca de la familia —una preciada posesión en un mundo sin agua corriente— en la parte trasera de un camión. Corrió dentro, agarró un rifle y disparó unas cuantas veces. Uno de los hombres se desplomó —como resultado de un disparo en una pierna— y el otro se subió de un salto al camión y salió haciendo chirriar las llantas. El aspirante a ladrón apenas podía arrastrarse, así que mamaw se acercó, colocó la salida del cañón del rifle en la cabeza del hombre y se dispuso a acabar el trabajo. Por suerte para él, el tío Pet intervino. El primer asesinato confirmado de mamaw tendría que esperar a otro día.

Incluso sabiendo que mamaw era una loca que siempre iba armada, me resulta difícil creer esa historia. He preguntado a miembros de mi familia y alrededor de la mitad nunca han oído esa historia. La parte que sí creo es que habría matado a ese hombre si alguien no la hubiera detenido. Odiaba la deslealtad, y no había mayor deslealtad que la traición de clase. Cada vez que alguien robaba una bicicleta de nuestro porche (tres veces, según recuerdo) o abría su coche y tomaba las monedas sueltas o robaba un paquete, me lo decía como un general que ordena a sus soldados que marchen: «No hay nada más bajo que un pobre robándole a otro pobre. Ya es bastante difícil de por sí. No hay ninguna maldita necesidad de hacérnoslo más difícil los unos a los otros.»

El más joven de todos los chicos Blanton era el tío Gary. Era el benjamín de la familia y uno de los hombres más adorables que he conocido. El tío Gary se fue de casa joven y creó una exitosa empresa de techados en Indiana. Buen marido y mejor padre, siempre me decía: «Estamos orgullosos de ti, viejo Jaydot», lo que hacía que me hinchara de orgullo. Era mi favorito, el único hermano Blanton que no me amenazaba con darme una patada en el trasero o cortarme una oreja.

Mi abuela también tenía dos hermanas menores, Betty y Rose, a las que quería mucho, pero yo estaba obsesionado con los hombres Blanton. Me sentaba entre ellos y les rogaba que me contaran y me volvieran a contar sus anécdotas. Esos hombres eran los guardianes de la tradición oral de la familia y yo era su mejor alumno.

La mayor parte de esa tradición no era en absoluto adecuada para un niño. Casi toda incluía la clase de violencia que debería llevar a la gente a la cárcel. Mucha se centraba en cómo el condado en el que estaba Jackson —Breathitt— se había ganado su aliterativo apodo, Bloody Breathitt (Breathitt, el sangriento). Había muchas explicaciones, pero todas tenían un tema común: la gente de Breathitt odiaba ciertas cosas y no necesitaba la ley para deshacerse de ellas.

Una de las historias de sangre más habituales de Breathitt giraba alrededor de un hombre mayor del pueblo que era acusado de violar a una chica. Mamaw me dijo que, días antes del juicio, el hombre fue encontrado boca abajo en el lago cercano con dieciséis heridas de bala en la espalda. Las autoridades nunca investigaron el asesinato y la única mención del incidente apareció en la prensa local la mañana en que se descubrió el cadáver. En una admirable muestra de instinto periodístico, el periódico informó: «Hombre hallado muerto. Se cree que ha sido juego sucio.» «¿Juego sucio? —rugía mi abuela—. Maldita sea, tienes razón. Bloody Breathitt acabó con ese hijo de puta.»

O estaba ese día en el que el tío Teaberry escuchó que un joven afirmaba su deseo de «comerse sus calzones», en referencia a la prenda íntima de su hermana (mi mamaw). El tío Teaberry manejó hasta casa, agarró unos calzones de mamaw y obligó al joven —a punta de cuchillo— a tragar la prenda.

Se podría llegar a la conclusión de que procedo de un clan de locos. Pero estas historias me hacían sentir miembro de la realeza hillbilly, porque eran historias clásicas del bien contra el mal y mi gente estaba en el lado correcto. Mi gente era extrema, pero extrema al servicio de algo: defender el honor de una hermana o asegurarse de que un delincuente paga por sus delitos. Los hombres Blanton, como la marimacha hermana Blanton a la que yo llamaba mamaw, se encargaban de hacer cumplir la justicia hillbilly, y para mí, esos eran los mejores.

A pesar de sus virtudes, o quizá a causa de ellas, los hombres Blanton tenían toda clase de vicios. Y varios de ellos dejaron tras de sí un rastro de hijos desatendidos, mujeres engañadas o ambas cosas. Y yo ni siquiera los conocía muy bien: los veía solo en las grandes reuniones familiares o durante las vacaciones. Pero los amaba y reverenciaba. Una vez oí a mamaw contarle a mi madre que yo amaba a los hombres Blanton porque por mi vida habían pasado muchas figuras paternas, pero los hombres Blanton siempre estaban ahí. Sin duda, hay un punto de verdad en eso. Pero más que nada, los hombres Blanton eran la encarnación viviente de las colinas de Kentucky. Los amaba porque amaba Jackson.

A medida que me hacía mayor, mi obsesión con los hombres Blanton se desvaneció para convertirse en aprecio, del mismo modo que mi visión de Jackson como una especie de paraíso maduró. Siempre pensaré en Jackson como mi casa. Es inconmensurablemente bello. Cuando caen las hojas en octubre, parece que todas las montañas del pueblo estén ardiendo. Pero a pesar de toda su belleza y de todos los gratos recuerdos, Jackson es un lugar muy duro. Jackson me enseñó que la «gente de las colinas» y la «gente pobre» normalmente son lo mismo. En casa de mamaw Blanton comíamos huevos revueltos, jamón, papas fritas y galletas para desayunar; bocadillos de mortadela frita para comer y sopa de ejotes y panqué de maíz para cenar. Muchas familias de Jackson no podían decir lo mismo, y yo lo sabía porque, a medida que me hacía mayor, oía a los adultos hablar de los pobres niños del vecindario que se morían de hambre y de cómo el pueblo podía ayudarles. Mamaw me protegía de lo peor de Jackson, pero no se puede mantener la realidad a raya para siempre.

En un viaje reciente a Jackson, hice una parada en la vieja casa de mamaw Blanton, ahora habitada por mi primo segundo Rick y su familia. Hablamos sobre cómo habían cambiado las cosas. «Llegaron las drogas —me dijo Rick—. Y nadie está interesado en mantener un trabajo.» Deseé que mi querido valle hubiera escapado de lo peor, de modo que les pedí a los hijos de Rick que me llevaran a dar un paseo. Vi por todas partes los peores signos de la pobreza de los Apalaches.

Algunos eran tan descorazonadores como prototípicos: choza decrépitas pudriéndose, perros callejeros suplicando comida y muebles viejos tirados en los patios. Otros eran mucho más alarmantes. Mientras pasábamos frente a una pequeña casa de dos habitaciones, vi unos ojos asustados que me miraban tras las cortinas de la ventana de un dormitorio. Me picó la curiosidad, miré más de cerca y vi no menos de ocho pares de ojos, todos mirándome desde tres ventanas con una inquietante combinación de miedo y deseo. En el porche frontal había un hombre delgado, de no más de treinta y cinco años, al parecer el cabeza de familia. Varios perros rabiosos, desnutridos y encadenados protegían los muebles tirados en el patio yermo. Cuando le pregunté al hijo de Rick cómo se ganaba la vida el joven padre me dijo que el hombre no tenía trabajo y que estaba orgulloso de ello. Pero, añadió, «son malos, así que tratamos de evitarlos.»

Esa casa puede ser un caso extremo, pero dice mucho sobre la vida de la gente de las colinas en Jackson. Casi un tercio del pueblo vive en la pobreza, una cifra que incluye alrededor de la mitad de los niños. Y eso no cuenta que la gran mayoría de los habitantes de Jackson ronda el umbral de la pobreza. Se ha producido una epidemia de adicción a los medicamentos con receta. Las escuelas públicas son tan malas que el estado de Kentucky asumió su control no hace mucho. En todo caso, los padres mandan a sus hijos a esas escuelas porque apenas tienen dinero de más, y la preparatoria no consigue mandar a sus estudiantes a la universidad con una regularidad alarmante. Físicamente, la gente tiene mala salud y sin la ayuda del gobierno no puede acceder a tratamientos para las dolencias más básicas. Y lo que es más importante, quieren que sea así, son reacios a abrir su vida ante los demás por la sencilla razón de que no quieren que los juzguen.

En 2009 ABC News emitió un reportaje sobre la América de los Apalaches que hacía hincapié en un fenómeno conocido localmente como «boca Mountain Dew» (rocío de la montaña):

dolorosos problemas dentales en niños, generalmente causados por un exceso de refrescos azucarados, como el que da nombre a la dolencia. En su programa, ABC mostraba una letanía de historias sobre niños de los Apalaches sumidos en la pobreza y las carencias. El reportaje fue muy visto en la región, pero fue recibido con absoluto desprecio. La reacción más extendida: esto no es asunto suyo. «Esto debe ser la cosa más ofensiva que he oído jamás y deberían estar todos avergonzados, incluida la ABC», escribió un comentarista en internet. Otro añadió: «Debería darles vergüenza reforzar viejos estereotipos falsos y no ofrecer un retrato más riguroso de los Apalaches. Esta es una opinión compartida por muchos en los verdaderos pueblos rurales de las montañas con los que he hablado.»

Sé todo esto porque mi prima fue a Facebook para silenciar a los críticos señalando que solo reconociendo los problemas de la región la gente podría tener la esperanza de cambiarlos. Amber está en una posición única para comentar los problemas de los Apalaches: a diferencia de mí, pasó toda su infancia en Jackson. Fue una estrella académica en la preparatoria y más tarde obtuvo un título universitario, la primera de su familia más cercana en hacerlo. Vio lo peor de la pobreza de Jackson de primera mano y lo venció.

La reacción airada respalda la literatura académica sobre los estadounidenses de los Apalaches. En un artículo de diciembre de 2000 los sociólogos Carol A. Markstrom, Sheila K. Marshall y Robin J. Tryon descubrieron que las formas de enfrentarse a la realidad mediante la evasión y el pensamiento mágico «predecían significativamente la resiliencia» entre los adolescentes de los Apalaches. Su artículo sugiere que los hillbillies aprenden a una edad temprana a enfrentarse a las verdades incómodas evitándolas o simulando que existen verdades mejores. Esta tendencia puede conducir a la resiliencia psicológica, pero también dificulta que los habitantes de los Apalaches se miren a sí mismos con sinceridad.

Tendemos a exagerar y a infravalorar, a glorificar lo bueno e ignorar lo malo que hay en nosotros. Esta es la razón por la que la gente de los Apalaches reaccionó tan enfáticamente a una mirada honesta hacia nuestra gente más pobre. Es la razón por la que yo veneraba a los hombres Blanton y por la que me pasé los primeros dieciocho años de mi vida simulando que todo en el mundo tenía un problema excepto yo.

La verdad es dura y las verdades más duras para la gente de las colinas son las que se deben decir a sí mismos. En Jackson hay, sin duda alguna, la gente más encantadora del mundo; también está lleno de drogadictos y al menos un hombre que tuvo tiempo para engendrar ocho hijos pero no para mantenerlos. Es incuestionablemente bello, pero su belleza queda oscurecida por los residuos y la basura desperdigados por el campo. Su gente es trabajadora, con la excepción, por supuesto, de los muchos que reciben cupones de comida y que no tienen ningún interés en el trabajo honrado. Jackson, como los hombres Blanton, está lleno de contradicciones.

Las cosas han empeorado tanto que el verano pasado, después de que mi primo Mike enterrara a su madre, lo primero que pensó fue en vender su casa. «No puedo vivir ahí y no puedo dejarla desatendida —dijo—. Los drogadictos la saquearán». Jackson siempre ha sido pobre, pero nunca había sido un lugar en el que un hombre temiera dejar sin vigilancia la casa de su madre. El lugar que considero mi casa ha dado un giro preocupante.

Si existe la tentación de juzgar estos problemas como la preocupación particular de unos pueblerinos en el fin del mundo, un vistazo a mi vida revela que los aprietos de Jackson se han vuelto mayoritarios. Gracias a la migración masiva desde las regiones más pobres de los Apalaches a lugares como Ohio, Michigan, Indiana, Pensilvania e Illinois, los valores hillbillies se han expandido ampliamente junto a los propios hillbillies. De hecho, los inmigrantes de Kentucky y sus hijos son tan abundantes en Middletown, Ohio (donde yo crecí), que de niños llamábamos burlonamente «Middletucky».

Mis abuelos se desarraigaron del Kentucky real y se instalaron en Middletucky en busca de una vida mejor, y en ciertos aspectos la encontraron. En otros, nunca escaparon de verdad. La adicción a las drogas que asola Jackson ha aquejado a su hija mayor durante toda su vida adulta. La boca Mountain Dew puede ser especialmente grave en Jackson, pero mis abuelos también se enfrentaron a ella en Middletown: yo tenía nueve meses la primera vez que mamaw vio que mi madre me ponía Pepsi en el biberón. Los padres virtuosos son escasos en Jackson, pero también son pocos en la vida de los nietos de mis abuelos. Durante décadas, la gente ha luchado por largarse de Jackson; ahora luchan por escapar de Middletown.

Si los problemas empiezan en Jackson, no está del todo claro dónde acaban. De lo que me di cuenta hace muchos años, viendo esa procesión funeraria con mamaw, es que soy una persona de las colinas. También lo es mucha de la clase trabajadora blanca estadounidense. Y a la gente de las colinas no nos está yendo muy bien.

Capítulo 2

A los hillbillies les gusta añadir su propio giro a muchas palabras. Llamamos a los foxinos, un pescado que en inglés se llama «minnow», «minner», a los cangrejos de río, que se llaman «crayfish», «crawdads.» «Hollow» se define como «valle o cuenca», pero yo nunca he dicho esa palabra a menos que haya sido para explicarle a un amigo a qué me refiero cuando digo «holler.» Otra gente tiene toda clase de nombres para sus abuelos: «grandpa», «nanna», «pop-pop», «grannie» y demás. Pero nunca he oído a nadie decir mamaw —pronunciado «ma'am-aw»— o papaw fuera de nuestra comunidad. Esos nombres son solo de los abuelos hillbillies.

Mis abuelos —mamaw y papaw— han sido, sin ninguna duda ni matiz, lo mejor que me ha pasado jamás. Se pasaron las dos últimas décadas de su vida mostrándome el valor del amor y la estabilidad y enseñándome las lecciones vitales que la mayoría de la gente aprende de sus padres. Ambos hicieron su parte para asegurarse de que yo desarrollara confianza en mí mismo y tuviera las oportunidades adecuadas para poder aspirar al sueño americano. Pero dudo que, de niños, Jim Vance y Bonnie Blanton tuvieran muchas expectativas en sus propia vida. ¿Cómo iban a tenerlas? Las colinas de los Apalaches y las escuelas con una sola aula en la que estudiaban alumnos de todas las edades no alimentan los grandes sueños.

No sabemos demasiado de los primeros años de papaw y dudo que eso vaya a cambiar. Sabemos que pertenecía a algo así como la realeza hillbilly. Un primo lejano de papaw, también llamado Jim Vance, se casó con una Hatfield y se unió a un grupo de exsoldados confederados y simpatizantes de la causa llamados Wildcats (gatos salvajes). Cuando el primo Jim asesinó al exsoldado de la Unión, Asa Harmon McCoy, inició una de las contiendas familiares más famosas en la historia de Estados Unidos.

Papaw nació con el nombre de James Lee Vance en 1929. Su segundo nombre era un tributo a su padre, Lee Vance. Lee murió pocos meses después de que naciera papaw, así que la agobiada madre de papaw, Goldie, lo mandó a vivir con su padre, Pap Taulbee, un hombre estricto que tenía una pequeña empresa de madera. Aunque Goldie mandaba dinero de vez en cuando, casi nunca visitaba a su pequeño hijo. Papaw vivió con Taulbee en Jackson, Kentucky, durante los primeros diecisiete años de su vida.

Pap Taulbee tenía una pequeña casa de dos habitaciones a unos cientos de metros de la casa de los Blanton: Blaine y Hattie y sus ocho hijos. Hattie sentía pena por el pequeño niño sin madre y se convirtió en una madre suplente para mi abuelo. Jim no tardó en convertirse en un miembro más de la familia. Se pasaba la mayor parte de su tiempo libre correteando con los chicos Blanton y la mayoría de las veces comía en la cocina de Hattie. Era natural que acabara casándose con su hija mayor.

Al casarse, Jim pasó a formar parte de una familia pendenciera. Los Blanton eran un grupo famoso en Breathitt y tenían un historial de rencillas casi tan ilustre como el de papaw. El bisabuelo de mamaw había sido elegido juez del condado a principios del siglo XX, pero solo después de que su abuelo, Tilden (el hijo del juez), matara a un miembro de una familia rival el día de las elecciones.[1] En una historia de *The New York Times* sobre el

1. «Kentucky Feudist is Killed», *The New York Times*, 3 de noviembre de 1909.

enfrentamiento violento destacan dos cosas. La primera es que Tilden nunca fue a la cárcel por el crimen que cometió.[2] La segunda es que, como decía el *Times*, «se esperaban complicaciones.» Me lo puedo imaginar.

Cuando leí por primera vez esa espantosa historia en uno de los periódicos de mayor circulación en el país, sentí una emoción por encima de todas las demás: orgullo. Es improbable que ningún otro antepasado mío haya aparecido en *The New York Times*. Y aunque lo hubiera hecho, dudo que ninguna hazaña me hubiera hecho sentir tan orgulloso como un pelea exitosa. ¡Y una pelea que pudo decidir unas elecciones, nada menos! Como solía decir mamaw, puedes sacar al chico de Kentucky, pero nunca podrás sacar a Kentucky del chico.

No puedo imaginar en qué estaba pensando papaw. Mamaw procedía de una familia que prefería pegarte un tiro a discutir contigo. Su padre era un temible viejo hillbilly con el vocabulario y las medallas de guerra de un marinero. Las hazañas homicidas de su abuelo eran de tal magnitud que llegaron a las páginas de *The New York Times*. Y si su estirpe era temible, la propia mamaw Bonnie era tan aterradora que, muchas décadas más tarde, un reclutador del Cuerpo de Marines me dijo que vivir en un campo de entrenamiento me resultaría más fácil que hacerlo en casa. «Esos instructores militares son crueles —me dijo—. Pero no tanto como esa abuela tuya.» Esa crueldad no era suficiente para disuadir a mi abuelo. Así que mamaw y papaw se casaron siendo adolescentes en Jackson en 1947.

En ese momento, mientras se desvanecía la euforia posterior a la Segunda Guerra Mundial y la gente empezaba a acomodarse a un mundo en paz, había dos clases de personas en Jackson: los que desarraigaban su vida y la plantaban en los centros neurálgicos industriales de la nueva América y los que no. A las tiernas edades de catorce y diecisiete años, mis abuelos tuvieron que decidir a qué grupo unirse.

Como me dijo una vez papaw, la única opción para muchos de sus amigos era trabajar «en las minas»; minas de carbón no

2. *Ibidem.*

muy lejos de Jackson. Los que se quedaban en Jackson se pasaban la vida al borde de la pobreza, si no en ella. De modo que poco después de casarse, papaw desplazó a su joven familia y se trasladó a Middletown, un pequeño pueblo de Ohio con una economía industrializada que crecía rápidamente.

Esta es la historia que mis abuelos me contaron y, como la mayoría de las leyendas familiares, es en su mayor parte verdadera pero descuida e improvisa los detalles. En un viaje reciente que hice para visitar a la familia en Jackson, mi tío abuelo Arch —el cuñado de mamaw y el último de esa generación de jacksonianos— me presentó a Bonnie South, una mujer que se había pasado todos sus ochenta y cuatro años a un centenar de metros de la casa de infancia de mamaw. Hasta que mamaw se fue a Ohio, Bonnie South fue su mejor amiga. Y tal como lo contaba Bonnie South, la partida de mamaw y papaw supuso un escándalo algo mayor del que cualquiera de nosotros creía.

En 1946 Bonnie South y papaw eran amantes. No estoy seguro de qué significaba eso en Jackson en ese momento, si se preparaban para comprometerse o solo pasaban el tiempo juntos. Bonnie tenía poco que decir de papaw además del hecho de que era «muy guapo.» La única otra cosa que Bonnie South recordaba era que, en algún momento de 1946, papá engañó a Bonnie con su mejor amiga, mamaw. Mamaw tenía trece años y papaw dieciséis, pero la relación dio lugar a un embarazo. Y ese embarazo añadió una serie de presiones que hicieron que «ahora mismo» fuera el momento de irse de Jackson: mi bisabuelo, intimidante y canoso veterano de guerra; los hermanos Blanton, que ya se habían ganado una reputación por defender el honor de mamaw; y un grupo interconectado de hillbillies aficionados a las armas que inmediatamente tuvieron noticia del embarazo de Bonnie Blanton. Y lo que es más importante, Bonnie y Jim Vance no tardarían en tener otra boca que alimentar antes de que se hubieran acostumbrado a alimentarse a sí mismos. Mamaw y papaw se largaron de golpe a Dayton, Ohio, y vivieron allí brevemente antes de instalarse de manera permanente en Middletown.

En años posteriores, mamaw hablaría a veces de una hija que murió en la infancia, y por la manera en que lo contaba creíamos que la hija nació después del tío Jimmy, el hijo mayor de mamaw y papaw. Mamaw sufrió ocho abortos en la década entre el nacimiento del tío Jimmy y el de mi madre. Pero hace poco mi hermana descubrió un certificado de nacimiento de la «Bebé» Vance, la tía a la que nunca conocí, que murió tan pequeña que el certificado de nacimiento también incluye la fecha de su muerte. El bebé que llevó a mis abuelos a Ohio no sobrevivió a su primera semana. En ese certificado de nacimiento, la madre del bebé, con el corazón roto, mintió sobre su edad: con solo catorce años en aquel momento, y con un marido de diecisiete, no podía decir la verdad si no quería que la mandaran de vuelta a Jackson o metieran a papaw en la cárcel.

La primera incursión de mamaw en la edad adulta acabó en tragedia. Hoy con frecuencia me pregunto: sin el bebé, ¿habría mamaw abandonado Jackson? ¿Habría huido con Jim Vance a un territorio extraño? Toda la vida de mamaw —y la trayectoria de nuestra familia— pudo cambiar por un bebé que vivió solo seis días.

Cualquiera que fuese la mezcla de oportunidad económica y necesidad familiar que catapultó a mis abuelos a Ohio, allí estaban, y no iban a volver. Así que papaw encontró un trabajo en Armco, una gran compañía dedicada al acero con una política de contratación agresiva en el país del carbón del este de Kentucky. Los representantes de Armco bajaban a pueblos como Jackson y prometían (y luego cumplían) una vida mejor para los que estuvieran dispuestos a mudarse al norte y trabajar en las plantas siderúrgicas. Una medida especial fomentaba la migración total: quienes tuvieran un pariente trabajando en Armco y solicitaran un trabajo, ascenderían directamente a lo más alto en la lista de peticionarios. Armco no solo contrataba a hombres jóvenes del Kentucky de los Apalaches; también animaban activamente a esos hombres a que se llevaran a toda su familia.

Varias empresas industriales siguieron una estrategia similar, y parece que funcionó. Durante esa época hubo muchos Jacksons y Middletowns. Los investigadores han documentado dos grandes oleadas de migración desde los Apalaches al centro neurológico de las economías industriales en el Medio Oeste.

La primera tuvo lugar tras la Primera Guerra Mundial, cuando para los veteranos que regresaban era casi imposible encontrar trabajo en las montañas aún no industrializadas de Kentucky, West Virginia y Tennessee. Acabó cuando la Gran Depresión golpeó con fuerza a las economías del norte.[3] Mis abuelos fueron parte de la segunda oleada, compuesta por veteranos que regresaban y por el número de jóvenes adultos que crecía rápidamente en los Apalaches de los años cuarenta y cincuenta.[4] A medida que las economías de Kentucky y West Virginia se rezagaban respecto a las de sus vecinos, las montañas solo tenían dos productos que las economías industriales del norte necesitaban: carbón y gente de las colinas. Y los Apalaches exportaron mucho de ambas cosas.

Las cifras exactas son difíciles de determinar porque los estudios suelen medir la «emigración neta», es decir, el número total de gente que se marchó menos el número de gente que llegó. Muchas familias iban y venían constantemente, lo que sesga los datos. Pero es seguro que muchos millones de personas viajaron por la «autopista hillbilly», un término metafórico que reflejaba la opinión de los norteños, que veían sus pueblos y ciudades inundados de gente como mis abuelos. La escala de la migración es asombrosa. En los años cincuenta, trece de cada cien residentes en Kentucky migraron fuera del estado. En algunas zonas la emigración fue incluso mayor: en el condado de Harlan, por ejemplo, que se hizo famoso por un documental sobre las huelgas del carbón que ganó un Oscar, perdió el 30 por ciento de su población por la emigración. En 1960, de los diez millones de residentes en Ohio, un millón había nacido en Kentucky, West Virginia o Tennessee. Esto no tiene en cuenta el gran número de inmigrantes procedentes del resto de los Montes Apalaches del Sur, ni tampoco a los hijos o nietos de los emigrantes que eran gente de las colinas hasta la médula. Sin duda, había muchos de

3. Phillip J. Obermiller, Thomas E. Wagner y E. Bruce Tucker, *Appalachian Odyssey: Historical Perspectives on the Great Migration*, Westport, CT: Praeger, 2000, capítulo 1.

4. *Ibidem*; Khan, «The Scots-Irish as Indigenous People.»

esos hijos y nietos, porque los hillbillies tenían tasas de natalidad mucho más altas que la población nativa.[5]

En resumen: la experiencia de mis abuelos fue de lo más común. Importantes zonas de toda la región recogieron sus cosas y se fueron al norte. ¿Son necesarias más pruebas? Métete en el carril en dirección norte de cualquier autopista de Kentucky o Tennessee el día después de Acción de Gracias o Navidad y verás que prácticamente todas las matrículas son de Ohio, Indiana o Michigan: coches llenos de emigrantes hillbillies que vuelven a casa de las vacaciones.

La familia de mamaw participó con ganas en el flujo migratorio. De sus siete hermanos, Pet, Paul y Gary se mudaron a Indiana y trabajaron en la construcción. Todos fueron propietarios de un negocio de éxito y consiguieron una riqueza considerable. Rose, Betty, Teaberry y David se quedaron. Ellos tuvieron problemas económicos, aunque casi todos, excepto David, consiguieron vivir con relativo confort comparado con los estándares de su comunidad. Los cuatro que se marcharon murieron en peldaños bastante más elevados de la escala socioeconómica que los cuatro que se quedaron. Como papaw sabía ya de joven, la mejor manera de ascender para un hillbilly era largarse.

Para mis abuelos, estar solos en su nueva ciudad era algo probablemente infrecuente. Pero si mamaw y papaw estaban aislados de su familia, sin duda no estaban segregados de la población general de Middletown. La mayor parte de los habitantes de la ciudad se había mudado allí para trabajar en las nuevas fábricas, y la mayoría de esos nuevos trabajadores procedía de los Apalaches. Las prácticas de contratación de las grandes empresas industriales basadas en la familia tuvieron el efecto deseado y los resultados fueron predecibles.[6] En todo el Medio Oeste industrial surgieron prácticamente de la nada nuevas comunidades de emigrantes procedentes de los Apalaches y sus familias.

5. Jack Temple Kirby, «The Southern Exodus, 1910-1960: A Primer for Historians», *The Journal of Southern History*, vol. 49, núm. 4 (noviembre de 1983), pp. 585-600.

6. *Ibidem.*

Como señalaba un estudio, «la migración no destruyó vecindarios y familias, sino que los transportó.»[7] En el Middletown de los años cincuenta mis abuelos se encontraron en una situación nueva y conocida al mismo tiempo. Nueva porque estaban, por primera vez, lejos de la extensa red familiar de apoyo a la que estaban acostumbrados; conocida porque seguían rodeados de hillbillies.

Me gustaría contarte cómo ascendieron mis abuelos en su nuevo entorno, cómo educaron una familia exitosa y cómo se jubilaron perteneciendo a la cómoda clase media. Pero eso sería una verdad parcial. La verdad completa es que mis abuelos sufrieron en su nueva vida y que siguieron haciéndolo durante décadas.

Para empezar, las personas que se marchaban de las colinas de Kentucky en busca de una vida mejor arrastraban un estigma importante. Los hillbillies tienen un dicho —«demasiado grande para esos pantalones»— para describir a quienes se creen mejor que la otra gente de su lugar de origen. Durante largo tiempo después de que se instalaran en Ohio, mis abuelos tuvieron que oír exactamente esa frase de la gente de Jackson. La idea de que habían abandonado a sus familias estaba muy arraigada, y se esperaba que, cualesquiera que fueran sus responsabilidades, volvieran a casa con frecuencia. Este patrón era común entre los emigrantes procedentes de los Apalaches. Más de nueve de cada diez hacían visitas a «casa» durante el transcurso de su vida, y más de uno de cada diez hacía la visita una vez al mes.[8] Mis abuelos volvían a Jackson con frecuencia, a veces en fines de semana consecutivos, a pesar de que en los años cincuenta el viaje en coche duraba veinte horas. La movilidad económica llegó acompañada de muchas presiones y nuevas responsabilidades.

El estigma procedía de ambas direcciones: muchos de sus nuevos vecinos los miraban con suspicacia. Para los blancos de

7. *Ibidem*, p. 598.

8. Carl E. Feather, *Mountain People in a Flat Land: A Popular History of Appalachian Migration to Northeast Ohio, 1940-1965*, Ohio University Press, Athens, 1998, p. 4.

la clase media establecida de Ohio, esos hillbillies no pintaban nada ahí. Tenían demasiados hijos y acogían a sus parientes en sus casas durante demasiado tiempo. En varias ocasiones, los hermanos y hermanas de mamaw vivieron con ella y papaw durante meses mientras intentaban encontrar un buen trabajo fuera de las colinas. En otras palabras, gran parte de su cultura y sus costumbres era recibida con una tremenda desaprobación por parte de los nativos de Middleton. Como señala el libro *Appalachian Odyssey* en referencia al influjo de la gente de las colinas en Detroit, «no era solo que los emigrantes de los Apalaches, como extranjeros que se hallaban "fuera de lugar" en la ciudad, molestaran a los blancos urbanos del Medio Oeste. Era más bien que esos inmigrantes alteraban el conjunto de ideas que los blancos del norte tenían sobre cómo debía vestir, hablar y comportarse la gente blanca... El aspecto inquietante de los hillbillies era su raza. Claramente, eran del mismo orden racial (blancos) que los que dominaban el poder económico, político y social en los ámbitos local y nacional. Pero los hillbillies compartían muchos rasgos regionales con los negros sureños que llegaban a Detroit.»[9]

Uno de los buenos amigos de papaw, un hillbilly de Kentucky que conoció en Ohio, se convirtió en el cartero de su vecindario. Poco después de mudarse, el cartero se enzarzó en una batalla con el gobierno de Middletown por los pollos que tenía en el patio de su casa. Los trataba igual que mamaw a los pollos que tenían en el valle. Cada mañana recogía los huevos y cuando el grupo se hacía demasiado grande, tomaba a los pollos más viejos, les retorcía el pescuezo y los cortaba para aprovechar la carne, ahí mismo en el patio. Uno se puede imaginar a un ama de casa bien educada mirando por la ventana, horrorizada al ver cómo su vecino nacido en Kentucky mataba pollos mientras estos graznaban a pocos metros de distancia. Mi hermana y yo todavía llamamos al viejo cartero «el hombre de los pollos», y años más tarde bastaba mencionar cómo el ayuntamiento había atacado al hombre de los pollos para que mamaw soltara su veneno

9. Obermiller, *Appalachian Odyssey*, p. 145.

marca de la casa: «Putas leyes urbanísticas. Pueden darme un beso en mi trasero rojo.»

La mudanza a Middletown creó, además, otros problemas. En las casas de las montañas de Jackson la privacidad era más una teoría que una práctica. La familia, los amigos y los vecinos podían entrar como si nada en tu casa sin avisar demasiado. Las madres les decían a sus hijas cómo educar a sus hijos. Los padres les decían a sus hijos cómo hacer sus trabajos. Los hermanos les decían a los cuñados cómo tratar a sus mujeres. La vida familiar era algo que la gente aprendía de manera improvisada con mucha ayuda de sus vecinos. En Middletown, la casa de un hombre era su castillo.

Sea como sea, ese castillo estaba vacío para mamaw y papaw. Se llevaron una estructura familiar antigua de las colinas e intentaron que funcionara en un mundo de privacidad y familias nucleares. Eran recién casados, pero no tenían a nadie que les enseñara sobre el matrimonio. Eran padres, pero no había abuelos, tías, tíos o primos para ayudarles con el trabajo. El único pariente cercano que no estaba lejos era la madre de papaw, Goldie. Pero para su hijo era casi una completa desconocida, y mamaw no podía tener una peor opinión de ella porque había abandonado a papaw.

Al cabo de unos años, mamaw y papaw empezaron a adaptarse. Mamaw se hizo muy amiga de la «señora vecina» (ese era el término con el que designaba a las vecinas que le caían bien) que vivía en un domicilio cercano; en su tiempo libre, papaw arreglaba coches y sus compañeros de trabajo se fueron convirtiendo lentamente de colegas a amigos. En 1951 tuvieron un niño —mi tío Jimmy— y lo colmaron con sus nuevas comodidades materiales. Jimmy, me contaría mamaw más tarde, sabía sentarse a las dos semanas, caminar a los cuatro meses, hablar con frases enteras poco después de su primer cumpleaños y leer novelas clásicas a los tres («una pequeña exageración», reconoció mi tío más tarde). Visitaban a los hermanos de mamaw en Indianápolis e iban de pícnic con sus nuevos amigos. Era, me dijo el tío Jimmy, «la típica vida de clase media.» Un poco aburrida, según como se vea, pero feliz de una manera que solo se aprecia cuando comprendes las consecuencias de no ser aburrido.

Lo cual no significa que las cosas siempre fueran bien. Una vez, fueron al centro comercial para comprar los regalos de Navidad. Había el gentío propio de las vacaciones y dejaron que Jimmy correteara por ahí para que encontrara un juguete que quería. «Lo anunciaban en la televisión —me dijo hace poco—. Era una consola de plástico que parecía el tablero de controles de un avión de combate. Podías encender una luz o disparar dardos. La idea era que parecieras un piloto de combate.»

Jimmy se metió en una tienda que vendía el juguete, así que lo agarró y se puso a jugar con él. «Al dependiente no le hizo gracia. Me dijo que dejara el juguete y que me fuera.» Escarmentado, el pequeño Jimmy se quedó fuera bajo el frío hasta que mamaw y papaw pasaron por allí y le preguntaron por qué no entraba en la tienda.

—No puedo —le dijo Jimmy a su padre.

—¿Por qué?

—Porque no.

—Dime por qué ahora mismo.

Señaló al dependiente.

—Ese hombre se puso a gritar y me dijo que me fuera. No puedo volver a entrar.

Mamaw y papaw entraron hechos una furia y exigieron una explicación a la grosería del dependiente. El dependiente les explicó que Jimmy había estado jugando con un juguete caro. «¿Este juguete?», preguntó papaw, agarrándolo. Cuando el dependiente asintió, papaw lo tiró contra el suelo. Lo que vino después fue un caos. Tal como lo explicaba Jimmy: «Se volvieron locos. Papá lanzó otro juguete al otro extremo de la tienda y se encaminó hacia el dependiente de una manera amenazadora; mamá empezó a tomar al azar mierdas de las estanterías y a tirarlas por todo el local. Gritaba: "¡Dale una paliza! ¡Dale una paliza!". Y entonces papá se inclinó hacia ese dependiente y le dijo muy claro: "Si le dices otra palabra a mi hijo te romperé el puto cuello". Ese pobre tipo estaba completamente aterrorizado y yo solo quería salir de ahí.» El hombre se disculpó y los Vance siguieron con sus compras de Navidad como si no hubiera pasado nada.

De modo que sí, incluso en los mejores tiempos mamaw y papaw tenían dificultades para adaptarse. Middletown era un mundo distinto. Se suponía que papaw tenía que ir a trabajar y quejarse educadamente con el encargado cuando los empleados de una tienda fueran maleducados. De mamaw se esperaba que hiciera la cena, lavara la ropa y cuidara de sus hijos. Pero los grupos de costura, los pícnics y los vendedores de puerta en puerta de aspiradoras no encajaban con una mujer que casi había matado a un hombre a la tierna edad de doce años. Mamaw tuvo poca ayuda cuando los niños eran pequeños y requerían supervisión constante, y no tenía nada más que hacer con su tiempo. Décadas más tarde recordaría lo aislada que se sentía en el lento ritmo suburbano del Middletown de mediados de siglo. Con su franqueza habitual, decía de esa época: «Jodían a las mujeres todo el tiempo.»

Mamaw tenía sus sueños, pero nunca tuvo la oportunidad de luchar por ellos. Su mayor amor eran los niños, tanto en un sentido específico (sus hijos y nietos eran las únicas cosas en el mundo de las que parecía disfrutar cuando era mayor) como en general (veía programas sobre niños que sufrían abusos, que eran desatendidos o que habían desaparecido, y usaba el poco dinero que le sobraba para comprar zapatos y útiles escolares para los niños más pobres del vecindario). Parecía sentir el dolor de los niños desatendidos de una manera profundamente personal y con frecuencia hablaba de lo mucho que odiaba a la gente que trataba mal a los niños. Nunca entendí de dónde salían estos sentimientos, si habían abusado de ella cuando era niña, quizá, o si solo lamentaba que su infancia hubiera terminado de una manera tan repentina. Hay una historia ahí, aunque es poco probable que yo la escuche algún día.

Mamaw soñaba con convertir esa pasión en una carrera como representante legal de niños, para ser la voz de quienes no tenían una. Nunca siguió ese sueño, posiblemente porque no sabía qué hacía falta para convertirse en abogado. Mamaw no pasó un solo día en la preparatoria. Había dado a luz y enterrado a un hijo antes de poder conducir legalmente un coche. Aunque hubiera sabido qué se necesitaba, su nueva forma de vida no la estimulaba ni le daba oportunidades para aspirar a ser estudiante de Derecho con tres hijos y un marido.

A pesar de los reveses, mis abuelos tenían una fe casi religiosa en el trabajo duro y el sueño americano. Ninguno de los dos se engañaba pensando que la riqueza o el privilegio no importaban en Estados Unidos. Por lo que respecta a la política, mamaw tenía una sola opinión —«Son todos un puñado de ladrones»—, pero papaw se convirtió en un demócrata convencido. No tuvo problemas con Armco, pero él y todos los que eran como él odiaban a las empresas del carbón de Kentucky a causa de un largo historial de conflictos laborales. Así que para papaw y mamaw no toda la gente rica era mala, pero toda la gente mala era rica. Papaw era demócrata porque el partido protegía a la gente trabajadora. Esta actitud era compartida por mamaw: puede que todos los políticos fueran ladrones, pero si había excepciones, sin duda eran miembros de la coalición del New Deal de Franklin Delano Roosevelt.

Con todo, mamaw y papaw creían que el trabajo duro era más importante. Sabían que la vida era una lucha, y aunque las oportunidades eran un poco menores para gente como ellos, ese hecho no era una excusa para el fracaso. «Nunca seas como estos putos fracasados que creen que todo el mundo está contra ellos —me decía mi abuela con frecuencia—. Puedes hacer lo que quieras.»

Su comunidad compartía esa fe, y en los años cincuenta esa fe parecía tener sólidas razones. Al cabo de dos generaciones los hillbillies emigrados habían alcanzado a la población nativa en términos de ingresos y nivel de pobreza. Pero su éxito económico escondía su incomodidad cultural, y si mis abuelos se pusieron a la altura económicamente, me pregunto si jamás sintieron que se habían integrado de verdad. Siempre tuvieron un pie en la nueva vida y otro en la vieja. Poco a poco hicieron algunos amigos, pero siguieron muy arraigados en su patria de Kentucky. Odiaban los animales domesticados y no le veían sentido a los «bichos» que no eran para comer, aunque con el tiempo cedieron a las peticiones de los niños de tener perros y gatos.

Sus hijos, con todo, fueron distintos. La generación de mi madre fue la primera que creció en el Medio Oeste industrial, lejos de los fuertes acentos y las escuelas de una sola aula de las colinas. Fueron a preparatorias modernas con miles de alumnos. Para mis abuelos, el objetivo era salir de Kentucky y dar a sus hijos la oportunidad de empezar de cero. De los niños se esperaba, a su vez, que hicieran algo con esa oportunidad. Pero las cosas no salieron así.

Antes de que Lyndon Johnson y la Comisión Regional de los Apalaches construyeran las nuevas carreteras hacia el Kentucky del sudeste, la carretera principal de Jackson a Ohio era la U.S. Route 23. Esta carretera fue tan importante en la inmensa migración hillbilly que Dwight Yoakam compuso una canción sobre los norteños que reprendían a los niños de los Apalaches por aprender las tres R equivocadas: *Reading, Rightin', Rt. 23* (Leer, escribir, tomar la ruta 23). La canción de Yoakam sobre su propia mudanza desde el sudeste de Kentucky podría haber salido del diario de mamaw:

> Creían que leer, escribir y la Ruta 23 los llevaría a la buena vida que nunca habían visto.
>
> No sabían que esa vieja autopista los llevaría a un mundo de desesperación.

Puede que a mamaw y a papaw les fuera bien lejos de Kentucky, pero ellos y sus hijos aprendieron por las malas que la Ruta 23 no llevaba a donde ellos esperaban.

Capítulo 3

Mamaw y papaw tuvieron tres hijos, Jimmy, Bev (mi madre) y Lori. Jimmy nació en 1951, cuando mamaw y papaw estaban adaptándose a su nueva vida. Querían más hijos, así que lo intentaron una y otra vez durante un desgarrador periodo de terrible mala suerte y numerosos abortos. Mamaw soportaba las heridas emocionales de los nueve hijos que perdió a lo largo de su vida. En la universidad supe que el estrés extremo puede causar abortos y que esto ocurre especialmente durante los primeros meses de embarazo. No puedo evitar preguntarme cuántos tíos y tías adicionales tendría hoy si no hubiera sido por la difícil primera transición de mis abuelos, sin duda intensificada por los años en que papaw bebía mucho. Pero persistieron más allá de una década de embarazos frustrados, y finalmente dio resultado: mamá nació el 20 de enero de 1961 —el día de la toma de posesión de John F. Kennedy— y mi tía Lori llegó menos de dos años después. Por la razón que sea, mamaw y papaw se plantaron ahí.

El tío Jimmy me contó cómo era la época antes de que nacieran sus hermanas: «Éramos una familia feliz, normal, de clase media. Recuerdo ver *Leave it to Beaver*[1] en la tele y pensar que se parecía a nosotros.» Cuando me lo dijo por primera vez asentí atentamente y no le di más vueltas. Pero pensándolo ahora me doy cuenta de que para la mayoría de los observadores externos esa afirmación debe parecer una locura. Los padres normales de clase media no arrasan tiendas porque el dependiente es un poco maleducado con su hijo. Pero es probable que esos no sean los términos en los que haya que pensarlo. Destruir mercancías y amenazar a un dependiente era algo normal para mamaw y papaw: eso es lo que los escoceses-irlandeses de los Apalaches hacen cuando alguien se mete con tu hijo. «Lo que quiero decir es que estaban unidos, que se llevaban bien —admitió el tío Jimmy cuando, más tarde, lo presioné—. Pero sí, como todo el mundo en nuestra familia, podían pasar de la normalidad al asesinato en un puto segundo.»

Cualquier armonía de la que pudieran disfrutar al principio de su matrimonio empezó a evaporarse después de que, en 1962, naciera su hija Lori, a la que yo llamo tía Wee. A mediados de los años sesenta papaw bebía habitualmente; mamaw empezó a aislarse del mundo exterior. Los niños del vecindario avisaban al cartero para que evitara a la «bruja malvada» de la calle McKinley. Cuando el cartero ignoraba su consejo, se encontraba con una mujer corpulenta con un cigarrillo de mentol extralargo colgado de los labios que le decía que ni se le ocurriera poner los putos pies en su propiedad. El término «síndrome de Diógenes» aún no formaba parte del vocabulario habitual, pero mamaw encajaba en la definición y sus tendencias no hicieron más que empeorar a medida que se aislaba del mundo. En casa había basura apilada y un dormitorio dedicado por completo a baratijas y desperdicios sin ninguna clase de valor.

Cuando uno oye hablar de este periodo se lleva la impresión de que mamaw y papaw llevaban dos vidas. Había una vida pública. Incluía el trabajo durante el día y preparar a los niños para la escuela. Esta era la vida que todos los demás veían, y se mirara como se mirara era bastante exitosa: mi abuelo ganaba un sueldo

1. Comedia de televisión estadounidense de 1957.

que era casi inimaginable para los amigos de su pueblo; le gustaba su trabajo y lo hacía bien; sus hijos iban a escuelas modernas con recursos y mi abuela vivía en una casa que era, comparada con las de Jackson, una mansión: 185 metros cuadrados, cuatro habitaciones y plomería moderna.

La vida doméstica era distinta. «Al principio, siendo un adolescente, no me di cuenta —recordaba el tío Jimmy—. A esa edad estás tan absorto en tus propias cosas que apenas te das cuenta del cambio. Pero estaba ahí. Papá salía más, mamá dejó de arreglar la casa; los platos sucios y la basura se acumulaban en pilas por todas partes. Peleaban mucho más. Fueron tiempos muy duros.»

La cultura hillbilly de esa época (y quizá también la de ahora) mezclaba una sólida concepción del honor y la devoción a la familia con un extraño sexismo, en una mezcla que a veces resultaba explosiva. Antes de que mamaw estuviera casada sus hermanos habían estado dispuestos a asesinar a los chicos que le faltaran al respeto a su hermana. Ahora que estaba casada con un hombre que muchos de ellos consideraban más un hermano que un desconocido, toleraban un comportamiento que en el valle habría hecho que mataran a papaw. «Los hermanos de mamá venían y querían irse de juerga con papá —explicaba el tío Jimmy—. Se iban a beber y a perseguir mujeres. El tío Pet siempre era el líder. Yo no quería oír hablar de ello, pero siempre acababa oyéndolo. Era la cultura de entonces, cuando se esperaba que los hombres salieran e hicieran lo que quisieran.»

A mamaw la deslealtad le dolía mucho. Odiaba cualquier cosa que pudiera parecer una falta de devoción completa a la familia. En su casa decía cosas como: «Lamento ser tan mala, carajo» y «Saben que los quiero, pero soy una zorra que está como una cabra.» Pero si sabía que alguien la criticaba ante un desconocido, aunque fuera por sus calcetines, perdía los estribos. «No conozco a esa gente. Nunca hables sobre la familia con un desconocido. Nunca.» Mi hermana Lindsay y yo podíamos pelear como perros y gatos en su casa, y casi siempre dejaba que arregláramos las cosas entre nosotros. Pero si yo le decía a un amigo que mi hermana era odiosa y mamaw me oía, tomaba nota y la siguiente vez que estábamos a solas me decía que había cometido el pecado cardinal de la deslealtad. «¿Cómo te atreves a hablar así de tu hermana con un cabrón? Dentro de cinco años no te acordarás de su puto nombre. Pero tu hermana es el único amigo verdadero que tendrás jamás.» Pero en su propia vida, con tres niños en casa, los hombres que deberían haberle sido más leales —sus hermanos y su marido— conspiraban contra ella.

Papaw parecía resistirse a las expectativas sociales para un padre de clase media, a veces con resultados hilarantes. Anunciaba que iba a la tienda y preguntaba a sus hijos si necesitaban algo; volvía con un coche nuevo. Un Chevrolet descapotable nuevo un mes. Un lujoso Oldsmobile el siguiente. «¿De dónde sacaste eso?», le preguntaban. «Es mío, lo cambié por otra cosa», respondía con aire despreocupado.

Pero a veces su incapacidad para adaptarse tenía consecuencias terribles. Mi joven tía y mi madre hacían un pequeño juego cuando su padre llegaba del trabajo. Algunos días estacionaba el coche con cuidado y el juego iba bien: su padre entraba, cenaban juntos como una familia normal y se hacían reír unos a otros. Sin embargo, muchos días no era capaz de estacionarlo bien, se echaba en reversa demasiado rápido en la plaza o dejaba el coche descuidadamente en la calzada o hasta lo golpeaba de refilón contra un poste telefónico al maniobrar. Esos días el juego estaba perdido de antemano. Mamá y la tía Wee corrían dentro y le decían a mamaw que papaw había llegado borracho a casa. A veces salían corriendo por la puerta de atrás y pasaban la noche en casa de alguna amiga de mamaw. Otras veces mamaw insistía en que se quedaran, de modo que mamá y tía Wee se preparaban para una noche larga. Una Nochebuena, papaw llegó a casa borracho y exigió la cena recién hecha. Cuando esta no apareció, cargó el árbol de Navidad de la familia y lo tiró por la puerta trasera. El año siguiente saludó a los asistentes a la fiesta de cumpleaños de su hija y acto seguido tosió y soltó un inmenso escupitajo que fue a parar a los pies de los invitados. Después sonrió y se largó por otra cerveza.

Yo no podía creer que el apacible papaw, al que de niño yo adoraba, fuera un borracho tan violento. Su comportamiento se debía en parte al carácter de mamaw. Ella no era una borracha, pero era violenta. Y canalizaba sus frustraciones en la actividad más productiva que se pueda imaginar: la guerra encubierta. Cuando papaw se quedaba dormido en el sofá, ella le cortaba los pantalones con unas tijeras para que se abrieran por la costura cuando se sentara. O le robaba la cartera y se la escondía en el horno solo para provocar que se enojara. Cuando él llegaba del trabajo y pedía la cena recién hecha, ella le preparaba con cuidado un plato de basura fresca. Si él tenía ganas de pelear, ella peleaba. En resumen, mamaw se entregaba devotamente a hacer que su alcohólica vida fuera un infierno en la tierra.

Si bien la juventud de Jimmy lo protegía un poco de las señales de deterioro del matrimonio de sus padres, el problema no tardó en alcanzar su punto más bajo y evidente. El tío Jimmy recordaba una pelea: «Oía los muebles chocando y chocando; se estaban rompiendo la madre. Los dos gritaban. Bajé para implorarles que pararan.» Pero no pararon. Mamaw tomó un jarrón, lo lanzó y —siempre tuvo un brazo de mil demonios— le dio a papaw justo entre los ojos. «Le abrió la frente y papaw sangraba mucho cuando llegó a su coche y lo arrancó. En eso es en lo que pensé al día siguiente al ir a clase.»

Después de una noche de bebida particularmente violenta, mamaw le dijo a papaw que si volvía a llegar borracho a casa lo mataría. Una semana más tarde volvió a llegar borracho y se quedó dormido en el sofá. Mamaw, que nunca mentía, tomó con toda tranquilidad una lata de gasolina del garaje, la vertió sobre su marido, encendió una cerilla y se la tiró al pecho. Cuando papaw empezó a arder, su hija de once años entró en acción para apagar el fuego y le salvó la vida. Milagrosamente, papaw sobrevivió al incidente con quemaduras solo leves.

Como eran gente de las colinas, tenían que llevar dos vidas separadas. Ningún desconocido podía saber de los problemas familiares; y el concepto de «desconocido» se podría definir de manera muy amplia. Cuando Jimmy cumplió dieciocho años encontró un trabajo en Armco y se fue de casa de inmediato. No mucho después de que se marchara, la tía Wee se encontró en mitad de una pelea especialmente dura y papaw le dio un puñetazo en la cara. El puñetazo, aunque accidental, le dejó un feo ojo morado. Cuando Jimmy —su propio hermano— fue a casa de visita, obligaron a la tía Wee a que se escondiera en el sótano. Como Jimmy ya no vivía con la familia, no podía conocer el funcionamiento interno de la casa. «Así es como todo el mundo, y sobre todo mamaw, hacía las cosas —dijo la tía Wee—. Era demasiado vergonzoso.»

Nadie sabe a ciencia cierta por qué el matrimonio de mamaw y papaw se desmoronó. Quizá el alcoholismo de papaw lo derrotó. El tío Jimmy sospecha que él acabó «engañando» a mamaw. O quizá mamaw se vino abajo: con sus tres hijos vivos, uno muerto y en medio de un montón de abortos, ¿quién la habría culpado?

A pesar de su violento matrimonio, mamaw y papaw siempre mantuvieron un moderado optimismo sobre el futuro de sus hijos. Pensaban que si ellos habían podido pasar de una escuela con una sola aula en Jackson a una casa suburbana de dos pisos con las comodidades de la clase media, entonces sus hijos (y nietos) no tendrían ningún problema para ir a la universidad y hacerse con una porción del sueño americano. Eran indiscutiblemente más ricos que cualquier miembro de la familia que se hubiera quedado en Kentucky. Ya adultos, vieron el océano Atlántico y fueron a las cataratas del Niágara a pesar de que de niños nunca pasaron de Cincinnati. Creían que lo habían logrado y que sus hijos llegarían aún más lejos.

Con todo, había algo muy inocente en esta actitud. Los tres hijos se vieron profundamente afectados por su tumultuosa vida en casa. Papaw quería que Jimmy estudiara en lugar de trabajar largas horas en la planta siderúrgica. Advirtió que si Jimmy aceptaba un trabajo de tiempo completo inmediatamente después de acabar la preparatoria, el dinero sería una droga: le haría sentir bien a corto plazo, pero le impediría hacer las cosas que debía hacer. Papaw incluso impidió que Jimmy lo utilizara como referencia en su solicitud a Armco. De lo que papaw no se daba cuenta era de que Armco ofrecía algo más que dinero: la posibilidad de irse de una casa en la que tu madre le tiraba jarrones a la frente a tu padre.

Lori tuvo problemas en el colegio, sobre todo porque nunca iba a clase. Mamaw solía decir en broma que la llevaba en coche al colegio y la dejaba allí, pero Lori siempre llegaba a casa antes que ella. Durante su segundo año de preparatoria, el novio de Lori robó fenciclidina y los dos se fueron a casa de mamaw para tomársela. «Él me dijo que tenía que tomar un poco más porque era más corpulento. Eso es lo último que recuerdo.» Lori se despertó cuando mamaw y su amiga Kathy la metieron en una bañera con agua fría. Su novio, mientras tanto, no respondía. Kathy no sabía si el joven todavía respiraba. Mamaw le ordenó que lo arrastrara al parque del otro lado de la calle. «No quiero que se muera en mi puta casa», dijo. Pero luego llamó a alguien para que llevara al chico al hospital, donde pasó cinco días en cuidados intensivos.

El año siguiente, con dieciséis años, Lori dejó la preparatoria y se casó. Se vio de inmediato atrapada en una casa violenta como aquella de la que había tratado de escapar. Su nuevo marido la encerraba en un dormitorio para que no viera a su familia. «Era casi como una cárcel», me dijo más tarde la tía Wee.

Por suerte, tanto Jimmy como Lori encontraron su propio camino. Jimmy trabajaba mientras asistía a la escuela nocturna y consiguió un trabajo como vendedor en Johnson & Johnson. Fue la primera persona de mi familia en tener una «carrera.» Cuando Lori cumplió treinta, trabajaba en radiología y tenía un nuevo marido, tan agradable que mamaw le dijo a toda la familia: «Si algún día se divorcian, me voy con él.»

Por desgracia, las estadísticas alcanzaron a la familia Vance y a Bev (mi madre) no le fue tan bien. Como sus hermanos, se fue de casa pronto. Era una estudiante prometedora, pero cuando quedó embarazada a los dieciocho años decidió que la universidad tendría que esperar. Después de la preparatoria se casó con su novio e intentó sentar cabeza. Pero sentar cabeza no era lo suyo: había aprendido las lecciones de su niñez demasiado bien. Cuando su nueva vida resultó ser la misma sucesión de dramas y peleas que la antigua, mamá pidió el divorcio y empezó su vida como madre soltera. Tenía diecinueve años, no tenía ningún título ni marido, pero sí una niña pequeña, mi hermana Lindsay.

Mamaw y papaw acabaron arreglando las cosas. Papaw dejó de beber en 1983, una decisión que no estuvo acompañada por ninguna actuación médica ni demasiada ostentación. Se limitó a dejarlo y no dijo mucho al respecto. Él y mamaw se habían separado y después reconciliado, y aunque seguían viviendo en casas separadas, pasaban juntos casi todas las horas que estaban despiertos. E intentaron reparar el daño que habían hecho: animaron a Lori a romper su violento matrimonio. Le prestaron dinero a Bev y la ayudaron a cuidar a su hija. Le ofrecieron lugares en los que instalarse, la apoyaron mientras seguía tratamiento para dejar las drogas y le pagaron los estudios de enfermería. Y lo que es más importante, la cubrieron cuando ella no quería o no podía ser la clase de progenitor que ellos habrían deseado ser para ella. Mamaw y papaw pudieron fallarle a Bev en su juventud. Pero se pasaron el resto de su vida compensándolo.

Capítulo 4

Yo nací a finales del verano de 1984, solo unos meses después de que papaw votara por primera y última vez a un republicano, Ronald Reagan. Reagan, que se ganó a una gran parte de los demócratas del Cinturón del Óxido como papá, consiguió la mayor victoria electoral en la historia estadounidense moderna: «Nunca me gustó mucho Reagan —me contó más tarde papaw—. Pero odiaba a ese hijo de puta de Mondale.» El oponente demócrata de Reagan, un progresista culto del nordeste, contrastaba cruelmente con mi papaw hillbilly desde un punto de vista cultural. Mondale nunca tuvo ninguna posibilidad, y una vez que desapareció de la escena política, papaw nunca volvió a votar contra su querido «partido de los trabajadores.»

Jackson, Kentucky, siempre tendrá mi corazón, pero Middletown, Ohio, dispuso de la mayor parte de mi tiempo. En muchos sentidos, la ciudad donde nací era básicamente la misma a la que mis abuelos habían emigrado cuatro décadas atrás. Su población había cambiado poco desde los años cincuenta, cuando la riada de inmigrantes que llegaba por la autopista hillbilly se redujo hasta convertirse en un chorrito. Mi escuela primaria fue construida en los años treinta, antes de que mis abuelos se marcharan de Jackson, y la secundaria empezó a albergar estudiantes poco después de la Primera Guerra Mundial, mucho antes de que nacieran mis abuelos. Armco seguía siendo la mayor empresa de la ciudad, y aunque había señales inquietantes en el horizonte, Middletown había evitado grandes problemas económicos. «Nos veíamos como una muy buena comunidad a la altura de Shaker Heights o Upper Arlington —explicaba un veterano que llevaba décadas en las escuelas públicas, comparando la Middletown de antaño con algunos de los mejores suburbios de Ohio—. Por supuesto, ninguno de nosotros sabía lo que iba a pasar.»

Middletown es una de las ciudades industriales más viejas de Ohio. Fue construida en el siglo XIX gracias a su proximidad con el río Miami, que desemboca directamente en el Ohio. De niños bromeábamos acerca de que nuestra ciudad era tan genérica que ni siquiera se habían molestado en darle un nombre de verdad: está a medio camino entre Cincinnati y Dayton, y es una ciudad, de modo que ahí tenemos el nombre. (No es la única: a unos pocos kilometros de Middletown está Centerville). Middletown es genérica también en otras cosas. Ejemplificó la expansión económica de las ciudades industriales del Cinturón del Óxido. Socioeconómicamente, es en buena medida de clase trabajadora. Racialmente, hay mucha gente blanca y negra (esta última, producto de una gran migración análoga), pero poca de otras razas. Y culturalmente es muy conservadora, aunque el conservadurismo cultural y político no siempre están alineados en Middletown.

La gente con la que crecí no es muy distinta de la que habita en Jackson. Esto es particularmente evidente en Armco, que daba trabajo a multitud de gente en la ciudad. De hecho, en cierto momento el ambiente de trabajo reprodujo las ciudades de Kentucky de las que procedían muchos de los empleados. Un autor afirmó que «un cartel sobre una puerta entre dos departamentos rezaba: Está abandonando el condado de Morgan y entrando en el de Wolfe.»[1] Kentucky —y con él las rivalidades entre

1. Jack Temple Kirby, «The Southern Exodus, 1910-1960: A Primer for Historians», *The Journal of Southern History*, vol. 49, núm. 4 (noviembre de 1983), p. 598.

sus condados— se había trasladado a la ciudad con los emigrantes de los Apalaches.

De niño dividía Middletown en tres regiones geográficas básicas. Primero, la zona que rodeaba a la preparatoria, que se inauguró en 1969, el año del último curso del tío Jimmy. (En 2003 mamaw aún lo llamaba «la nueva preparatoria»). Los niños «ricos» vivían allí. Grandes casas coexistían holgadamente con parques cuidados y complejos de oficinas. Si tu padre era médico, lo más probable es que tuviera la casa o la oficina allí, si no ambas. Yo soñaba con tener una casa en Manchester Manor, una urbanización relativamente nueva a un kilómetro de la preparatoria, en la que una buena casa costaba menos de una quinta parte que una casa decente en San Francisco. Después, los niños pobres (los niños de verdad pobres) vivían cerca de Armco, donde hasta las casas bonitas se habían convertido en edificios de departamentos multifamiliares. Hasta hace poco no supe que este vecindario era en realidad dos vecindarios: uno habitado por la población negra de clase trabajadora de Middletown y el otro ocupado por su población blanca más pobre. Las pocas viviendas de interés social de Middletown estaban ahí.

Después estaba la zona en la que vivíamos nosotros: en su mayoría, casas unifamiliares con almacenes y fábricas abandonados a un paseo de distancia. Pensándolo ahora, no sé si las zonas «realmente pobres» y mi barrio eran muy distintas, o si estas divisiones eran fruto de una mente que no quería creer que era realmente pobre.

Enfrente de casa estaba Miami Park, que ocupaba una manzana y en el que había unos columpios, una pista de tenis, un campo de beisbol y una cancha de basquetbol. Mientras crecía, me daba cuenta de que las líneas de la pista de tenis se iban desvaneciendo mes a mes, y de que el ayuntamiento dejaba de rellenar las grietas o de reponer las redes en las canchas de basquetbol. Yo todavía era joven cuando la pista de tenis se convirtió en poco más que un bloque de cemento remendado con parches de hierba. Supe que nuestro barrio había «caído en picada» después de que robaran dos bicicletas en el transcurso de una semana. Durante años, decía mamaw, sus hijos habían dejado las bicicletas sin encadenar en el patio y no habían tenido ningún problema. Pero en ese momento sus nietos se despertaban y encontraban gruesos candados partidos en dos con cortacadenas. A partir de ese momento fui a pie.

Si Middletown había cambiado poco cuando yo nací, las señales de advertencia aparecieron casi inmediatamente después. Es fácil, hasta para los residentes, no advertirlas porque el cambio ha sido gradual, más una erosión que un alud. Pero es evidente si sabes dónde tienes que mirar, y hay una frase habitual entre quienes regresamos de vez en cuando: «Caray, Middletown tiene mala pinta.»

En los años ochenta Middletown tenía un centro espléndido, casi idílico: un animado centro comercial, restaurantes que llevaban abiertos desde antes de la Segunda Guerra Mundial, y unos pocos bares en los que hombres como papaw se reunían para tomarse una cerveza (o muchas) después de un duro día en la planta siderúrgica. Mi tienda preferida era el Kmart local, que era la principal atracción del centro comercial, cerca de una tienda de Dillman's, una tienda de comestibles con tres o cuatro locales. Ahora el centro comercial está casi vacío: en el Kmart no hay nada y la familia Dillman cerró esa tienda grande y también las demás. La última vez que lo vi, allí solo había un Arby's, una tienda de alimentos barata, y un bufet chino. El panorama en ese centro comercial no es ni mucho menos infrecuente. A pocos negocios de Middletown les va bien, y muchos han cerrado. Hace veinte años había dos centros comerciales. Ahora uno de ellos es un estacionamiento y el otro sirve para que los ancianos caminen un poco (aunque queda alguna tienda).

Hoy en día el centro de Middletown es poco más que una reliquia de la gloria industrial estadounidense. Tiendas abandonadas con escaparates rotos en pleno centro, donde se cruzan Central Avenue y Main Street. La tienda de empeños de Richie cerró hace tiempo, aunque un odioso cartel amarillo y verde sigue en el lugar, por lo que sé. No lejos de allí está la vieja tienda que, en su mejor momento, tuvo una barra de refrescos y servía zarzaparrilla con helado. Al otro lado de la calle hay un edificio que parece un teatro, con uno de esos grandes rótulos que reza

«ST__L», porque las letras de en medio se rompieron y nadie las sustituyó. Si necesitas un crédito rápido o que te cambien oro por dinero, el centro de Middletown es el lugar adecuado.

No lejos de la principal avenida de tiendas vacías y escaparates protegidos con paneles de madera está la mansión Sorg. Los Sorg, una poderosa y rica familia industrial que se remonta al siglo XIX, dirigían una gran papelera en Middletown. Donaban suficiente dinero para que pusieran sus nombres en el teatro de la ópera local, y contribuyeron a hacer de Middletown una ciudad lo bastante respetable como para atraer a Armco. Su mansión, una gigantesca casa señorial, está junto al antaño imponente club de campo de Middletown. A pesar de su belleza, una pareja de Maryland compró hace poco la mansión por 225 mil dólares, más o menos la mitad de lo que te cuesta un departamento decente de varias habitaciones en Washington, D.C.

Ubicada literalmente en Main Street, la mansión Sorg está solo un poco más allá de varias casas opulentas que albergaron la riqueza de Middletown en sus mejores días. La mayoría están en mal estado. Las que no lo están han sido subdivididas en pequeños departamentos para los residentes más pobres de Middletown. Una calle que antes fue el orgullo de Middletown hoy es el punto de encuentro para drogadictos y dealers. Ahora Main Street es la clase de sitio al que intentas no ir por la noche.

Este cambio es un síntoma de la nueva realidad económica: una creciente segregación residencial. El número de blancos de clase trabajadora en barrios muy pobres está creciendo. En 1970, 25 por ciento de los niños blancos vivía en un barrio con tasas de pobreza por encima de 10 por ciento. En 2000, la cifra era de 40 por ciento. Casi, sin duda, hoy es más alto. Un estudio de la Brookings Institution de 2011 descubrió que, «comparado con el año 2000, en 2005-2009 los residentes en barrios de pobreza extrema tenían más posibilidades de ser blancos, nacidos en el lugar, graduados de preparatoria o universidad, propietarios de casas y que no reciben ayudas públicas.»[2] En otras palabras, los barrios

2. Elizabeth Kneebone, Carey Nadeau y Alan Berube, «The Re-Emergence of Concentrated Poverty: Metropolitan Trends in the 2000s», Brookings Insti-

malos ya no están solo en los guetos urbanos; los barrios malos se han extendido a los suburbios.

Esto ha ocurrido por razones complejas. La política federal de vivienda ha estimulado activamente la propiedad de la vivienda, desde la Ley de Reinversión Comunitaria de Jimmy Carter hasta la sociedad de propietarios de George W. Bush. Pero en las Middletowns del mundo la propiedad de la vivienda tiene un fuerte costo social: a medida que los puestos de trabajo desaparecen en una zona determinada, el valor descendente de las casas atrapa a la gente en ciertos barrios. Aunque quisieras mudarte, no puedes, porque el mercado se ha venido abajo: ahora debes más de lo que cualquier comprador está dispuesto a pagar. Los costos de mudarse son tan altos que la mayoría de la gente no se mueve de sitio. Por supuesto, la gente atrapada suele ser la que tiene menos dinero; la que puede permitírselo, se va.

Los líderes de la ciudad han intentado en vano revivir el centro de Middletown. Su intento más infame se encuentra siguiendo Central Avenue hasta el final, en la orilla del río Miami, en el pasado un lugar adorable. Por razones que no soy capaz de comprender, el grupo de expertos del ayuntamiento decidió convertir nuestra preciosa ribera del río en el lago Middletown, un proyecto de infraestructuras que al parecer implicaba lanzar al río toneladas de barro y esperar que algo interesante saliera de eso. No logró nada, aunque ahora el río tiene una isla de barro del tamaño de una manzana de la ciudad creada por el ser humano.

Los intentos de reinventar el centro de Middletwon siempre me han parecido estériles. La gente no se fue porque en nuestro centro no hubiera instalaciones culturales modernas. Las instalaciones culturales modernas se fueron porque en Middletown no había suficientes consumidores para sostenerlas. ¿Y por qué no había suficientes consumidores con dinero? Porque no había suficientes puestos de trabajo para esos consumidores. Las dificultades que pasaba el centro de Middletown eran un síntoma de todo lo que le pasaba a la gente de Middletown y, sobre

---

tution, noviembre de 2011, <https://www.brookings.edu/research/the-re-emer-gence-of-concentrated-poverty-metropolitan-trends-in-the-2000>.

todo, de que la importancia de Armco Kawasaki Steel se desplomaba.

AK Steel es resultado de la fusión, en 1989, de Armco Steel y Kawasaki, la misma empresa japonesa que hace esas pequeñas motocicletas de gran cilindrada («cohetes para la entrepierna», las llamábamos de niños). La mayoría de la gente aún la llama Armco por dos razones. La primera es que, como decía mamaw, «Armco construyó esta puta ciudad.» No mentía: gran parte de los mejores parques e instalaciones de la ciudad se hicieron con dinero de Armco. La gente de Armco se sentaba en los consejos de muchas organizaciones locales importantes y ayudaba a financiar las escuelas. Y daba trabajo a miles de personas en Middletown que, como mi abuelo, ganaban un buen sueldo a pesar de no tener educación formal.

Armco se ganó su reputación de una manera muy bien pensada. «Hasta los años cincuenta —escribe Chad Berry en su libro *Southern Migrants, Northern Exiles*—, los "cuatro grandes" empleadores de la región del valle del Miami —Procter and Gamble en Cincinnati, Champion Paper and Fiber en Hamilton, Armco Steel en Middletown y National Cash Register en Dayton— tuvieron relaciones laborales tranquilas, en parte porque [contrataban] a la familia y a los amigos de los empleados, que en el pasado también fueron emigrantes. Por ejemplo, Inland Container, en Middletown, contaba con 220 trabajadores en nómina procedentes de Kentucky, 117 de los cuales eran del condado de Wolfe.» Aunque las relaciones laborales sin duda habían empeorado en los años ochenta, mucha de la buena voluntad mostrada por Armco (y empresas parecidas) perduraba.

La otra razón por la que la mayoría aún la llama Armco es que Kawasaki era una empresa japonesa, y en una ciudad llena de veteranos de la Segunda Guerra Mundial y sus familias, cuando se anunció la fusión, uno podría haber pensado que era el mismísimo general Tojo quien había decidido instalarse en el sudeste de Ohio. La oposición fue sobre todo un montón de ruido. Hasta papaw —que una vez prometió desheredar a sus hijos si se compraban un coche japonés— dejó de quejarse pocos días después del anuncio de la fusión. «La verdad —me dijo— es que los japoneses ahora son amigos. Si acabamos luchando contra alguno de esos países, tendrá que ser contra los malditos chinos.»

La fusión con Kawasaki puso de manifiesto una verdad incómoda: la industria en Estados Unidos era un negocio difícil en el mundo posglobalización. Si empresas como Armco querían sobrevivir, tendrían que modernizarse. Kawasaki dio una oportunidad a Armco y es probable que la empresa emblemática de Middletown no hubiera sobrevivido sin ella.

Cuando era niño, mis amigos y yo no teníamos ni idea de que el mundo había cambiado. Papaw se había retirado hacía unos años, pero tenía acciones de Armco y una pensión muy buena. Armco Park seguía siendo el sitio de ocio más bonito y exclusivo de la ciudad y el acceso al parque privado era un símbolo de estatus: significaba que tu padre (o abuelo) era un hombre con un trabajo respetado. Nunca se me ocurrió que Armco no iba a estar ahí siempre, financiando becas, construyendo parques y ofreciendo conciertos gratuitos.

Con todo, pocos de mis amigos tenían la ambición de trabajar allí. De pequeños teníamos los mismos sueños que los demás niños; queríamos ser astronautas o jugadores de futbol o héroes de acción. Yo quería ser cuidador de mascotas, cosa que en ese momento parecía perfectamente razonable. En sexto, anhelábamos ser veterinarios o médicos o predicadores u hombres de negocios. Pero no trabajar en el acero. Ni siquiera en la escuela primaria Roosevelt —donde, gracias a la geografía de Middletown, los padres de la mayoría de los alumnos carecían de educación universitaria— nadie quería tener una carrera en trabajos industriales y su promesa de una respetable vida de clase media. Nunca pensamos que tendríamos suerte si conseguíamos un puesto de trabajo en Armco; dábamos a Armco por descontada.

Muchos chicos parecen pensar lo mismo hoy. Hace unos años hablé con Jennifer McGuffey, profesora de la Middletown High School que trabaja con jóvenes en situación de riesgo. «Muchos estudiantes simplemente no entienden lo que está pasando ahí fuera —me dijo negando con la cabeza—. Están los chicos que piensan ser jugadores de beisbol, pero ni siquiera juegan en el equipo de la preparatoria porque le caen mal al entrenador. Después están los que no rinden muy bien en la escuela, pero cuando intentas hablar con ellos sobre qué piensan hacer, te hablan de AK. "Ya conseguiré un trabajo en AK. Mi tío trabaja ahí". Es como si no fueran capaces de establecer una conexión entre la situación de su ciudad y la falta de puestos de trabajo en AK.» Mi primera reacción fue: ¿cómo puede ser que estos chicos no entiendan cómo es el mundo? ¿No se dan cuenta de que su ciudad está cambiando delante de sus ojos? Pero después comprendí: nosotros no lo entendíamos, ¿por qué iban a hacerlo ellos?

Para mis abuelos, Armco era un salvador económico, el motor que los sacó de las colinas de Kentucky y los llevó a la clase media estadounidense. Mi abuelo quería a la empresa y conocía cada marca y cada modelo de coche fabricado con acero Armco. Incluso después de que muchas empresas estadounidenses abandonaran la fabricación de coches con acero, papaw se paraba en las concesionarias de coches usados siempre que veía un viejo Ford o Chevy. «Armco hizo este acero», me decía. Era una de las escasas ocasiones en las que se le escapaba una sensación de orgullo genuino.

A pesar de ese orgullo, no tenía ningún interés en que yo trabajara allí. «Tu generación se ganará la vida con la cabeza, no con las manos», me dijo una vez. La única carrera aceptable en Armco era como ingeniero, no como peón en el taller de soldadura. Muchos padres y abuelos de Middletown debían pensar algo parecido. Para ellos, el sueño americano requería un impulso. El trabajo manual era honorable, pero era el trabajo de su generación, nosotros teníamos que hacer algo distinto. Ascender era la manera de continuar. Eso exigía ir a la universidad.

Y, sin embargo, no existía la sensación de que no alcanzar la educación superior condujera a la vergüenza o a cualquier otra consecuencia. El mensaje no era explícito: los profesores no nos decían que éramos demasiado tontos o pobres para conseguirlo. Sin embargo, estaba a nuestro alrededor, como el aire que respirábamos. Nadie en nuestras familias había ido a la universidad, los amigos o hermanos mayores estaban perfectamente satisfechos de seguir en Middletown, sean cuales fueran sus perspectivas laborales; no conocíamos a nadie que fuera a una universidad prestigiosa fuera del estado; y todo el mundo conocía al menos a un joven que tenía un mal empleo o estaba desempleado.

En Middletown, un 20 por ciento de los chicos que entran en la preparatoria pública no consiguen graduarse. La mayoría no conseguirán un título universitario. Prácticamente ninguno irá a una universidad fuera del estado. Los estudiantes no esperan mucho de sí mismos porque la gente a su alrededor tampoco lo hace. La mayoría de los padres aceptan esta situación. Hasta que mamaw empezó a interesarse por mis resultados en la preparatoria, no recuerdo que me regañaran por sacar una mala calificación. Cuando mi hermana o yo teníamos problemas en el colegio, oía casualmente cosas como: «Bueno, quizá no sea muy buena con las divisiones» o «J. D. es un chico de números, no me preocuparía ese examen de ortografía.»

Existía, y aún existe, la sensación de que los que logran llegar lejos son de dos tipos. Los primeros tienen suerte: proceden de familias ricas con contactos y su vida estaba encarrilada desde el momento en que nacieron. Los segundos son los meritocráticos: nacieron con una buena cabeza y no pueden fracasar ni aunque se lo propongan. Como en Middletown hay muy pocos de la primera categoría, la gente da por hecho que todo aquel que logra llegar lejos es muy inteligente. Para el habitante promedio de Middletown el trabajo duro importa menos que el talento en bruto.

No es que los padres o los profesores eviten hacer referencia al trabajo duro. Ni que vayan por ahí proclamando en voz alta que creen que a sus hijos no les va a ir muy bien. Estas actitudes acechan bajo la superficie, menos en lo que la gente dice que en lo que hace. Una vecina nuestra llevaba toda la vida recibiendo apoyos sociales pero, así como podía pedirle prestado el coche a mi abuela o le ofrecía cupones de comida a cambio de dinero en efectivo para sacar un beneficio, no dejaba de hablar sobre la laboriosidad. «Hay tanta gente que abusa del sistema que es imposible que la gente que trabaja duro consiga la ayuda que necesita», decía. Esa era la idea que se había construido en su cabeza: la mayoría de los beneficiarios del sistema eran gorrones derrochadores, pero ella, a pesar de que no había trabajado en su vida, era una evidente excepción.

En lugares como Middletown la gente habla siempre del trabajo duro. Puedes pasear por una ciudad en la que 30 por ciento de los jóvenes trabaja menos de veinte horas a la semana y no encontrar a una sola persona consciente de su propia pereza. Durante el ciclo electoral de 2012 el Public Religion Institute, un *think tank* de izquierdas, publicó un informe sobre los blancos de clase trabajadora. Descubrió, entre otras cosas, que los blancos de clase trabajadora laboraban más horas que los blancos con estudios universitarios. Pero la idea de que el blanco de clase trabajadora promedio trabaja más horas es patentemente falsa.[3] El Public Religion Institute basaba sus resultados en encuestas; es decir, llamaba por teléfono para preguntar a la gente qué pensaba.[4] Lo único que demuestra ese informe es que mucha gente habla más sobre trabajar de lo que realmente trabaja.

Naturalmente, las razones por las que la gente pobre no trabaja tanto como los demás son complejas, y es demasiado fácil culpar del problema a la pereza. Muchos solo tienen acceso a un trabajo de medio tiempo, porque los Armcos del mundo están cerrando y sus habilidades no encajan bien en la economía moderna. Pero sean cuales sean las razones, la retórica del trabajo duro entra en conflicto con la realidad cotidiana. Los chicos de Middleton asimilan ese conflicto y se enfrentan a él.

En esto, como en tantas otras cosas, los emigrantes escoceses-irlandeses se parecen a los suyos en el valle. En un documental de HBO sobre la gente de las colinas del este de Kentucky, el patriarca de una gran familia de los Apalaches se presenta estableciendo líneas estrictas entre el trabajo aceptable para los hombres y el trabajo aceptable para las mujeres. Aunque queda

3. «Nice Work if You Can Get Out», *The Economist*, abril de 2014, <http://economist.com/news/finance-and-economics/21600989-why-rich-now-have-less-leisure-poor-nice-work-if-you-can-get-out>.

4. Robert P. Jones y Daniel Cox, «Beyond Guns and God», Public Religion Institute, 2012. <http://publicreligion.org/sute/wp-content/uploads/2012/09/WWC-Report-For-Web-Final.pdf>.

claro qué considera «trabajo de mujeres», no está nada claro qué trabajo es aceptable para él, si es que alguno lo es. Según parece, no el empleo pagado, puesto que el hombre nunca ha tenido un trabajo retribuido en su vida. En última instancia, el veredicto de su hijo es irrecusable: «Papá dice que ha trabajado durante toda su vida. La única cosa en que ha trabajado papá es en su maldito trasero. ¿Por qué no ser franco, papá? Papá era alcohólico. Se emborrachaba, no traía comida a casa. Mamá mantuvo a sus pequeños. Si no hubiera sido por mamá, ahora estaríamos muertos.»[5]

Junto a estas normas incompatibles acerca del valor del trabajo industrial, existía una inmensa ignorancia sobre cómo conseguir un trabajo de oficina. No sabíamos que en todo el país —incluso en nuestra propia ciudad— otros chicos ya habían empezado a competir para salir adelante en la vida. En primero, todas las mañanas hacíamos un juego. El profesor anunciaba qué día del mes era y uno a uno enunciábamos una operación matemática que diera como resultado ese número. De modo que si el día era el cuatro, podías decir «dos más dos» y llevarte un premio, normalmente un pequeño caramelo. Un día el número era el treinta. Los alumnos que estaban delante de mí dieron todas las respuestas fáciles: «veintinueve más uno», «veintiocho más dos», «quince más quince.» Yo era mejor que ellos. Iba a dejar al profesor alucinado.

Cuando me llegó el turno, dije orgullosamente: «Cincuenta menos veinte.» El profesor se entusiasmó y me dio dos caramelos por mi incursión en el mundo de la resta, una habilidad que había aprendido solo unos días antes. Poco después, mientras me regocijaba en mi brillantez, otro alumno anunció: «Diez veces tres.» No tenía ni idea de lo que estaba hablando. ¿Veces? ¿Quién era ese chico?

El maestro quedó aún más impresionado y mi triunfante competidor no se llevó dos sino tres caramelos. El profesor habló brevemente de la multiplicación y preguntó si alguien más sabía que eso existía. Ninguno de nosotros levantó la mano. Yo estaba

5. *American Hollow* (documental), dirigido por Rory Kennedy, Estados Unidos, 1999.

destrozado. Volví a casa y me eché a llorar. Estaba seguro de que mi ignorancia tenía sus raíces en alguna carencia de mi carácter. Me sentía idiota.

No era culpa mía que hasta ese día no hubiera oído hablar de la palabra «multiplicación.» No la había aprendido en la escuela, y mi familia no se sentaba conmigo para resolver problemas matemáticos. Pero para un niño pequeño que quería ser bueno en la escuela, era una derrota aplastante. En mi cerebro inmaduro, no comprendía la diferencia entre inteligencia y conocimiento. De modo que asumí que era tonto.

Quizá ese día no supe qué era una multiplicación, pero cuando volví a casa y le conté a papaw lo desolado que estaba, lo convirtió en un triunfo. Aprendí a multiplicar y a dividir antes de la cena. Y durante los dos años posteriores, mi abuelo y yo resolvimos problemas matemáticos cada vez más complejos una vez a la semana; si los hacía bien, recibía como premio un helado. Cuando no entendía un concepto me mortificaba y salía corriendo enojado, derrotado. Pero después de dejarme hacer pucheros un rato, papaw siempre estaba listo para volver a intentarlo. Mamá nunca fue una persona de números, pero me llevó a la biblioteca pública antes de que supiera leer, me sacó una credencial, me enseñó cómo se utilizaba y siempre se preocupó de que en casa hubiera libros para niños.

En otras palabras, a pesar de todas las presiones ambientales de mi vecindario y mi comunidad, en casa recibí un mensaje distinto. Es probable que eso me salvara.

Capítulo 5

Doy por hecho que no soy el único que tiene recuerdos anteriores a los seis o siete años. Sé que tenía cuatro cuando me subí a la mesa del comedor de nuestro pequeño departamento, proclamé que era el Increíble Hulk y me tiré de cabeza contra la pared para demostrar que era más fuerte que cualquier edificio. (Estaba equivocado).

Recuerdo que me colaron en el hospital para ver al tío Teaberry. Recuerdo estar sentado en el regazo de mamaw Blanton mientras ella leía en voz alta historias de la Biblia antes de que saliera el sol, y recuerdo acariciarle los pelos de la barbilla y preguntarme si Dios daba vello facial a todas las mujeres mayores. Recuerdo explicarle en el valle a la señorita Hydore que me llamaba «J. D., como jota-punto-de-punto.» Recuerdo ver a Joe Montana liderando una jugada que acabó en *touchdown* en el Super Bowl contra los Bengals de Cincinnati. Y recuerdo el día de principios de septiembre en mi primer año en el jardín de niños cuando mamá y Lindsay me recogieron y me dijeron que no volvería a ver a mi padre. Me iba a dar en adopción, dijeron. Nunca había estado más triste.

Mi padre, Don Bowman, era el segundo marido de mi madre. Mamá y papá se casaron en 1983 y se separaron más o menos cuando yo empezaba a caminar. Mamá volvió a casarse un par de años después del divorcio. Papá me dio en adopción cuando yo tenía seis años. Después de la adopción, se convirtió en una especie de fantasma durante los seis años siguientes. Tengo pocos recuerdos de mi vida con él. Sé que amaba Kentucky, sus preciosas montañas y su ondulado paisaje verde con caballos. Bebía RC Cola y tenía un claro acento sureño. Bebía, pero lo dejó después de convertirse al cristianismo pentecostal. Siempre me sentí querido cuando pasaba tiempo con él, razón por la que me pareció tan impactante que «no me quisiera más», como me dijeron mamá y mamaw. Tenía una nueva esposa, con dos niños pequeños, y a mí me había sustituido.

Bob Hamel, mi padrastro y luego padre adoptivo, era un buen tipo que nos trataba, a Lindsay y a mí, amablemente. Mamaw no lo apreciaba mucho. «Es un puto retrasado sin dientes», le decía a mamá, sospecho que por razones de clase y cultura: mamaw había hecho todo al alcance de su mano para mejorar las circunstancias de su nacimiento. Aunque no era ni mucho menos rica, quería que sus hijos tuvieran una educación, consiguieran un trabajo de oficina y se casaran con tipos bien arreglados de clase media; gente, en otras palabras, que no se pareciera en nada a mamaw y a papaw. Bob, sin embargo, era un estereotipo hillbilly con patas. Tenía poca relación con su padre y había aprendido bien las lecciones de su niñez: tenía dos hijos a los que apenas veía, aunque vivían en Hamilton, una ciudad situada a quince kilómetros al sur de Middletown. Tenía la mitad de los dientes podridos y la otra mitad negros, marrones y deformes, consecuencia de toda una vida bebiendo el refresco Mountain Dew y, es de suponer, haberse saltado unas cuantas visitas al dentista. Había dejado la preparatoria y se ganaba la vida conduciendo un camión.

Con el tiempo descubriríamos que las cosas malas de Bob eran muchas. Pero lo que produjo la aversión inicial de mamaw eran las partes de él que más se parecían a ella. Aparentemente, mamaw comprendía lo que yo tardaría veinte años más en aprender: que la clase social en Estados Unidos no es solo cuestión de dinero. Y el deseo de que a sus hijos les fuera mejor que a ella iba más allá de su educación y su empleo, llegaba hasta las relaciones que mantenían. Cuando se trataba de cónyuges para sus hijos y padres para sus nietos, mamaw sentía, lo supiera conscientemente o no, que ella no estaba a la altura.

Cuando Bob se convirtió en mi padre legal, mamá me cambió el nombre, de James Donald Bowman a James David Hamel. Hasta entonces, había llevado el nombre de mi padre como segundo nombre, y mamá utilizó la adopción para borrar todo recuerdo de su existencia. Mantuvo la D para preservar el que se había convertido en mi apodo universal, J. D. Mamá me dijo que ahora llevaba el nombre del tío David, el adicto hermano mayor de mamaw. A mí me pareció una exageración a pesar de que solo tenía seis años. Cualquier viejo nombre que empezara con D me habría parecido bien siempre que no fuera Donald.

Nuestra nueva vida con Bob tenía cierto aire superficial de comedia de televisión. El matrimonio de mamá y Bob parecía feliz. Se compraron una casa a pocas calles de la de mamaw. (Estábamos tan cerca que si los baños estaban ocupados o quería picar algo, iba a casa de mamaw). Mamá acababa de obtener el título de enfermera y Bob tenía un buen sueldo, así que teníamos mucho dinero. Con mamaw, siempre con un arma encima y fumando cigarros, en el otro extremo de la calle y un nuevo padre legal, éramos una familia rara pero feliz.

Mi vida adoptó una cadencia predecible. Iba al colegio y volvía a casa para cenar. Visitaba a mamaw y papaw casi todos los días. Papaw se sentaba en nuestro porche para fumar y yo me sentaba ahí con él y escuchaba cómo gruñía sobre política o el sindicato de trabajadores del acero. Cuando aprendí a leer, mamá me compró mi primer libro infantil —*Mocoso del espacio*— y me cubrió de halagos por terminarlo tan rápido. Me encantaba leer y me encantaba resolver problemas matemáticos con papaw, y me encantaba que mamá pareciera encantada con todo lo que yo hacía.

Mamá y yo estábamos unidos por otras cosas, especialmente por nuestro deporte preferido, el futbol. Leía cada palabra que podía sobre Joe Montana, el mayor *quarterback* de todos los tiempos, veía todos los partidos y escribía cartas a los 49ers y luego a los Chiefs, los dos equipos de Montana. Mamá tomaba prestados de la biblioteca pública libros de estrategia de futbol y hacíamos pequeñas maquetas del campo con cartulinas para manualidades y monedas: centavos para la defensa, monedas de cinco y diez centavos para la ofensiva.

Mamá no solo quería que entendiera las reglas del futbol, quería que entendiera la estrategia. Practicábamos con nuestro campo de futbol de cartulina y repasábamos posibles imprevistos. ¿Qué pasaba si un liniero defensivo (una brillante moneda de cinco centavos) fallaba en el bloqueo? ¿Qué podía hacer el *quarterback* (una moneda de diez) si ningún receptor (otra de diez) estaba libre? No teníamos ajedrez, pero teníamos futbol.

Más que nadie en mi familia, mamá quería que nos relacionáramos con gente de todos los orígenes. Su amigo Scott era un viejo y amable gay que, me dijo más tarde, murió inesperadamente. Me hizo ver una película sobre Ryan White, un niño no mucho mayor que yo que había contraído el VIH por una transfusión de sangre y había tenido que librar una lucha legal para volver a la escuela. Cada vez que me quejaba de la escuela, mamá me recordaba a Ryan White y hablaba de la bendición que era recibir una educación. Estaba tan abrumada por la historia de White que escribió a mano una carta a su madre después de que muriera, en 1990.

Mamá creía profundamente en la promesa de la educación. Fue la elegida en su generación para dar el discurso de graduación en su preparatoria, pero no llegó a ir a la universidad porque Lindsay nació pocas semanas después de que mamá se graduara. Pero volvió a un centro local de estudios superiores y sacó su diploma en enfermería. Probablemente yo tenía siete u ocho años cuando empezó a trabajar como enfermera de tiempo completo, y a mí me gustaba pensar que había contribuido un poco a ello: la «ayudaba» a estudiar subiéndome a ella y la dejaba que practicara la venopunción en mis jóvenes venas.

A veces la devoción de mamá por la educación iba demasiado lejos. Mientras hacía mi proyecto para el concurso de ciencia en tercero, mamá me ayudaba en todos los pasos, desde planear el proyecto hasta ayudarme con las notas de laboratorio y preparar la presentación. La noche anterior a la entrega todo estaba preparado, el proyecto tenía el aspecto que debía tener: la obra de un estudiante de tercero que había flojeado un poco. Me acosté pensando en que al día siguiente me levantaría, haría mi mediocre presentación y eso sería todo. El concurso de ciencia era una competencia y yo pensaba que, con un poco de arte en la exposición, podría pasar a la segunda ronda. Pero por la mañana descubrí que mamá había rehecho por completo toda la presentación. Parecía como si un científico y un artista profesional hubieran unido sus fuerzas para crearla. Aunque los jueces se entusiasmaron, cuando empezaron a hacerme preguntas que no sabía responder (pero que la autora del *collage* habría conocido) se dieron cuenta de que algo no encajaba. No llegué a la última ronda del certamen.

Lo que el incidente me enseñó —además del hecho de que yo tenía que hacer mis trabajos— era que mamá se preocupaba a fondo por las iniciativas intelectuales. Nada le producía mayor alegría que el hecho de que yo terminara un libro o pidiera otro. Todo el mundo me decía que mamá era la persona más inteligente que conocían. Y yo me lo creía. Sin duda, era la persona más inteligente que yo conocía.

En el sudoeste de Ohio de mi juventud aprendíamos a valorar la lealtad, el honor y la resistencia. Me gané mi primera nariz ensangrentada a los cinco años y el primer ojo morado a los seis. Ambas peleas empezaron porque alguien insultó a mi madre. Las bromas con las madres no se permitían, y las bromas con las abuelas merecían el mayor de los castigos que mis pequeños puños podían administrar. Mamaw y papaw se preocuparon de que conociera las reglas básicas de la pelea. Nunca empiezas una pelea; siempre acabas la pelea si la empieza otro; y aunque nunca empieces una pelea, quizá no pasa nada por empezar una si un hombre insulta a tu familia. Esta última regla no se explicitaba pero estaba clara. Lindsay tenía un novio que se llamaba Derrick, quizá fuera su primer novio, que rompió con ella después de unos pocos días. Ella tenía el corazón roto como solo puede tenerlo alguien de trece años, así que decidí enfrentarme a Derrick cuando un día lo vi pasando por delante de casa. Él tenía cinco años más que yo y pesaba unos quince kilos más, pero llegué a darle dos veces antes de que él me tirara al suelo fácilmente. La tercera vez que lo ataqué se hartó y procedió a darme una paliza de muerte. Corrí a casa de mamaw en busca de primeros auxilios, llorando y un poco ensangrentado. Ella me sonrió. «Lo hiciste bien, cariño. Lo hiciste muy bien.»

Con las peleas, como con tantas otras cosas, mamaw me enseñó a través de la experiencia. Ella nunca me puso la mano encima para castigarme —estaba en contra de golpear a los niños, quizá ello se debía a su mala experiencia—, pero cuando le pregunté qué se sentía cuando te daban un golpe en la cabeza, me lo mostró. Un golpe rápido, con la mano abierta, directamente en mi mejilla. «No dolió tanto, ¿no?» Y la respuesta fue que no. Recibir un golpe en la cara no era tan terrible como había imaginado. Esa fue una de sus reglas más importantes para las peleas: a menos que alguien sepa muy bien cómo golpear, un puñetazo en la cara no es nada del otro mundo. Mejor recibir uno en la cara que perder la oportunidad de dar tú uno. Su segundo consejo fue permanecer de lado, con el hombro izquierdo frente a tu oponente y las manos levantadas porque «así eres un objetivo mucho más pequeño.» Su tercera regla era golpear con todo el cuerpo, especialmente con las caderas. Muy poca gente, me dijo mamaw, era consciente de lo poco importante que es tu puño cuando se trata de golpear a alguien.

A pesar de la advertencia de que nunca empezara una pelea, nuestro código de honor tácito facilitaba que alguien empezara una pelea por ti. Si realmente querías pelearte con alguien, lo único que tenías que hacer era insultar a su madre. No había autocontrol que pudiera soportar una crítica bien hecha a tu madre. «Tu madre es tan gorda que su trasero tiene su propio código postal»; «tu madre es tan hillbilly que hasta sus dientes falsos tienen agujeros»; o un simple «¡Tu madre!» Eran palabras de pelea, tanto si querías que lo fueran como si no. Eludir vengar un alud de insultos era perder el honor, la dignidad o hasta los amigos. Era irse a casa y tener miedo de decirle a tu familia que la habías deshonrado.

No sé por qué, pero al cabo de unos años las ideas de mamaw sobre las peleas evolucionaron. Yo estaba en tercero, había perdido una carrera y sentía que solo había una manera adecuada de enfrentarme al ganador, que no paraba de burlarse de mí. Mamaw, que andaba cerca, intervino en lo que, sin duda, habría sido otra pelea de patio escolar. Me preguntó severamente si había olvidado su lección de que las únicas peleas justas son las defensivas. No supe qué decir: ella había apoyado la regla de honor tácita hacía solo unos años. «Una vez me metí en una pelea y tú me dijiste que había hecho bien», le dije. Ella dijo: «Pues quizá me equivoqué. No te metas en peleas a menos que tengas que hacerlo.» Eso me causó una gran impresión. Mamaw nunca admitía errores.

El año siguiente me di cuenta de que un *bully* de la clase había tomado especial interés por una víctima concreta, un chico raro con el que yo casi nunca hablaba. Gracias a mis hazañas anteriores, yo era en gran medida inmune a los *bullies* y, como la mayoría de los niños, en general me contentaba con evitar que un *bully* se fijara en mí. Sin embargo, un día oí por casualidad algo que dijo sobre su víctima y sentí una gran necesidad de dar la cara por ese pobre chico. Había algo patético en su objetivo, que parecía especialmente herido por el tratamiento que le daba el *bully*.

Cuando ese día hablé con mamaw después de clase, me eché a llorar. Me sentía increíblemente culpable por no haber tenido la valentía de defender a ese pobre chico, por haberme quedado sentado oyendo cómo alguien le hacía la vida imposible. Ella me preguntó si se lo había contado a la maestra y le aseguré que sí. «Esa zorra tendría que estar en la cárcel por quedarse sentada y no hacer nada.» Y después dijo algo que nunca olvidaré: «A veces, cariño, tienes que pelear, aunque no te estés defendiendo a ti mismo. A veces es simplemente lo correcto. Mañana tendrás que dar la cara por ese chico, y si tienes que defenderte, hazlo.» Después me enseñó un movimiento: un golpe rápido, fuerte (acuérdate de girar la cadera) a la barriga. «Si él empieza a darte, asegúrate de darle un puñetazo justo en el ombligo.»

El día siguiente en el colegio estaba nervioso y tenía la esperanza de que el *bully* se hubiera tomado el día libre. Pero en el predecible caos que se producía mientras los alumnos hacían cola para comer, el *bully* —se llamaba Chris— le preguntó a mi pequeña carga si ese día también pensaba llorar. «Cállate —le dije—. Déjalo en paz.» Chris se me acercó, me empujó y me preguntó qué pensaba hacer yo al respecto. Caminé hacia él, giré la cadera derecha y le di un puñetazo justo en el estómago. Él inmediatamente —y aterradoramente— cayó sobre las rodillas. Parecía que no podía respirar. Cuando me di cuenta de que le había hecho daño de veras, estaba alternativamente tosiendo y tratando de respirar. Hasta escupió un poco de sangre.

Chris fue a la enfermería de la escuela, y justo después de confirmar que no lo había matado y que no tendría que vérmelas con la policía, me puse a pensar en el sistema de justicia de la escuela, si me suspenderían o expulsarían y durante cuánto tiempo. Mientras los otros niños jugaban en el recreo y Chris se recuperaba en la enfermería, la maestra me llevó al salón. Creía que iba a decirme que había llamado a mis padres y que me iban a echar de la escuela. En lugar de eso, me dio una lección sobre peleas, y me hizo practicar caligrafía en lugar de jugar fuera. Detecté en mi maestra un destello de aprobación y a veces me pregunto si su incapacidad para castigar adecuadamente al *bully* de la clase no se debía a alguna cuestión interna de la escuela. En todo caso, mamaw supo de la pelea directamente por mí y me elogió por haber hecho algo realmente bueno. Fue la última vez que me metí en una pelea.

Aunque yo me daba cuenta de que las cosas no eran perfectas, también me daba cuenta de que mi familia compartía muchas cosas con la mayoría de las familias que veía a mi alrededor. Sí, mis padres se peleaban mucho, pero también lo hacían todos los demás. Sí, mis abuelos tenían un papel tan importante en mi vida como mamá y Bob, pero eso era la norma en las familias hillbillies. No teníamos una vida pacífica en una pequeña familia nuclear. Teníamos una vida caótica en grandes grupos de tías, tíos, abuelos y primos. Esa era la vida que me había tocado y era un niño bastante feliz.

Cuando tenía unos nueve años las cosas empezaron a aclararse en casa. Cansados de la presencia constante de papaw y de las «interferencias» de mamaw, mamá y Bob decidieron mudarse al condado de Preble, una parte de Ohio poco poblada, dominada por granjas, a unos cincuenta y cinco kilómetros de Middletown. Aún siendo un niño, supe que eso era lo peor que podía pasarme. Mamaw y papaw eran mis mejores amigos. Me ayudaban con las tareas y me mimaban con premios cuando me portaba bien o acababa un trabajo difícil de la escuela. También eran los guardianes. De la gente que conocía, era la que daba más miedo, viejos hillbillies que llevaban siempre armas cargadas en los bolsillos del abrigo y bajo los asientos del coche. Mantenían a los monstruos a raya.

Bob era el tercer marido de mamá, pero la tercera no fue la vencida. Cuando nos mudamos al condado de Preble mamá y Bob ya habían empezado a pelearse, y muchas de esas peleas me tenían despierto hasta mucho más tarde de la hora de acostarme. Se decían cosas que los amigos y la familia nunca deberían decirse: «¡Vete a la mierda!» «¡Regrésate a tu estacionamiento para casas rodantes!», le decía a veces mamá a Bob, en referencia a su vida antes de que se casaran. A veces mamá nos llevaba a un motel cercano, donde nos escondía unos días hasta que mamaw o papaw convencían a mamá de que hiciera frente a sus problemas domésticos.

Mamá tenía mucho del fuego de mamaw, lo que significaba que nunca se permitía convertirse en una víctima en las disputas domésticas. También significaba que muchas veces sacaba de quicio lo que eran desacuerdos normales. Durante uno de mis partidos de futbol en segundo año, una madre alta, con sobrepeso, murmuró que por qué me habían dado la pelota en la jugada anterior. Mamá, en una fila posterior de las gradas, oyó el comentario y le dijo que me habían dado la pelota porque, a diferencia de su hijo, no era un mierda gordo educado por una madre que no era más que una mierda gorda. Cuando vi de reojo el escándalo, Bob trataba de alejar a mamá mientras esta seguía jalándole pelo a la mujer. Después del partido, le pregunté a mamá qué había pasado. Ella solo contestó: «Nadie critica a mi hijo.» Yo me henchí de orgullo.

En el condado de Preble, con mamaw y papaw a cuarenta y cinco minutos de distancia, las peleas se convirtieron en enfrentamientos a gritos. Muchas veces el tema era el dinero, aunque tenía poco sentido que una familia rural de Ohio con unos ingresos totales de más de cien mil dólares peleara por el dinero. Pero ellos se peleaban porque compraban cosas que no necesitaban: coches nuevos, camiones nuevos, una alberca. Cuando el breve matrimonio se vino abajo, debían decenas de miles de dólares y no había nada que lo justificara.

El dinero era el último de nuestros problemas. Mamá y Bob nunca habían sido violentos con el otro, pero eso empezó a cambiar poco a poco. Una noche me desperté con el ruido de un cristal rompiéndose —mamá le había lanzado platos a Bob— y corrí al piso de abajo para ver qué estaba pasando. Él la tenía contra la encimera de la cocina y ella estaba revolviéndose y mordiéndolo. Cuando mamá cayó al suelo corrí a su regazo. Cuando Bob se acercó me levanté y le di un puñetazo en la cara. Él retrocedió (para devolverme el golpe, supuse) y yo me caí al suelo con los brazos encima de la cabeza en anticipación. El puñetazo nunca llegó —Bob nunca abusó físicamente de nosotros— y mi intervención puso punto final a la pelea. Él se fue al sofá y se sentó en silencio, mirando a la pared. Mamá y yo subimos a acostarnos mansamente.

Los problemas entre mamá y Bob fueron mi introducción a la resolución de conflictos matrimoniales. Aquí las lecciones principales: nunca hables con un volumen razonable si puedes gritar; si la pelea se vuelve demasiado intensa, está bien dar bofetadas y puñetazos, siempre y cuando no empiece el hombre; expresa siempre tus sentimientos de una manera insultante y dolorosa para tu pareja; si todo lo demás falla, lleva a los niños y al perro al motel del pueblo y no le digas a tu pareja dónde puede encontrarte, si sabe dónde están los niños, no se preocupará tanto y tu partida no será tan efectiva.

Empezó a irme mal en la escuela. Muchas noches me quedaba tumbado en la cama incapaz de dormir por el ruido: los golpes en los muebles, las pisadas fuertes, los gritos, a veces el cristal roto. La mañana siguiente me despertaba cansado y deprimido, deambulaba todo el día y no paraba de pensar qué me esperaba en casa. Solo quería largarme a un lugar en el que pudiera sentarme en silencio. No podía decirle a nadie lo que estaba pasando, porque era demasiado vergonzoso. Y aunque odiaba el colegio, odiaba más estar en casa. Cuando la maestra anunciaba que solo teníamos cinco minutos para recoger nuestros pupitres antes de que sonara la campana, se me caía el alma a los pies. Me quedaba mirando el reloj como si fuera una bomba de relojería. Ni siquiera mamaw entendía lo terribles que se habían vuelto las cosas. Mis calificaciones, cada vez peores, eran la primera señal.

No todos los días eran así, por supuesto. Pero incluso cuando la casa estaba en aparente paz, nuestra vida estaba tan cargada de tensión que yo estaba siempre en guardia. Mamá y Bob ya no se sonreían nunca ni nos decían cosas amables a Lindsay y a mí. Nunca sabías cuándo la palabra equivocada convertiría una cena tranquila en una pelea terrible, o cuándo una pequeña falta infantil haría que un plato o un libro salieran volando hacia el otro lado de la habitación. Era como vivir en un campo minado: un paso en falso y *¡boom!*

Hasta ese momento de mi vida yo había sido un niño sano y en forma. Hacía ejercicio constantemente y no vigilaba lo que comía, no tenía por qué. Pero empecé a ganar peso, y cuando empecé quinto estaba, sin duda, gordito. Me enfermaba con frecuencia y tenía intensos dolores de estómago que me hacían acudir a la enfermería de la escuela. Aunque no me daba cuenta en ese momento, el trauma en casa estaba afectando mi salud. «Los estudiantes de primaria pueden mostrar señales de angustia por medio de quejas somáticas como dolores de estómago, de cabeza u otros —dice un manual para administradores de escuelas que tratan con niños que sufren traumas en casa—. Estos estudiantes pueden tener cambios de comportamiento, como un aumento de la irritabilidad, la agresividad y la ira. Su comportamiento puede ser impredecible. Estos alumnos pueden mostrar un cambio en el rendimiento escolar, ver disminuidas su atención y concentración y faltar con más frecuencia a clase.» Yo solo pensaba que estaba estreñido o que odiaba de veras mi nuevo pueblo.

Mamá y Bob no eran un caso aislado. Sería difícil contar todas las crisis y peleas a gritos de las que fui testigo que no tenían nada que ver con mi familia. Mi vecino amigo y yo jugábamos en su patio hasta que oíamos los gritos de sus padres, y entonces corríamos al callejón y nos escondíamos. Los vecinos de papaw gritaban tan fuerte que los oíamos, aunque estuvieran dentro de su casa, y eso era tan habitual que él siempre decía: «Maldita sea, ya están otra vez.» Una vez vi cómo la discusión entre una pareja joven en un bufet chino se convertía en una sinfonía de palabrotas e insultos. Mamaw y yo abríamos las ventanas de un lado de su casa para oír lo más sustancial de las explosivas peleas entre su vecina Pattie y el novio de esta. Ver a la gente insultar, gritar y a veces pelear físicamente era solo una parte de nuestra vida. Al cabo de un tiempo, ni siquiera le prestabas atención.

Yo siempre pensé que los adultos se hablaban así. Cuando Lori se casó con Dan, supe de al menos una excepción. Mamaw me dijo que Dan y la tía Wee nunca se gritaban porque Dan era distinto. «Es un santo», decía. Cuando conocimos a toda la familia de Dan, me di cuenta de que eran más amables los unos con los otros. No se gritaban en público. Me llevé la clara impresión de que tampoco se gritaban mucho en privado. Pensé que eran unos impostores. La tía Wee lo veía de otra manera. «Di por hecho que eran muy extraños. Sabía que eran auténticos. Pensé que eran auténticamente raros.»

El conflicto eterno tuvo un precio. Incluso pensarlo hoy me pone nervioso. Se me acelera el corazón y el estómago me da vueltas. Cuando era muy pequeño, lo único que quería era largarme de ahí, esconderme de las peleas, ir a casa de mamaw o desaparecer. No me podía esconder, porque aquello me rodeaba por completo.

Con el tiempo, empezaron a gustarme los dramas. En lugar de esconderme de ellos, corría al piso de abajo o pegaba la oreja a la pared para oír mejor. El corazón se me aceleraba, pero por anticipado, como cuando iba a meter canasta en un partido de basquetbol. Incluso cuando la pelea iba demasiado lejos —cuando pensé que Bob iba a pegarme—, el caso no era tanto el de un niño valiente que interviene, sino el de un espectador que se implicaba demasiado en la acción. Esa cosa que odiaba se había convertido en una especie de droga.

Un día volví de la escuela y vi el coche de mamaw en el caminito de entrada. Era una señal ominosa, porque nunca nos visitaba en nuestra casa del condado de Preble sin avisar. Ese día hizo una excepción porque mamá estaba en el hospital. Había intentado suicidarse. Aunque había visto cómo sucedían un montón de cosas en el mundo que me rodeaba, mis ojos de once años no entendían muchas. En su trabajo en el hospital de Middletown mamá había conocido y se había enamorado de un bombero con el que había iniciado una relación de varios años. Esa mañana Bob le había reprochado esa relación y le había exigido el divorcio. Mamá había salido corriendo en su nueva camioneta y se había estrellado a propósito contra el poste del teléfono. Eso dijo ella, al menos. Mamaw tenía otra teoría: que mamá había intentado distraer la atención de sus problemas de infidelidad y de dinero. Como dijo mamaw: «¿Quién intenta suicidarse estrellando el puto coche? Si se hubiera querido matar, yo tengo un montón de armas.»

Lindsay y yo nos creímos bastante la versión de mamaw, y nos sentimos más aliviados que otra cosa. Mamá no se había hecho daño. Y su intento de suicidio sería el fin de nuestro experimento en el condado de Preble. Pasó solo un par de días en el hospital. Al cabo de un mes, nos mudamos de vuelta a Middletown, una calle más cerca de mamaw que antes y con un hombre menos de carga.

A pesar de volver a un lugar conocido, el comportamiento de mamá fue volviéndose cada vez más errático. Era más una compañera de departamento que una madre, y de los tres —mamá, Lindsay y yo— mamá era la compañera de departamento que más locuras hacía. Yo me acostaba pero me despertaba a medianoche, cuando Lindsay volvía de hacer lo que sea que hagan los adolescentes. Después me volvía a despertar a las dos o las tres de la madrugada, cuando mamá volvía a casa. Tenía nuevos amigos, la mayoría más jóvenes y sin hijos. Y tuvo una serie de novios; cambiaba de pareja cada pocos meses. Era tan horrible que mi mejor amigo en aquel momento me dijo que eran los «sabores del mes.» Yo me había acostumbrado a un cierto grado de inestabilidad, pero una inestabilidad conocida: había peleas y huidas de las peleas; cuando las cosas se complicaban, mamá nos lo hacía pagar a nosotros a gritos o hasta nos daba una bofetada o un pellizco. No me gustaba —¿cómo iba a gustarme?—, pero este nuevo comportamiento era demasiado raro. Aunque mamá había sido muchas cosas, nunca había sido una parrandera. Cuando volvimos a Middletown, eso cambió.

Con las juergas llegó el alcohol, y con el alcohol las borracheras y comportamientos aún más extraños. Un día, cuando yo tenía unos doce años, mamá dijo algo que ahora no recuerdo, pero me acuerdo de salir corriendo por la puerta sin zapatos e ir a la casa de mamaw. Durante dos días me negué a hablar con mi madre, o incluso a verla. Papaw se preocupó por la relación cada vez más deteriorada de su hija con su nieto y me imploró que me viera con ella.

Así que escuché la disculpa que había oído un millón de veces. Mamá siempre fue buena con las disculpas. Quizá no tenía más remedio que serlo; si no hubiera dicho «lo siento», Lindsay y yo nunca nos habríamos hablado con ella. Pero creo que lo decía sinceramente. En el fondo, siempre se sintió culpable por las cosas que pasaban y es probable que creyera que, como lo prometía, «nunca volverían a pasar.» Pero siempre volvían a pasar.

Esta vez no fue distinto. Mamá se mostraba ultraarrepentida porque su pecado había sido ultramalo. Así que su penitencia fue ultrabuena: me prometió que me llevaría al centro comercial y me compraría tarjetas de futbol. Las tarjetas de futbol eran mi criptonita, así que acepté ir con ella. Fue quizá el error más grande de mi vida.

Tomamos la autopista y yo dije algo que la puso de mal humor. Así que aceleró hasta lo que parecían ciento cincuenta kilómetros por hora y me dijo que iba a estrellar al coche y que los dos íbamos a morir. Salté al asiento de atrás, pensando que si podía ponerme dos cinturones de seguridad al mismo tiempo, era más probable que sobreviviera al impacto. Eso la puso más irascible, así que se detuvo para poder atraparme. Cuando lo hizo, salté del coche y corrí para salvar la vida. Estábamos en una parte rural del estado, y corrí por un inmenso campo de hierba; las hojas altas me golpeaban los tobillos mientras corría. Me encontré ante una pequeña casa con una alberca descubierta. La propietaria —una mujer con sobrepeso que debía de tener la misma edad que mamá— estaba flotando sobre su espalda, disfrutando del agradable clima de junio. «¡Tiene que llamar a mi mamaw! —grité—. Por favor, ayúdeme. Mi madre está intentando matarme.» La mujer salió de la alberca mientras yo miraba a mi alrededor con miedo, aterrado por la posibilidad de detectar algún rastro de mi madre. Cuando entramos en la casa, llamé a mamaw y repetí la dirección de la casa. «Por favor, corre —le dije—. Mamá me va a encontrar.»

Mamá me encontró. Debía de haberme visto desde dónde salí corriendo de la autopista. Golpeó la puerta y exigió que saliera. Le rogué a la propietaria que no abriera la puerta y ella cerró con llave y le prometió a mamá que sus dos perros —ninguno de los cuales era mayor que un gato doméstico mediano— la atacarían si intentaba entrar. Finalmente, mamá abrió a golpes la puerta de la casita y me arrastró fuera mientras yo gritaba y me agarraba a lo que encontraba: el mosquitero de la puerta, los barandales de los escalones, la hierba del suelo. La mujer se quedó ahí mirando y yo la odié por no hacer nada. Pero sí había hecho una cosa: en los minutos entre mi llamada a mamaw y la llegada de mamá, al parecer, la mujer había llamado a emergencias. Así que mientras mamá me arrastraba al coche, dos patrullas se detuvieron y los policías que salieron esposaron a mamá. No sin resistencia; los oficiales tuvieron que luchar con ella para meterla por la puerta de atrás de la patrulla. Y después desapareció.

El segundo policía me metió en el asiento trasero de su patrulla mientras esperábamos a que llegara mamaw. Nunca me había sentido tan solo como mirando al policía que interrogaba a la propietaria de la casa —aún en su traje de baño empapado, flanqueada por dos perros guardianes del tamaño de una jarra—, incapaz de abrir la puerta de la patrulla desde dentro y sin saber cuándo iba a llegar mamaw. Había empezado a fantasear cuando la puerta del coche se abrió y Lindsay se metió en él y me abrazó contra su pecho con tanta fuerza que no podía respirar. No lloramos, no dijimos nada. Yo me quedé sentado allí mientras me estrujaban hasta la muerte y sintiendo que todo estaba bien en el mundo.

Cuando salimos del coche, mamaw y papaw me abrazaron y me preguntaron si estaba bien. Mamaw me hizo dar una vuelta y me inspeccionó. Papaw habló con el agente de policía para ver dónde podía encontrar a su hija encarcelada. Lindsay no me quitaba la vista. Había sido el día de mi vida en el que había pasado más miedo. Pero lo peor había pasado.

Cuando llegamos a casa, ninguno podía hablar. Mamaw sentía una ira silenciosa, aterradora. Esperaba que se calmara antes de que mamá saliera de la cárcel. Yo estaba exhausto y solo quería tumbarme en el sofá y ver la tele. Lindsay fue al piso de arriba y se echó una siesta. Papaw fue a recoger un pedido de comida a Wendy's. De camino a la puerta, se paró y se quedó mirándome junto al sofá. Mamaw había salido un momento de la sala. Papaw me puso la mano en la frente y se puso a llorar. Yo tenía tanto miedo que ni siquiera levanté la mirada hacia su cara. Nunca lo había visto llorar, nunca lo había escuchado gritar y pensaba que era un tipo tan duro que no había llorado ni siendo un bebé. Se quedó así un rato, hasta que los dos oímos a mamaw acercándose a la sala. En ese momento se recompuso, se secó los ojos y salió. Nunca hablamos de ese momento.

Mamá salió de la cárcel con fianza y acusada de un delito menor por violencia doméstica. El caso dependía por completo de mí. Pero durante el juicio, cuando me preguntaron si mamá me había amenazado alguna vez, dije que no. La razón era sencilla: mis abuelos estaban pagando mucho dinero por el abogado con más poder de la ciudad. Estaban furiosos con mi madre, pero no querían que metieran a su hija en la cárcel. El abogado nunca me presionó explícitamente para que mintiera, pero me dejó claro que lo que yo dijera aumentaría o disminuiría las posibilidades de que mamá pasara más tiempo en la cárcel. «No quieres que tu madre vaya a la cárcel, ¿verdad?», me preguntó. Así que mentí con el entendimiento expreso de que aunque mamá quedara libre, yo podría vivir con mis abuelos siempre que quisiera. Mamá retendría oficialmente la custodia, pero de ese día en adelante solo viviría en su casa cuando quisiera, y mamaw me dijo que si mamá tenía problemas con ese acuerdo, podía consultar con el cañón de la pistola de mamaw. Eso era justicia hillbilly. Y no me falló.

Recuerdo estar sentado en un juzgado repleto, con media docena de familias a mi alrededor, y pensar que se parecían a nosotros. Las mamás y los papás y los abuelos no llevaban trajes como los abogados y el juez. Llevaban pants y mallones y camisetas, y el pelo un poco cardado. Y era la primera vez que advertía el «acento de la tele», el acento neutral que tenían muchos presentadores de las noticias. Los trabajadores sociales, el juez y el abogado tenían acento de la tele. Ninguno de nosotros lo tenía. La gente que llevaba el juzgado era distinta de nosotros. La gente sujeta a él, no.

La identidad es una cosa rara, y en ese momento no comprendí por qué sentía afinidad con esos desconocidos. Meses más tarde, durante mi primer viaje a California, empecé a comprenderlo. El tío Jimmy nos compró boletos de avión a Lindsay y a mí para que fuéramos a su casa en Napa, California. Como sabía que iba a ir a visitarlo, le dije a todo el que pude que en verano me iba a California y, además, que iba a volar por primera vez. La principal reacción fue de incredulidad ante la posibilidad de que mi tío tuviera dinero suficiente para comprar boletos a dos personas —ninguna de las cuales era hijo suyo— a California. Es un testimonio de la conciencia de clase de mi juventud que lo primero en lo que pensaran mis amigos fuera en el costo de un boleto de avión.

Por mi parte, estaba encantado de viajar al oeste y visitar al tío Jimmy, un hombre al que había idolatrado a la par que a mis tíos abuelos, los hombres Blanton. A pesar de que el avión salía temprano, no dormí ni un segundo en el vuelo de seis horas de Cincinnati a San Francisco. Todo era demasiado excitante: la manera en que la tierra se encogía durante el despegue, el aspecto de las nubes vistas de cerca, el alcance y el tamaño del cielo, y el modo en que se veían las montañas desde la estratosfera. La azafata se dio cuenta, y cuando pasamos por encima de Colorado ya estaba haciendo visitas regulares a la cabina de control (era antes del 11-S), donde el piloto me dio unas breves lecciones para pilotar el avión y me fue informando de nuestro progreso.

La aventura acababa de empezar. Había salido del estado antes: había ido en coche con mis abuelos de viaje a Carolina del Sur y Texas, y había visitado Kentucky con frecuencia. En esos viajes, yo raramente hablaba con nadie que no fuera de mi familia, y nunca advertí algo realmente distinto. Napa era como un país diferente. En California, todos los días había nuevas aventuras con mis primos adolescentes y sus amigos. Durante un viaje, fuimos al distrito de Castro en San Francisco para que, en palabras de mi prima mayor Rachael, descubriera que la gente gay no estaba ahí para abusar de mí. Otro día fuimos a una bodega de vino. Otro, ayudamos a mi primo Nate en su entrenamiento de futbol en la preparatoria. Todo era muy excitante. Todo aquel que encontraba pensaba que yo hablaba como si fuese de Kentucky. Por supuesto, yo era más o menos de Kentucky. Y me encantaba que a la gente le pareciera que tenía un acento gracioso. Dicho esto, me quedó claro que California era realmente otra cosa. Había visitado Pittsburgh, Cleveland, Columbus y Lexington. Había pasado bastante tiempo en Carolina del Sur, Kentucky, Tennessee e incluso Arkansas. ¿Por qué era California tan distinta?

La respuesta, según descubriría, era la misma autopista hillbilly que llevó a mamaw y papaw del este de Kentucky al sudoeste de Ohio. A pesar de las diferencias topográficas y las diferencias económicas regionales del Sur y el Medio Oeste industrial, mis viajes habían estado limitados en gran medida a lugares donde la gente tenía el mismo aspecto que mi familia y actuaba como ella. Comíamos la misma comida, veíamos los mismos deportes y practicábamos la misma religión. Esa era la razón por la que sentí mucha afinidad con esa gente en el juzgado: de un modo u otro, eran emigrantes hillbillies, como yo.

Capítulo 6

Una de las preguntas que odiaba, y que los adultos siempre me hacían, era si tenía hermanos o hermanas. Cuando eres un niño no puedes hacer un gesto con la mano, decir «no es fácil de explicar» y pasar del tema. Y a menos que seas un sociópata muy talentoso, si mientes te acaban cachando. Así que, durante un tiempo, respondía obedientemente y guiaba a la gente por la compleja telaraña de relaciones familiares a la que yo ya me había acostumbrado. Tenía un medio hermano y una media hermana biológicos que nunca veía porque mi padre biológico me había dado en adopción. Tenía muchos hermanastros y hermanastras pero, según cómo lo vieras, solo dos si la cuenta se limitaba a los descendientes del entonces marido de mamá. Después estaba la mujer de mi padre biológico, y ella tenía al menos un hijo, así que quizá podría contarlo a él también. A veces me ponía filosófico sobre el significado de la palabra «hermano.» ¿Tienen todavía alguna relación contigo los hijos del marido anterior de tu madre? Si la tienen, ¿qué ocurre con los futuros hijos de los anteriores maridos de tu madre? De acuerdo con algunos cálculos, probablemente tenía hasta una docena de hermanastros.

Había una persona para la que, sin duda, el término «herma-no» era el adecuado: mi hermana, Lindsay. Si algún adjetivo pre-cedió alguna vez su presentación, sin duda fue siempre de orgu-llo: «Mi hermana completa, Lindsay»; «mi hermana entera, Lindsay», «mi hermana mayor, Lindsay.» Lindsay era (y sigue siendo) la persona de la que estoy más orgulloso de conocer. El momento en que supe que «media hermana» no tenía que ver con mis afectos sino solo con la naturaleza genética de nuestra relación —que Lindsay, por el hecho de tener un padre distinto, era tan media hermana como gente a la que no había visto ja-más— sigue siendo uno de los momentos más devastadores de mi vida. Mamaw me lo dijo sin darle importancia mientras yo salía de la ducha una noche antes de acostarme y yo grité y lloré como si me hubieran dicho que se había muerto mi perro. Solo me tranquilicé cuando mamaw se ablandó y me prometió que desde entonces nadie más volvería a referirse a Lindsay como mi «media hermana.»

Lindsay Leigh era cinco años mayor que yo. Nació dos meses justos después de que mamá se graduara de la preparatoria. Yo estaba obsesionado con ella del modo en que todos los niños ado-ran a sus hermanos mayores, pero también de una manera única, propia de nuestras circunstancias. Su heroísmo para conmigo es propio de una leyenda. Una vez, después de que ella y yo dis-cutiéramos por una dona, mamá me abandonó en un estaciona-miento vacío para enseñarle a Lindsay cómo sería la vida sin mí. Y fue el ataque de pena y rabia de Lindsay lo que hizo que mamá volviera de inmediato. Durante las peleas explosivas entre ma-má y el hombre de turno que hubiera dejado entrar en nues-tra casa, era Lindsay quien se iba a su habitación para hacer una llamada de rescate a mamaw y papaw. Me daba de comer cuando tenía hambre, me cambiaba el pañal cuando nadie más lo hacía y me arrastraba a todas partes con ella, a pesar, me dijeron mamaw y la tía Wee, de que yo pesaba casi tanto como ella.

Siempre la vi más como un adulto que como una niña. Nunca salió corriendo ni dio portazos para expresar su enojo con sus novios adolescentes. Cuando mamá trabajaba hasta tarde en la noche o por lo que fuera no llegaba a casa, Lindsay se aseguraba de que tuviéramos algo para cenar. Yo la molestaba con ella, como molestan todos los hermanos pequeños a sus hermanas, pero ella nunca me lloró, me gritó o hizo que le tuviera miedo. En uno de mis momentos más vergonzosos, nos peleamos y la inmovilicé en el suelo por motivos que no recuerdo. Yo tenía diez u once años, lo que significa que ella debía tener quince, y aunque me di cuenta de que yo ya era más fuerte, seguí pensando que no había nada infantil en ella. Estaba por encima de todo eso, «la única adulta de verdad de la casa», decía papaw, y mi primera línea de defensa, incluso antes que mamaw. Preparaba la cena cuando tenía que hacerlo, lavaba la ropa cuando nadie más lo hacía y me rescató del asiento de atrás de esa patrulla. Dependía tanto de ella que no veía a Lindsay como lo que era: una chica joven, sin edad aún para conducir, aprendiendo a valerse por sí misma y a arreglárselas con su hermano al mismo tiempo.

Eso empezó a cambiar el día que nuestra familia decidió darles una oportunidad a los sueños de Lindsay. Lindsay siempre había sido una chica guapa. Cuando mis amigos y yo hacíamos una lista con las chicas más guapas del mundo, yo ponía a Lindsay como la primera, por delante de Demi Moore y Pam Anderson. Lindsay se enteró de un *casting* para modelos en un hotel de Dayton, así que mamá, mamaw, Lindsay y yo nos metimos como pudimos en el Buick de mamaw y nos encaminamos hacia el norte. Lindsay estaba rebosante de entusiasmo, y también yo. Aquella iba a ser su gran oportunidad y, por extensión, la de toda la familia.

Cuando llegamos al hotel, una señora nos indicó que siguiéramos las señales hasta una sala de baile gigantesca y que esperáramos en fila. La sala de baile era extremadamente vulgar, a la manera de los años setenta: una alfombra horrible, grandes candelabros y una luz tan suave que apenas te permitía no tropezar con tus propios pies. Me pregunté cómo una cazatalentos iba a apreciar la belleza de mi hermana. Estaba tan a oscuras.

Al cabo de un rato, llegamos al frente de la fila y la cazatalentos pareció optimista con respecto a mi hermana. Dijo algo sobre lo bonita que era y le pidió que esperara en otra habitación. Sorprendentemente, dijo que yo también podía ser modelo y me preguntó si quería seguir a mi hermana para que nos instruyeran sobre el siguiente paso. Asentí con entusiasmo.

Después de un rato en la sala de espera, Lindsay y yo, junto a los demás seleccionados, supimos que habíamos pasado a la siguiente ronda, pero otra prueba nos esperaba en Nueva York. Los empleados de la agencia nos dieron folletos con más información y nos explicaron que teníamos que confirmar nuestra asistencia en las siguientes semanas. De camino a casa Lindsay y yo estábamos exultantes. Íbamos a ir a Nueva York para convertirnos en modelos famosos.

El costo del viaje a Nueva York era considerable, y si alguien hubiese querido de veras que fuéramos modelos, probablemente nos habría pagado la prueba. Visto ahora, el rápido tratamiento que daban a cada candidato —cada «audición» no era más que una conversación de unas pocas frases— indicaba que todo el acto era más un montaje que una búsqueda de talentos. Pero no lo sé: el protocolo de los *castings* de modelos nunca ha sido mi fuerte.

Lo que sí sé es que nuestro entusiasmo no sobrevivió al viaje en coche. Mamá comenzó a preocuparse en voz alta por el costo del viaje, lo que hizo que Lindsay yo empezáramos a discutir por quién de los dos iba a ir (sin duda, yo me estaba comportando como un malcriado). Mamá se fue enojando cada vez más y al final se puso a gritar. Lo que sucedió después no fue una sorpresa: hubo muchos gritos, algunos puñetazos, y mamá conducía; luego se orilló y detuvo el coche con los dos niños llorando. Mamaw intervino antes de que las cosas se salieran de control, pero fue un milagro que no tuviéramos un accidente y nos matáramos: mamá conduciendo y dando manotazos a los niños en el asiento de atrás, mamaw en el asiento del copiloto dando manotazos y gritando a mamá. Esa fue la razón por la que paró el coche; aunque mamá era multitarea, aquello era demasiado. Fuimos hasta casa en silencio después de que mamaw explicara que si mamá perdía otra vez los estribos, mamaw le pegaría un tiro en la cara. Esa noche dormimos en la casa de mamaw.

Nunca olvidaré la cara de Lindsay mientras subía por las escaleras para irse a la cama. Reflejaba el dolor de la derrota que solo conoce quien ha experimentado el subidón más alto y el bajón más bajo en cosa de minutos. Había estado a punto de alcanzar un sueño de infancia; ahora era solo otra adolescente con el corazón roto. Mamaw se retiró a su sofá, donde vería *La ley y el orden*, leería la Biblia y se quedaría dormida. Permanecí en el estrecho pasillo que separaba la sala de estar del comedor y le hice a mamaw la pregunta que tenía en mente desde que le había ordenado a mamá que nos llevara a casa sanos y salvos. Sabía lo que iba a decir, pero supongo que quería que me tranquilizara. «Mamaw, ¿nos quiere Dios?» Ella bajó la cabeza, me dio un abrazo y se echó a llorar.

La pregunta afectó a mamaw porque la fe cristiana estaba en el centro de nuestra vida, especialmente en la suya. Nunca íbamos a la iglesia, con la salvedad de algunas raras ocasiones en Kentucky o cuando mamá decidía que lo que necesitábamos en nuestra vida era la religión. Sin embargo, mamaw tenía una fe profundamente personal, aunque extravagante. No podía decir «religión institucional» sin desprecio. Consideraba que las iglesias eran caldos de cultivo para pervertidos y cambistas. Y también odiaba lo que llamaba los «fanfarrones y orgullosos», gente que llevaba su fe a la vista de todos, siempre presta a contarte lo devota que era. Con todo, mandaba gran parte de sus ingresos sobrantes a iglesias de Jackson, Kentucky, en especial a las controladas por el reverendo Donald Ison, un hombre mayor que se parecía asombrosamente al sacerdote de *El exorcista*.

Según los cálculos de mamaw, Dios nunca dejó de estar de nuestro lado. Celebraba con nosotros cuando los tiempos eran buenos y nos consolaba cuando no lo eran. Durante uno de nuestros muchos viajes a Kentucky, mamaw estaba tratando de volver a entrar en la autopista después de hacer una breve parada para cargar gasolina. No prestó atención a las señales y acabamos yendo en dirección contraria en una rampa de salida de un solo sentido con motociclistas enojados que se apartaban de nuestro camino. Yo gritaba aterrorizado, pero después de hacer un giro de ciento ochenta grados en la interestatal de tres carriles, lo único que dijo mamaw sobre el incidente fue: «Maldita sea, estamos bien. ¿No saben que Jesús conduce el coche conmigo?»

La teología que enseñaba mamaw no era sofisticada, pero transmitía un mensaje que yo necesitaba escuchar. Pasar fácilmente por la vida era desperdiciar el talento que me había dado Dios, de modo que tenía que trabajar mucho. Tenía que cuidar de mi familia porque era una obligación cristiana. Tenía que perdonar, no solo por el bien de mi madre, sino también por mí mismo. Nunca tenía que desesperar, porque Dios tenía un plan.

Mamaw contaba con frecuencia una parábola: un joven estaba sentado en casa cuando comenzó una terrible tormenta. Al cabo de unas horas, la casa empezó a inundarse y alguien llamó a su puerta y se ofreció a llevarlo en coche a un terreno más elevado. El hombre se negó y dijo: «Dios cuidará de mí.» Unas horas más tarde, cuando las aguas ya inundaban el primer piso de la casa, pasó un bote y el capitán se ofreció a llevarlo a un lugar seguro. El hombre se negó y dijo: «Dios cuidará de mí.» Unas horas después, mientras el hombre esperaba en el tejado, porque ya toda la casa estaba inundada, pasó volando un helicóptero y el piloto le ofreció trasladarlo a tierra firme. De nuevo el hombre se negó y le dijo al piloto que Dios cuidaría de él. Poco después, se vio engullido por las aguas y, al presentarse ante Dios en el cielo, protestó por su destino: «Me prometiste que me ayudarías si tenía fe.» Dios respondió: «Te mandé un coche, un bote y un helicóptero. Moriste por tu culpa.» Dios ayuda a los que se ayudan a sí mismos. Esta era la lección de sabiduría del Libro de Mamaw.

El mundo caído descrito por la religión cristiana encajaba con el mundo que yo veía a mi alrededor: uno en el que un feliz viaje en coche podía convertirse rápidamente en una pesadilla; uno en el que el mal comportamiento individual tenía resonancias en la vida de una familia y una comunidad. Cuando le pregunté a mamaw si Dios nos quería, lo hice para asegurarme de que esa religión nuestra todavía tenía sentido en el mundo en el que vivíamos. Necesitaba estar seguro de que existía una justicia más profunda, alguna cadencia o ritmo que merodeara detrás de la angustia y el caos.

No mucho después de que el sueño de infancia de Lindsay de ser modelo acabara por tierra, el 2 de agosto, el día de mi undécimo cumpleaños, yo estaba en Jackson con mamaw y mi prima Gail. A última hora de la tarde, mamaw me aconsejó que llamara a Bob —aún mi padre legal— porque no había tenido noticias suyas. Después de nuestro regreso a Middletown, él y mamá se divorciaron, así que no era sorprendente que apenas se pusiera en contacto con nosotros. Pero mi cumpleaños era, por supuesto, especial, y me pareció raro que no hubiera llamado. Así que lo hice yo y me respondió una contestadora. Unas horas más tarde volví a llamarle con el mismo resultado e instintivamente supe que no volvería a ver a Bob.

Fuera porque se sintiera mal por mí o porque supiera que me gustaban mucho los perros, Gail me llevó a la tienda de mascotas. En el escaparate tenían una camada reciente de pastores alemanes. Yo quería uno desesperadamente y había recibido dinero suficiente por mi cumpleaños para comprar uno. Gail me recordó que los perros daban mucho trabajo y que mi familia (léase mi madre) tenía un terrible historial de comprar perros y después darlos en adopción. Como su sentido común cayó en oídos sordos —«Seguramente tienes razón, Gail, pero ¡son tan lindos!»—, tuvo que hacer uso de su autoridad: «Lo siento, cariño, pero no voy a dejarte comprar el perro.» Cuando regresé a la casa de mamaw Blanton estaba más disgustado por el perro que por haber perdido a mi padre número dos.

Me preocupaba menos que Bob se hubiera ido que la perturbación que su marcha inevitablemente causaría. Solo era la última baja en una larga lista de candidatos a padre fracasados. Estaba Steve, un hombre de voz suave con un temperamento a juego. Yo rezaba por que mamá se casara con Steve porque era amable y tenía un buen trabajo. Pero rompieron y ella empezó a salir con Chip, un agente de la policía local. Chip era una clase de hillbilly en sí mismo: le encantaba la cerveza barata, la música *country* y pescar siluros, y nos llevábamos bien hasta que, también él, desapareció.

Para ser sincero, una de las peores cosas era que la marcha de Bob complicaría aún más la enmarañada red de apellidos en nuestra familia. Lindsay era una Lewis (el apellido de su padre). Mamá adoptaba el apellido del hombre con el que estuviera casada en ese momento, mamaw y papaw eran Vance y todos los hermanos de mamaw eran Blanton. Yo compartía apellido con alguien a quien no quería (lo que ya me molestaba de por sí), y con la marcha de Bob, explicar por qué mi nombre era J. D. Hamel requeriría más momentos incómodos. «Sí, el apellido de mi padre legal es Hamel. No lo conoces porque no lo veo. No, no sé por qué no lo veo.»

De todas las cosas que odiaba de mi infancia, nada es comparable a la puerta giratoria de figuras paternas. Debo decir que mi madre evitó los compañeros violentos o irresponsables y nunca me sentí maltratado por ninguno de los hombres que llevó a nuestra casa. Pero odiaba la perturbación. Y odiaba la frecuencia con que esos novios salían de mi vida justo en el momento en que empezaban a caerme bien. Lindsay, con el beneficio de la edad y el sentido común, contemplaba a todos esos hombres con escepticismo. Sabía que en algún momento se marcharían. Con la partida de Bob yo aprendí la misma lección.

Mamá metía a esos hombres en nuestra vida por las razones correctas. Con frecuencia se preguntaba en voz alta si Chip o Bob o Steve eran buenas «figuras paternas.» Decía: «Te lleva a pescar, y eso está muy bien» o «Es importante aprender algo sobre la masculinidad de alguien con el que no tengas tanta diferencia de edad.» Cuando la oía gritar a uno de ellos, o llorando en el suelo después de una discusión especialmente intensa, o cuando la veía atrapada en la desesperación después de una ruptura, me sentía culpable por si estaba pasando por eso por mí. Después de todo, pensaba yo, papaw era muy bueno como figura paterna. Tras cada ruptura, yo le prometía a mi madre que íbamos a estar bien o que superaríamos eso juntos o (repitiendo las palabras de mamaw) que no necesitábamos a ningún puto hombre. Sabía que los motivos de mamá no eran completamente desinteresados. Ella (como todos nosotros) estaba motivada por el deseo de amor y compañía. Pero también lo buscaba para nosotros.

El camino al infierno, con todo, está empedrado de buenas intenciones. Atrapados entre varios candidatos a papá, Lindsay y yo nunca aprendimos cómo un hombre debe tratar a una mujer. Chip me enseñó cómo atar un anzuelo, pero no aprendí demasiado sobre lo que la masculinidad exigía de mí aparte de beber cerveza y gritarle a una mujer cuando ella te gritaba a ti. Al final, la única lección que arraigó fue que no puedes depender de la gente. «Aprendí que los hombres desaparecen a la primera de cambio —dijo una vez Lindsay—. No se preocupan por sus hijos; no los mantienen, solo desaparecen y no es tan difícil hacer que se vayan.»

Quizá mamá intuyó que Bob lamentaba su decisión de asumir a un hijo más, porque un día me llamó a la sala de estar para que hablara por teléfono con Don Browman, mi padre biológico. Fue una conversación corta pero memorable. Me preguntó si recordaba cuando quería tener una granja con caballos, vacas y pollos y le respondí que sí. Me preguntó si recordaba a mis hermanos —Cory y Chelsea—, y me acordaba un poco, así que le dije: «Más o menos.» Me preguntó si me gustaría verlo de nuevo.

Yo sabía poco de mi padre biológico y apenas recordaba mi vida antes de que Bob me adoptara. Sabía que Don me había abandonado porque no quería pagar la manutención infantil (o eso dijo mamá). Sabía que estaba casado con una mujer que se llamaba Cheryl, que era alto y que la gente pensaba que me parecía a él. Y sabía que era, en palabras de mamaw, un «fanático religioso.» Así se refería mamaw a los cristianos carismáticos que, decía, «agarraban serpientes y gritaban y gemían en la iglesia.» Eso fue suficiente para picar mi curiosidad. Yo tenía poca formación religiosa y estaba desesperado por conocer una iglesia de verdad. Le pregunté a mamá si podía ir a verlo y ella estuvo de acuerdo, así que el mismo verano en que mi padre legal desapareció de mi vida, mi padre biológico volvió a ella. Mamá había cerrado el círculo: después de pasar por una serie de hombres para encontrarme un padre, había decidido volver al candidato original.

Don Bowman tenía mucho más en común con el lado familiar de mamá de lo que yo esperaba. Su padre (y mi abuelo), Don C. Bowman, también emigró del este de Kentucky al sudoeste de Ohio para trabajar. Después de casarse y fundar una familia, mi abuelo Bowman murió de repente dejando dos niños pequeños y una joven esposa. Mi abuela se volvió a casar y papá pasó buena parte de su infancia con sus abuelos en el este de Kentucky.

Papá entendía mejor que nadie lo que Kentucky significaba para mí, porque significaba lo mismo para él. Su madre no tardó en volver a casarse y aunque su segundo marido era un buen hombre, también era muy estricto y un extraño; hasta con los mejores padrastros uno tarda un tiempo en acostumbrarse. En Kentucky, entre su gente y con mucho espacio, papá podía ser él mismo. Yo me sentía del mismo modo. Había dos clases de personas: a los que quería impresionar con mi comportamiento y con los que me comportaba de una determinada manera para no ponerme en evidencia. Esta segunda gente eran los de fuera, y en Kentucky no los había.

En muchos sentidos, el proyecto vital de papá era reconstruir para sí lo que en el pasado había tenido en Kentucky. Cuando lo visité por primera vez, papá tenía una casa modesta en un terreno precioso, de cinco hectáreas y media en total. Había un estanque de tamaño medio con peces y un par de campos para vacas y caballos, un granero y un gallinero. Cada mañana los niños corrían al gallinero y tomaban los huevos de la mañana, normalmente siete u ocho, un número perfecto para una familia de cinco. Durante el día correteábamos por la finca con un perro en los talones, atrapábamos ranas y perseguíamos conejos. Era exactamente lo que papá hacía de niño, y exactamente lo que yo hacía con mamaw en Kentucky.

Recuerdo correr por un campo con el collie de papá, Dannie, una criatura hermosa y zarrapastrosa tan buena que una vez atrapó a un pequeño conejo y lo llevó en la boca, sin hacerle daño alguno, a un humano para que lo inspeccionara. No tengo ni idea de por qué corría, pero ambos caímos de cansancio y nos quedamos tendidos en la hierba. La cabeza de Dannie sobre mi pecho y mis ojos contemplando el cielo azul. No sé si alguna vez me he sentido más contento, más completamente despreocupado de la vida y de sus tensiones.

Papá había creado un hogar con una serenidad casi chirriante. Su mujer y él discutían, pero raramente se levantaban la voz y nunca recurrían a los brutales insultos que eran habituales en casa de mamá. Ninguno de sus amigos bebía, ni siquiera socialmente. Aunque creían en el castigo corporal, nunca lo imponían de una manera exagerada o sumado al abuso verbal, la paliza era metódica y sin ira. Mi hermano y mi hermana menores disfrutaban de su vida, a pesar de que no tenían música pop ni películas para mayores de dieciséis años.

Lo poco que yo sabía del carácter de papá durante su matrimonio con mamá me había llegado en su mayoría por segundas personas. Mamaw, la tía Wee, Lindsay y mamá contaban varias versiones de la misma historia: que papá era cruel. Gritaba mucho y a veces le pegaba a mamá. Lindsay me dijo que, de niño, yo tenía la cabeza muy grande y con una forma rara, y ella lo atribuía a una vez en que vio a papá empujar agresivamente a mamá.

Papá niega haber maltratado físicamente a nadie, tampoco a mamá. Sospecho que se maltrataban físicamente como lo hacían mamá y la mayoría de sus hombres: algunos empujones, lanzamiento de platos, pero nada más. Lo que sí sé es que entre el final de su matrimonio con mamá y el principio de su matrimonio con Cheryl —que tuvo lugar cuando yo tenía cuatro años— papá cambió para mejor. Él lo atribuye a una mayor implicación con su fe. En esto, papá encarna un fenómeno que los sociólogos han observado durante décadas: la gente religiosa es mucho más feliz. Quienes van regularmente a la iglesia cometen menos crímenes, tienen mejor salud, viven más, ganan más dinero, abandonan la preparatoria con menos frecuencia y acaban la universidad con más frecuencia que quienes no van nunca a la iglesia.[1] El economista del MIT Jonathan Gruber descubrió incluso que la relación es causal: no es solo que la gente con una vida exitosa también vaya a la iglesia, es que la iglesia parece promover las buenas costumbres.

En sus costumbres religiosas, papá vivía el estereotipo de un protestante culturalmente conservador con raíces en el Sur, aunque el estereotipo está muy equivocado. La gente de Kentucky, a

---

1. Linda Gorman, «Is Religion Good for You?», The National Bureau of Economic Research, <http://nber.org/digest/oct05/w11377.html>.

pesar de su reputación de aferrarse a la religión, se parecía a ma-maw más que a papá: profundamente religiosos, pero sin ninguna vinculación con una verdadera comunidad eclesial. De hecho, los únicos protestantes conservadores que conocía que iban a la iglesia regularmente eran mi padre y su familia.[2] En el centro del Cinturón del Óxido la asistencia regular a la iglesia es de hecho bastante baja.[3]

A pesar de su reputación, en los Apalaches —especialmente desde el norte de Alabama y Georgia al sur de Ohio— la asistencia a la iglesia es mucho menor que en el Medio Oeste, zonas del Oeste Montañoso y buena parte del espacio entre Michigan y Montana. Aunque parezca raro, creemos que vamos a la iglesia mucho más de lo que en realidad vamos. En un sondeo reciente de Gallup, los sureños y los habitantes del Medio Oeste declararon las mayores tasas de asistencia a la iglesia del país. Pero la asistencia real era mucho más baja en el Sur.

Este patrón de engaño tiene que ver con la presión social. En el sudoeste de Ohio, donde yo nací, tanto las regiones metropolitanas de Cincinnati como de Dayton tienen tasas muy bajas de asistencia a la iglesia, más o menos las mismas que la ultraprogresista San Francisco. Nadie que yo conozca en San Francisco se avergonzaría al reconocer que no va a la iglesia. (De hecho, alguno quizá se avergonzaría de reconocer que va). Ohio es el polo opuesto. Incluso de niño, yo mentía cuando me preguntaban si iba regularmente a la iglesia. Según Gallup, no era el único que sentía esa presión.

La yuxtaposición es chirriante: las instituciones religiosas siguen siendo una fuerza positiva en la vida de la gente, pero en una parte del país golpeada por la decadencia de la industria, el desempleo, la adicción y los hogares rotos, la asistencia a la iglesia ha descendido. A papá, su iglesia le ofrecía algo que la gente

2. Raj Chetty *et al.*, «Equality of Opportunity Project», 2014, <http://equality-of-opportunity,org>. (El «Rel. Tot. variable» de los autores mide la religiosidad en una región determinada. El Sur y el Cinturón del Óxido tienen una puntuación mucho más baja que muchas regiones del país).

3. *Ibidem.*

como yo necesitaba desesperadamente. A los alcohólicos les daba una comunidad de apoyo y la sensación de que no luchaban solos contra la adicción. A las madres embarazadas les ofrecía una casa gratis con formación laboral y clases de paternidad. Cuando alguien necesitaba un trabajo, los amigos de la iglesia podían darle uno o presentarle a gente. Cuando papá tuvo problemas económicos, su iglesia se unió y compró un coche usado para la familia. En el mundo derrumbado que veía a mi alrededor —y para la gente que luchaba en ese mundo— la religión ofrecía una ayuda tangible para mantener a los fieles en el camino correcto.

La fe de papá me atraía a pesar de que descubrí muy pronto que había tenido un papel significativo en la adopción que llevó a nuestra larga separación. Aunque disfrutaba el tiempo que pasábamos juntos, el dolor de esa adopción permanecía y con frecuencia hablábamos de cómo y por qué sucedió. Por primera vez oí su versión de la historia: que la adopción no tenía nada que ver con un deseo de eludir la manutención infantil y que, en lugar de simplemente «darme», como me habían dicho mamá y mamaw, papá había contratado a varios abogados y había hecho todo lo posible para quedarse conmigo.

Tuvo miedo de que la guerra por la custodia estuviera destruyéndome. Cuando lo veía en las visitas previas a la adopción, me escondía debajo de la cama durante las primeras horas porque tenía miedo de que me secuestrara y no me dejara ver a mamaw nunca más. Ver a su hijo en ese estado le hizo reconsiderar su enfoque. Mamaw lo odiaba, un hecho que yo conocía de primera mano, pero papá decía que su odio procedía del principio de su matrimonio con mamá, cuando no fue ni mucho menos un marido perfecto. A veces, cuando iba a recogerme, mamaw salía al porche y se lo quedaba mirando sin parpadear, mientras sostenía un arma que llevaba debajo de la ropa. Cuando habló con el psiquiatra infantil del juzgado, se enteró de que yo había empezado a portarme mal en el colegio y que mostraba señales de problemas emocionales. (Sé que esto es cierto. Después de unas pocas semanas en el jardín de niños, me hicieron repetir el año. Dos décadas más tarde, me encontré con la maestra que soportó mi primera incursión en el colegio. Me dijo que me portaba tan mal que casi abandonó la profesión: llevaba solo tres semanas siendo profesora. Que me recordara veinte años después dice mucho de mi mal comportamiento).

Con el tiempo, me dijo papá, le pidió a Dios tres señales de que una adopción era lo mejor para mí. Esas señales aparecieron y me convertí en el hijo legal de Bob, un hombre al que hacía apenas un año que conocía. No dudo de la verdad de este relato, y aunque empatizo con la evidente dificultad de la decisión, nunca me he sentido cómodo con la idea de dejar el destino de tu hijo en manos de unas señales de Dios.

Pero, si se tiene todo en cuenta, esto fue una incidencia pasajera menor. Solo saber que se había preocupado por mí eliminó gran parte del dolor de mi infancia. En general, quería a mi padre y a su iglesia. No estoy seguro de si me gustaba su estructura o simplemente quería compartir algo que era importante para él —las dos cosas, supongo—, pero me convertí en un devoto converso. Devoraba libros sobre creacionismo según los cuales la historia de la tierra era mucho más breve de lo que se decía habitualmente, y participaba en chats *online* para cuestionar a los científicos sobre la teoría de la evolución. Supe de la profecía milenaria y me convencí de que el mundo terminaría en 2007. Hasta tiré mis CD de Black Sabbath. La iglesia de papá alentaba todo esto porque dudaba del sentido común de la ciencia laica y de la moralidad de la música laica.

A pesar de que no teníamos una relación legal, empecé a pasar mucho tiempo con papá. Lo visitaba la mayoría de los días festivos y me pasaba la mitad de los fines de semana en su casa. Aunque me encantaba ver a tías, tíos y primos que no habían formado parte de mi vida durante años, la segregación de mis dos vidas seguía existiendo. Papá evitaba a la familia de mi madre y viceversa. Lindsay y mamaw apreciaban el nuevo papel de papá en mi vida, pero seguían desconfiando de él. Para mamaw, papá era el «donante de esperma» que me había abandonado en un momento crítico. Aunque también yo estaba resentido con papá por lo que había hecho en el pasado, la testarudez de mamaw no facilitaba en absoluto las cosas.

Con todo, mi relación con papá seguía desarrollándose, como lo hacía mi relación con su iglesia. El inconveniente de su teología era que promovía una cierta segregación con respecto al mundo exterior. Yo no podía escuchar a Eric Clapton en casa de papá, pero no porque las letras fueran inadecuadas, sino porque Eric Clapton estaba influido por fuerzas demoniacas. Había oído a la gente bromear que si ponías *Stairway to Heaven* de Led Zeppelin al revés, oías un hechizo maligno, pero un miembro de la iglesia de papá habló de ese mito como si fuera verdad.

Eso eran singularidades, y al principio las entendía como poco más que reglas estrictas que podría cumplir o sortear. Pero era un niño curioso, y cuanto más me sumergía en la teología evangélica, más impelido me sentía a desconfiar de muchos sectores de la sociedad. La evolución y el Bing Bang se convirtieron en ideologías a las que enfrentarse, no teorías que comprender. Muchos de los sermones que oía dedicaban tanto tiempo a criticar a otros cristianos como a los demás temas. Se establecían líneas de batalla teológicas, y los que quedaban al otro lado no es que estuvieran equivocados en su interpretación de la Biblia, es que más bien no eran cristianos. Yo admiraba a mi tío Dan por encima de cualquier otro hombre, pero cuando hablaba de su aceptación católica de la teoría de la evolución, mi admiración quedaba manchada por la sospecha. Mi nueva fe me había puesto a la búsqueda de herejes. Buenos amigos que interpretaban partes de la Biblia de una manera distinta eran malas influencias. Hasta mamaw perdió mi favor porque sus creencias religiosas no entraban en conflicto con su simpatía por Bill Clinton.

Yo era un adolescente que, por primera vez, se preguntaba en serio qué creía y por qué lo creía, y tenía la fuerte sensación de que los «verdaderos» cristianos se estaban quedando sin salida. Se hablaba de la «guerra contra la Navidad», que por lo que yo podía ver, consistía sobre todo en activistas de la Unión por las Libertades Civiles Americanas denunciando a pequeños pueblos por poner nacimientos. Leí un libro titulado *Persecution* de David Limbaugh sobre las formas en que se discriminaba a los cristianos. Internet estaba repleta de comentarios sobre obras de arte en Nueva York que mostraban a Cristo o a la Virgen María cubiertos de heces. Por primera vez en mi vida, me sentía una minoría perseguida.

Todo este discurso sobre los cristianos que no eran lo suficientemente cristianos, los laicos que adoctrinaban a nuestra juventud, las exposiciones de arte que insultaban a nuestra fe y la persecución por parte de las élites hacían que el mundo fuera un lugar aterrador y ajeno. Tomemos los derechos de los gays, un tema particularmente candente entre los protestantes conservadores. Yo nunca olvidaré la vez en que me convencí de que era gay. Tenía ocho o nueve años, quizá menos, y me topé con un programa de un predicador de fuego y azufre. El hombre hablaba sobre la maldad de los homosexuales, cómo se habían infiltrado en nuestra sociedad y cómo estaban destinados al infierno a menos que se arrepintieran de veras. En ese momento, lo único que yo sabía de los hombres gays era que preferían los hombres a las mujeres. Esto me describía a la perfección: no me gustaban las chicas y mi mejor amigo del mundo era mi colega Bill. «Oh, Dios mío, voy a ir al infierno.»

Le mencioné la cuestión a mamaw y le confesé que era gay y que me preocupaba arder en el infierno. Ella dijo: «No seas idiota, ¿cómo demonios vas a saber si eres gay?» Le expliqué cómo había llegado a esa conclusión. Mamaw soltó una risotada y pareció pensar cómo explicárselo a un niño de mi edad. Finalmente, me preguntó: «J. D., ¿quieres chupar pitos?» Yo me quedé estupefacto. ¿Por qué iba alguien a hacer algo así? Ella lo repitió y yo dije: «¡Claro que no!» «Entonces —dijo—, no eres gay. Y aunque quisieras chupar pitos, no pasaría nada. Dios te querría igual.» Eso puso punto final al asunto. Al parecer ya no tenía que preocuparme más por ser gay. Ahora que soy mayor me doy cuenta de la profundidad del sentimiento de mamaw: la gente gay, aunque desconocida, no amenazaba en nada la existencia de mamaw. Había cosas más importantes por las que un cristiano debía preocuparse.

En mi nueva iglesia, en cambio, oía hablar más sobre el *lobby* gay y la guerra contra la Navidad que sobre cualquier rasgo de carácter al que un cristiano debiera aspirar. Recordaba ese momento con mamaw más como un ejemplo de pensamiento laico que como un acto de amor cristiano. La moralidad se definía por no participar en esta o en aquella enfermedad social: los intereses gays, la teoría de la evolución, el progresismo clintoniano o el sexo fuera del matrimonio. La iglesia de papá me exigía muy poco. Era fácil ser un cristiano. Las únicas enseñanzas afirmativas que recuerdo haber sacado de la iglesia eran que no tenía que engañar a mi mujer y que no tenía que tener miedo de predicar el evangelio a los demás. Así que planeé una vida de monogamia e intenté convertir a otra gente, incluso a mi profesor de ciencia de séptimo, que era musulmán.

El mundo se tambaleaba hacia la corrupción moral, se deslizaba hacia Gomorra. El Rapto se acercaba, pensábamos. La imaginería apocalíptica llenaba los sermones semanales y los libros *Left Behind* (*Dejado atrás*), una de las series de ficción más vendidas de todos los tiempos, que yo devoraba. La gente discutía si el Anticristo ya estaba vivo y, en ese caso, qué líder mundial podría ser. Alguien me dijo que esperaba que me casara con una chica muy guapa si cuando tuviera edad de casarme el Señor no había venido. El Fin de los Tiempos era el fin natural para una cultura que se deslizaba tan rápidamente hacia el abismo.

Otros autores han señalado las terribles tasas de permanencia de las iglesias evangelistas y culpan precisamente a esa clase de teología de su decadencia.[4] No lo veía así de niño. Ni me daba cuenta de que las creencias religiosas que desarrollé durante mis primeros años con papá estaban sembrando las semillas para un rechazo completo de la fe cristiana. Lo que sí sabía era que, a pesar de sus inconvenientes, quería a mi nueva iglesia y al hombre que me había introducido en ella. El momento, además, no pudo haber sido mejor: en los meses siguientes iba a necesitar desesperadamente tanto un padre celestial como uno terrenal.

4. Carol Howard Merritt, «Why Evangelicalism Is Failing a New Generation», The Huffington Post: Religion, mayo de 2010, <http://huffingtonpost.com/carol-howard-merritt/why-evangelicasm-is-fai_b_503971.html>.

Capítulo 7

En el otoño posterior a mi décimo tercer cumpleaños, mamá empezó a salir con Matt, un tipo más joven que ella que trabajaba como bombero. Adoré a Matt desde el principio; de todos los hombres de mamá, fue mi favorito y aún seguimos en contacto. Una noche yo estaba en casa viendo la tele, esperando a que mamá regresara a casa del trabajo con una cubeta de Kentucky Fried Chicken para la cena. Esa noche yo tenía dos responsabilidades: primero, encontrar a Lindsay por si tenía hambre; segundo, llevar comida a mamaw en cuanto llegara mamá. Poco antes de la hora en que esperaba que mamá llegara, mamaw llamó. «¿Dónde está tu madre?» «No lo sé —respondí—. ¿Qué pasa, mamaw?»

Tengo su respuesta, más que cualquier cosa que jamás haya oído, grabada en la memoria. Estaba preocupada, incluso asustada. El acento hillbilly que normalmente ocultaba se escurrió entre sus labios. «Nadie ha visto ni sabe nada de papaw.» Le dije que la llamaría en cuanto mamá llegara a casa, cosa que debía suceder pronto.

Supuse que mamaw estaba exagerando. Pero después pensé en la completa predictibilidad de las costumbres de papaw.

Todos los días se despertaba a las seis de la mañana, sin desper-
tador, después iba en coche al McDonald's para tomarse un café
con sus viejos colegas de Armco. Tras un par de horas de conversación, caminaba sin prisa hasta la casa de mamaw y se pasaba la
mañana viendo la tele o jugando a las cartas. Si salía antes de
la hora de la cena, era para visitar brevemente la ferretería de su
amigo Paul. Sin excepción, estaba en casa de mamaw para salu-
darme cuando yo llegaba del colegio. Y si yo no iba a casa de
mamaw —si iba a la de mamá, como a veces hacía cuando las
cosas iban bien—, normalmente pasaba y decía adiós antes de
irse a casa para pasar la noche. Que se hubiera saltado todas esas
costumbres significaba que algo muy raro había pasado.

Mamá entró por la puerta pocos minutos después de que mamaw llamara y yo ya estaba llorando. «Papaw... papaw, creo que
está muerto.» El resto es un recuerdo vago: creo que transmití el
mensaje de mamaw; la recogimos calle abajo y corrimos a casa
de papaw, a pocos minutos de distancia en coche. Llamé a la
puerta violentamente. Mamá corrió a la puerta de atrás, gritó y
vino a la parte delantera para decirle a mamaw que papaw estaba
encorvado en su silla y que agarrara una piedra. Después rompió
una ventana y entró por ella, quitó el pestillo, abrió la puerta y se
inclinó junto a su padre. Por entonces llevaba muerto casi un día.

Mamá y mamaw lloraron descontroladamente mientras esperábamos a una ambulancia. Intenté abrazar a mamaw, pero
estaba fuera de sí y ni siquiera me respondía a mí. Cuando dejó
de llorar, me abrazó fuerte contra su pecho y me dijo que fuera a
decir adiós antes de que se llevaran el cuerpo. Lo intenté, pero la
auxiliar médica que estaba arrodillada junto a él me miró como
si pensara que era un bicho raro por querer mirar un cadáver. No
le dije cuál era la verdadera razón por la que había vuelto junto a
mi encorvado papaw.

Después de que la ambulancia se llevara el cadáver de papaw,
condujimos inmediatamente a la casa de tía Wee. Imaginé que
mamá la había llamado, porque bajó del porche con lágrimas en
los ojos. Nos abrazamos todos antes de meternos en el coche y
volver a casa de mamaw. Los adultos me otorgaron la poco envi-
diable tarea de buscar a Lindsay y darle la noticia. Eso fue antes

de que existieran los teléfonos celulares, y Lindsay, que tenía diecisiete años, era difícil de localizar. No respondía al teléfono de casa, y ninguno de sus amigos respondía a mis llamadas. La casa de mamaw estaba literalmente a cinco casas de la de mamá —una era McKinley 313 y la otra 303—, así que oía cómo los adultos hacían planes y miraba por la ventana por si había señales del regreso de mi hermana. Los adultos hablaban de la organización del funeral, de dónde querría ser enterrado papaw —«En Jacksonville, maldita sea», insistía mamaw— y de quién llamaría al tío Jimmy para decirle que viniera a casa.

Lindsay volvió a casa poco antes de medianoche. Caminé fatigosamente calle abajo y abrí nuestra puerta. Ella estaba bajando las escaleras pero se quedó inmóvil cuando me vio la cara, roja e hinchada de llorar todo el día. «Papaw —solté—. Murió». Lindsay se vino abajo en las escaleras y yo corrí a abrazarla. Nos quedamos allí sentados unos minutos, llorando como hacen dos niños cuando descubren que el hombre más importante de su vida ha muerto. Lindsay dijo algo entonces, y aunque no recuerdo la frase exacta, recuerdo que papaw había hecho alguna reparación en el coche de Lindsay y que ella estaba susurrando entre lágrimas que se había aprovechado de él.

Lindsay era una adolescente cuando murió papaw, en el punto más álgido de esa rara mezcla en la que piensas que lo sabes todo y te preocupas demasiado por cómo te perciben los demás. Papaw era muchas cosas, pero nunca fue cool. Llevaba todos los días la misma camiseta vieja con un bolsillo en el pecho en el que cabía el paquete de tabaco. Siempre olía a moho, porque lavaba la ropa pero la dejaba secar «de manera natural», es decir, toda apretada en la lavadora. Una vida entera fumando le había dado la bendición de una cantidad ilimitada de mocos, y no tenía ningún problema en compartirlos con cualquiera, sin que importara el momento o la ocasión. Escuchaba a Johnny Cash en una repetición perpetua y conducía un viejo El Camino —mitad coche, mitad camioneta— a dondequiera que fuera. En otras palabras, papaw no era la compañía ideal para una chica guapa de diecisiete años con una activa vida social. Por lo tanto, ella se aprovechaba de él como lo hacen todas las chicas jóvenes de su padre: lo quería y admiraba, le pedía cosas que a veces él le daba, y ella no le prestaba mucha atención cuando sus amigos estaban cerca.

Hasta hoy, poder «aprovecharse» de alguien es la medida, para mí, de tener un padre. Para mí y para Lindsay, el miedo a abusar de los demás perseguía nuestra mente e infectaba incluso lo que comíamos. Reconocíamos instintivamente que mucha gente de la que dependíamos no habría debido jugar ese papel en nuestra vida, a tal punto que esa fue una de las primeras cosas que Lindsay pensó al saber de la muerte de papaw. Estábamos condicionados para sentir que no podíamos depender de la gente; que, incluso siendo niños, pedirle a alguien que te invitara a comer o que te ayudara con un coche averiado era un lujo en el que no debíamos incurrir demasiado, para no vaciar por completo la reserva de buena voluntad que ejercía como válvula de seguridad de nuestra vida. Mamaw y papaw hicieron todo lo que pudieron para luchar contra ese instinto. En nuestras infrecuentes visitas a un buen restaurante me interrogaban sobre lo que realmente quería hasta que confesaba que sí, quería el filete. Y entonces lo pedían a pesar de mis protestas. Por imponente que fuera, ninguna figura podía borrar por completo esa sensación. Papaw era el que más se había acercado, pero estaba claro que no lo había logrado del todo, y ahora se había ido.

Papaw murió un martes. Lo sé porque cuando el novio de mamá, Matt, me llevó a una cafetería la mañana siguiente para comprar comida para toda la familia, sonaba en la radio la canción de Lynyrd Skynyrd *Tuesday's Gone*. «Pero de alguna manera tendré que salir adelante / el martes se ha ido con el viento.» Ese fue el momento en que realmente me di cuenta de que papaw no iba a volver nunca. Los adultos hicieron lo que la gente hace cuando un ser amado muere: planearon el funeral, hicieron cuentas para ver cómo lo pagaban y esperaron hacerle cierta justicia al fallecido. Fuimos los anfitriones de una recepción en Middletown ese jueves, para que toda la gente de allí pudiera dar el pésame, y después otra en Jackson el viernes antes del funeral del sábado. Incluso muerto, papaw tenía un pie en Ohio y otro en el valle.

Todas las personas a las que yo quería ver fueron al funeral de Jackson: el tío Jimmy y sus hijos, nuestros parientes lejanos y los amigos, y todos los hombres Blanton que seguían vivos. Se me ocurrió al ver a esos titanes de mi familia que, durante los primeros once años de mi vida o así, los vi en momentos felices —reuniones familiares y días de fiesta o perezosos veranos y largos fines de semana—, y en los dos más recientes solo los había visto en funerales.

En el funeral de papaw, como en otros funerales hillbillies que había presenciado, el predicador invitó a los asistentes a ponerse en pie y decir unas cuantas palabras sobre el fallecido. Yo estaba sentado junto al tío Jimmy en la banca y lloré durante todo el funeral, que duró una hora; al final tenía los ojos tan irritados que apenas veía. Con todo, sabía qué era lo que tenía que hacer y que si no me ponía de pie y decía lo que debía, me arrepentiría el resto de mi vida.

Pensé en un momento de hacía casi una década sobre el que había oído hablar pero que no recordaba. Yo tenía cuatro o cinco años y estaba sentado en una banca de la iglesia para el funeral de un tío abuelo, en la misma funeraria Deaton de Jackson. Acabábamos de llegar de un largo viaje desde Middletown y cuando el ministro nos pidió que inclináramos la cabeza y rezáramos, yo incliné la cabeza y me desmayé. El hermano mayor de mamaw, el tío Pet, me recostó de lado con una Biblia como almohada y no le dio más importancia. Estaba dormido cuando ocurrió lo siguiente, pero he oído alguna versión del acontecimiento unas cien veces. Aún hoy, cuando veo a alguien que fue a ese funeral, me habla de mis hillbillies mamaw y papaw.

Como no aparecí entre el grupo de dolientes que salía de la iglesia, mamaw y papaw se preocuparon. Hasta en Jackson había pervertidos, me dijeron, que querían meterte palos por el culo y «chuparte el pito» como los pervertidos de Ohio, Indiana o California. Papaw tramó un plan: en la funeraria de Deaton solo había dos salidas, y ningún coche se había ido todavía. Papaw corrió al coche y agarró una Magnum calibre 44 para él y una Special del 38 para mamaw. Se colocaron en las salidas de la funeraria e inspeccionaron todos los coches. Cuando encontraban a un viejo amigo, le explicaban la situación y le pedían su ayuda. Cuando no, registraban el coche como si fueran unos malditos agentes de la agencia contra la droga.

El tío Pet se acercó, molesto porque mamaw y papaw estaban deteniendo el tráfico. Cuando le explicaron lo que estaban haciendo, Pet soltó una risotada: «Está durmiendo en la banca de la iglesia, vengan conmigo.» Cuando me encontraron, dejaron que el tráfico fluyera de nuevo.

Pensé en cuando papaw me compró una escopeta de aire comprimido con mira telescópica incorporada. Colocaba el arma en su mesa de carpintero, sostenida con un tornillo de banco, y disparaba una y otra vez contra un blanco. Después de cada disparo, ajustábamos la mirilla y alineábamos el punto de mira con el lugar del blanco en el que la escopeta había impactado. Y después me enseñó a disparar, cómo concentrarse en la mira y no en el blanco, cómo exhalar antes de apretar el gatillo. Años más tarde, nuestro instructor de tiro en el campo de entrenamiento de los Marines nos dijo que los chicos que ya «sabían» cómo disparar eran los que tenían un peor rendimiento, porque habían aprendido principios equivocados. Eso era cierto con una excepción: yo. Aprendí de papaw unos excelentes fundamentos y me licencié como un experto con el rifle M16, la categoría más alta, con una de las puntuaciones más elevadas de todo mi pelotón.

Papaw era brusco hasta el absurdo. Ante cualquier idea o comportamiento que no le gustaba, papaw tenía una respuesta: «Qué mierda.» Esa era la indicación para que cualquiera se callara. Su pasatiempo eran los coches: le encantaba comprar, vender y repararlos. Un día, no mucho después de que papaw dejara de beber, el tío Jimmy vino a casa y lo encontró reparando un viejo coche en la calle. «Estaba diciendo una retahíla de groserías. "Estos putos coches japoneses, componentes baratos de mierda. Qué hijo de puta idiota el que hizo esta pieza". Yo lo escuchaba; él no sabía si había alguien a su alrededor y seguía y seguía quejándose. Pensé que estaba abatido.» El tío Jimmy había empezado a trabajar poco antes y estaba dispuesto a gastarse el dinero en ayudar a su padre. Así que se ofreció a llevar el coche a un taller para que lo arreglaran. Esa idea tomó a papaw con la guardia completamente baja. «¿Qué? ¿Por qué? —preguntó con inocencia—. Pero si me encanta reparar coches.»

Papaw tenía barriga cervecera y la cara regordeta, pero los brazos y las piernas delgados. Nunca se disculpaba con palabras. Cuando ayudó a la tía Wee a mudarse de una punta a otra del país, ella lo reprendió por su alcoholismo pasado y le preguntó por qué casi nunca tenían la oportunidad de hablar. «Bueno, habla ahora. Vamos a pasarnos todo el puto día juntos en el coche.» Pero se disculpaba con hechos: a las raras ocasiones en que perdía los nervios conmigo siempre les seguía un juguete nuevo o un paseo hasta la heladería.

Papaw era un hillbilly aterrador hecho para otros tiempos y otro lugar. Durante ese viaje en coche para cruzar el país con la tía Wee, pararon en una zona de descanso de la autopista a primera hora de la mañana. La tía Wee decidió peinarse y cepillarse los dientes, de modo que pasó en el lavabo de señoras más tiempo del que papaw consideró razonable. Dio una patada en la puerta con un revólver cargado en la mano, como un personaje de una película de Liam Neeson. Explicó que estaba seguro de que estaba siendo violada por algún pervertido. Años más tarde, después de que el perro de la tía Wee le ladrara a su bebé, papaw le dijo a su marido, Dan, que o se deshacía del perro o le daría para comer un filete marinado en anticongelante. No bromeaba: tres décadas antes le había hecho la misma promesa a un vecino después de que un perro casi mordiera a mi madre. Una semana más tarde el perro estaba muerto. En la funeraria también me acordé de esas cosas.

Por encima de todo pensaba en mi relación con papaw. Pensé en las horas que pasamos haciendo problemas de matemáticas cada vez más complejos. Me enseñó que la falta de conocimientos y la falta de inteligencia no eran lo mismo. Lo primero se podía remediar con un poco de paciencia y mucho trabajo. ¿Y lo segundo? «Bueno, supongo que es como remontar un torrente de mierda sin remos.»

Pensé en cuando papaw se sentaba en el suelo conmigo y con las hijas de la tía Wee y jugaba con nosotros como un niño. A pesar de sus «qué mierda» y su brusquedad, nunca recibió un abrazo o un beso que no aceptara de buen grado. Le compró a Lindsay un coche en malas condiciones y lo reparó; y cuando lo destrozó le compró otro y también se lo reparó para que a ella no le pareciera que «venía de la nada.» Pensé en cuando yo perdía los nervios con mamá o Lindsay o mamaw, y cómo esas eran las pocas veces en que papaw mostraba un poco de crueldad, porque, como me dijo una vez, «la medida de un hombre es cómo trata a las mujeres de su familia.» Su sentido común procedía de la experiencia, de su propia incapacidad previa para tratar bien a las mujeres de su familia.

En la funeraria me puse en pie, resuelto a contarle a todo el mundo lo importante que era papaw. «Nunca he tenido un padre —expliqué—. Pero papaw siempre estuvo ahí para mí y me enseñó las cosas que un hombre tiene que saber.» Después hablé de la suma de su influencia en mi vida. «Fue el mejor padre que uno podría desear.»

Después del funeral, varias personas me dijeron que les había gustado mi valentía y mi coraje. Mamá no estuvo entre ellas, lo que me pareció raro. Cuando la localicé entre la gente, parecía atrapada en una especie de trance; hablaba poco, incluso con los que se le acercaban, sus movimientos eran lentos y tenía el cuerpo encorvado.

También mamaw parecía otra. Kentucky era normalmente el único lugar en el que se encontraba en su elemento. En Middletown nunca podía ser por completo ella misma. En Perkins, nuestro lugar preferido para desayunar, la boca de mamaw se ganaba a veces una reprimenda del encargado para que bajara la voz o cuidara lo que decía. «Ese idiota», murmuraba entre dientes, humillada e incómoda. Pero en el Bill's Family Diner, el único restaurante de Jackson en el que valía la pena entrar a comer, le gritaba a la gente de la cocina que se «espabilara de una puta vez» y ellos se reían y decían: «De acuerdo, Bonnie.» Después me miraba y me decía: «Sabes que solo estoy bromeando con ellos, ¿verdad? Saben que no soy una puta vieja pesada.»

En Jackson, entre viejos amigos y hillbillies de verdad, no necesitaba ningún filtro. En el funeral de su hermano, unos pocos años antes, mamaw y su sobrina Denise se convencieron de que uno de los que portaban el féretro era un pervertido, así que irrumpieron en su oficina de la funeraria y buscaron entre sus cosas. Encontraron una gran colección de revistas, incluidos algunos ejemplares de *Beaver Hunt* (La caza del conejo) (una revista que puedo asegurarles no tiene nada que ver con los mamíferos de largas orejas). A mamaw le pareció hilarante. «¡Puto *Beaver Hunt*! —rugía—. ¿Quién diablos se inventa esta mierda?» Denis y ella tramaron un plan para llevarse las revistas a casa y mandárselas a la esposa de ese hombre. Después de una breve deliberación cambiaron de opinión. «Con la suerte que tengo —me dijo—, tendremos un accidente de camino a Ohio y la policía encontrará esas malditas revistas en la cajuela del coche. Solo faltaría que todo el mundo creyera que soy lesbiana, ¡y además una lesbiana pervertida!» Así que tiró las revistas para «darle una lección a ese pervertido» y nunca volvió a mencionar lo sucedido. Este lado de mamaw apenas surgía fuera de Jackson.

La funeraria Deaton de Jackson —de la que había robado los ejemplares de *Beaver Hunt*— estaba organizada como una iglesia. En el centro del edificio había un santuario principal flanqueado por habitaciones más grandes con sofás y mesas. En los otros dos lados había pasillos con salidas a unas cuantas habitaciones más pequeñas: oficinas para el personal, una pequeña cocina y baños. He pasado mucho tiempo de mi vida en esa pequeña funeraria, diciendo adiós a tíos y tías y primos y bisabuelos. Y cuando iba a Deaton a enterrar a un viejo amigo, a un hermano o a su querida madre, mamaw saludaba a todos los asistentes, se reía a carcajadas y decía groserías con orgullo.

Así que fue una sorpresa para mí cuando, durante el velorio de papaw, busqué a mamaw para que me reconfortara y la encontré sola en una esquina de la funeraria, reponiendo unas fuerzas que yo no sabía que podía perder. Miraba fijamente al suelo; su ardor había sido sustituido por algo que no conocía. Me arrodillé ante ella y puse la cabeza en su regazo y no dije nada. En ese momento me di cuenta de que mamaw no era invencible.

Visto ahora, está claro que en el comportamiento de mamaw y mamá había algo más que pena. Lindsay, Matt y mamaw hicieron lo que pudieron para ocultármelo. Mamaw me prohibió quedarme en casa de mamá, bajo la excusa de que mamaw me necesitaba con ella por la pena. Quizá esperaban darme un poco de espacio para llorar a papaw. No lo sé.

Al principio no me di cuenta de que algo había cambiado de repente. Papaw había muerto y todo el mundo lo procesó de manera diferente. Lindsay pasaba mucho tiempo con sus amigos y siempre iba de un lado a otro. Yo pasaba tanto tiempo como podía con mamaw y leía mucho la Biblia. Mamá dormía más de lo habitual, y yo imaginaba que esa era su manera de superar la situación. En casa, era incapaz de controlar mínimamente sus nervios. Lindsay no lavaba bien los platos u olvidaba pasear al perro y la ira de mamá se desbordaba: «¡Mi padre era el único que me entendía! —gritaba—. ¡Lo he perdido y ustedes no están facilitando las cosas precisamente!» Pero mamá siempre había tenido mal carácter y yo no hacía caso ni siquiera a eso.

Mamá parecía enojada porque alguien más que ella estuviera de luto. La pena de la tía Wee estaba injustificada, porque mamá y papaw tenían un vínculo especial. También lo estaba la de mamaw, porque ni siquiera le caía bien papaw y decidieron no vivir bajo el mismo techo. Lindsay y yo no teníamos que exagerar, porque era el padre de mamá, no el nuestro, quien acababa de morirse. La primera indicación de que nuestra vida iba a cambiar llegó una mañana en la que me desperté y fui paseando hasta la casa de mamá, donde sabía que dormían Lindsay y mamá. Fui primero a la habitación de Lindsay, pero ella estaba durmiendo en mi habitación. Me arrodillé a su lado, la desperté y ella me abrazó muy fuerte. Al cabo de un rato, me dijo con seriedad: «Superaremos esto, J. —así era como me llamaba—. Te lo prometo.» Todavía no tengo ni idea de por qué esa noche durmió en mi cama, pero pronto descubrí qué era lo que me prometía que superaríamos.

Pocos días después del funeral fui hasta el porche de mamaw, miré calle abajo y vi un escándalo increíble. Mamá estaba envuelta en una toalla de baño en el patio delantero, gritándole a la única persona que de verdad la quería: a Matt. «Eres un puto don nadie fracasado»; a Lindsay: «Eres una zorra egoísta, era mi padre, no el tuyo, así que deja de actuar como si se hubiera muerto tu padre»; a Tammy, su amiga increíblemente amable, que era lesbiana en secreto: «La única razón por la que actúas como amiga mía es porque quieres coger conmigo.» Salí corriendo y le rogué a mamá que se calmara, pero entonces ya había entrado en la escena una patrulla. Llegué al porche en el momento en que el agente agarraba a mamá por los hombros y ella caía al suelo, revolviéndose y dando patadas. Entonces el policía tomó a mamá y la llevó al coche, y ella se resistió durante todo el camino. En el porche había sangre y alguien dijo que había intentado cortarse las venas. No creo que el agente la detuviera, aunque no sé lo que pasó. Mamaw llegó a la escena y nos llevó a Lindsay y a mí de ahí. Recuerdo pensar que si papaw hubiera estado ahí habría sabido qué hacer.

La muerte de papaw arrojó luz sobre algo que antes merodeaba entre las sombras. Solo un niño podía pasar por alto los indicios, supongo. Un año antes, mamá había perdido su trabajo en el hospital de Middletown después de que se pusiera a patinar por la sala de urgencias. En ese momento el raro comportamiento de mamá me pareció la consecuencia del divorcio de Bob. De una manera parecida, las esporádicas ocasiones en que mamaw decía que mamá «se drogaba» parecían comentarios azarosos de una mujer conocida por estar dispuesta a decir cualquier cosa, no el diagnóstico de una realidad en proceso de deterioro. Poco después de que mamá perdiera el trabajo, durante mi viaje a California, había tenido noticias suyas solo una vez. No tenía ni idea de que, tras bambalinas, los adultos —es decir, mamaw por un lado y el tío Jimmy y su esposa, la tía Donna, por el otro— estaban discutiendo si debía irme a vivir de manera permanente a California.

La agitación y los gritos de mamá en la calle fueron la culminación de lo que yo no había visto. Había empezado a tomar sedantes con receta poco después de que nos mudáramos al condado de Preble. Creo que el problema empezó con una prescripción con motivo, pero poco después mamá se puso a robar a sus pacientes y a drogarse tanto que convertir la sala de urgencias en una pista de patinaje le pareció una buena idea. La muerte de papaw convirtió a una adicta que medio se las arreglaba para funcionar en una mujer incapaz de seguir las normas básicas del comportamiento adulto.

De esta manera, la muerte de papaw alteró permanentemente la trayectoria de nuestra familia. Antes de su muerte, yo me había acostumbrado a la caótica pero feliz rutina de dividir el tiempo entre la casa de mamá y la de mamaw. Los novios llegaban y se iban, mamá tenía días buenos y días malos, pero yo siempre tenía una vía de escape. Con papaw muerto y mamá en rehabilitación en el Centro de Tratamiento de la Adicción de Cincinnati —o la «casa CAT», como la llamábamos—, empecé a sentirme una carga. Aunque nunca dijo nada que me hiciera sentir poco querido, la vida de mamaw había sido una lucha constante. Desde la pobreza del valle al maltrato de papaw, desde la boda adolescente de la tía Wee a los antecedentes penales de mamá, mamaw se había pasado la mayor parte de sus siete décadas de vida solventando crisis. Y entonces, cuando la mayoría de la gente de su edad disfrutaba de los frutos de la jubilación, ella estaba educando a dos nietos adolescentes. Sin papaw para ayudarle, esa carga parecía el doble de pesada. En los meses posteriores a la muerte de papaw recordé a la mujer que había visto en un rincón aislado de la funeraria de Deaton y no podía deshacerme de la sensación de que, fuera cual fuese el aura de fortaleza que proyectara mamaw, esa otra mujer vivía en alguna parte de su interior.

Así que en lugar de refugiarme en casa de mamaw o de llamarla cada vez que había problemas con mamá, me apoyaba en Lindsay y en mí mismo. Lindsay acababa de graduarse de la preparatoria y yo acababa de empezar séptimo, pero hacíamos que la cosa funcionara. A veces Matt o Tammy nos traían comida, pero por lo general nos las arreglábamos solos: los preparados de pasta Hamburger Helper, cenas precocinadas, galletas rellenas Pop-Tarts y cereales de desayuno. No estoy seguro de quién pagaba las cuentas (probablemente mamaw). No teníamos una vida muy ordenada —una vez Lindsay llegó a casa del trabajo y me encontró con un par de amigos suyos, todos completamente borrachos—, pero en cierto sentido no la necesitábamos. Cuando

Lindsay supo que yo había conseguido la cerveza por medio de un amigo suyo, no perdió la compostura ni se rio con indulgencia; echó a todos a patadas y después me soltó un sermón sobre el abuso de sustancias.

Veíamos a mamaw con frecuencia, y ella preguntaba por nosotros constantemente. Pero a ambos nos gustaba la independencia, y creo que disfrutábamos de la sensación de que no éramos una carga para nadie, o cuando mucho solo el uno para el otro. Lindsay y yo habíamos aprendido tanto a enfrentarnos a crisis, nos habíamos vuelto emocionalmente tan estoicos, aun cuando el planeta parecía haberse salido de control, que cuidar de nosotros mismos nos parecía fácil. No importaba lo mucho que quisiéramos a mamá, nuestra vida era más fácil con una persona menos a la que cuidar.

¿Pasábamos dificultades? Sin duda. Recibimos una carta del distrito escolar informándonos que yo había faltado a clase tantas veces sin justificación que mis padres podían ser convocados por la escuela o hasta denunciados por el ayuntamiento. La carta nos pareció hilarante: mi madre ya se había enfrentado a una acusación peculiar y apenas tenía libertad para ir adonde quisiera, mientras que mi padre estaba tan desconectado de todo que «convocarlo» requeriría el trabajo de un detective. También nos pareció aterradora: sin un tutor legal que firmara la carta, no sabíamos qué demonios hacer. Pero como habíamos hecho con otros retos, improvisamos. Lindsay falsificó la firma de mamá y el distrito escolar dejó de mandar cartas a casa.

En ciertos días laborales o durante los fines de semana visitábamos a nuestra madre en la casa CAT. Entre las colinas de Kentucky, mamaw y sus armas, y los estallidos de mamá, pensaba que lo había visto todo. Pero el nuevo problema de mamá me expuso al submundo de la adicción en Estados Unidos. Los miércoles siempre estaban dedicados a una actividad en grupo, una especie de formación para la familia. Todos los adictos y sus familias se sentaban en una gran sala, con una familia asignada a cada una de las mesas individuales, se hablaba de un tema que debía enseñarnos algo sobre la adicción y lo que esta provocaba. En una sesión, mamá explicó que se drogaba para escapar del estrés de pagar las cuentas y para soportar el dolor de la muerte de papaw. En otra, Lindsay y yo aprendimos que los conflictos normales entre hermanos dificultaban que mamá se resistiera a la tentación.

Estas sesiones provocaban poco más que discusiones y emociones desnudas; supongo que ese era el objetivo. Las noches en que nos sentábamos en esa sala gigantesca con otras familias —todas eran negras o de blancos con acento sureño como nosotros— oíamos gritos y peleas, niños diciéndoles a sus padres que los odiaban, padres llorando implorando perdón en un momento y en el siguiente culpando a sus familias. Fue ahí donde oí a Lindsay decirle por primera vez a mamá que estaba resentida por, tras la muerte de papaw, haber tenido que hacer el papel de cuidadora en lugar de guardar luto por él, que odiaba ver cómo yo tomaba afecto por algún novio de mamá para luego ver cómo se largaba sin acordarse de nosotros. Quizá fuera el lugar, o quizá el hecho de que Lindsay casi tenía dieciocho años, pero mientras mi hermana se enfrentaba a mi madre, empecé a ver a mi hermana como una verdadera adulta. Y nuestra rutina en casa no hacía más que aumentar.

La cura de mamá avanzaba rápidamente y, con el tiempo, su estado mejoraba de forma evidente. Los domingos estaban destinados a pasar tiempo en familia sin un orden planificado. No podíamos sacar a mamá de allí, pero podíamos comer, ver la tele y hablar como en tiempos normales. Por lo general, los domingos eran felices, aunque mamá nos reprendió con rabia durante una visita porque nuestra relación con mamaw se había vuelto demasiado estrecha. «Yo soy su madre, no ella», nos dijo. Me di cuenta de que había empezado a lamentar las semillas que había plantado en Lindsay y en mí.

Cuando mamá volvió a casa unos meses más tarde, se trajo con ella un nuevo vocabulario. Recitaba con frecuencia la Oración de la Serenidad, un clásico en los círculos de adictos en la que el creyente le pide a Dios la «serenidad para aceptar las cosas que no puedo cambiar.» La drogadicción era una enfermedad, y así como yo no juzgaría a un paciente de cáncer por tener un tumor, no debía juzgar a un drogadicto por su comportamiento. A los trece años, esto me parecía claramente absurdo y mamá y yo discutíamos muchas veces sobre si su sabiduría recién adquirida era una verdad científica o una excusa para gente cuyas decisiones habían destruido una familia. Es raro, pero probablemente sea las dos cosas: la investigación revela una disposición genética al abuso de sustancias, pero quienes creen que su adicción es una enfermedad muestran menos inclinación a resistirla. Mamá se decía la verdad, pero la verdad no la estaba liberando.

No me creía ninguno de esos eslóganes o emociones, pero creía que mamá se estaba esforzando. El tratamiento para la adicción parecía haberle dado resolución, y eso nos daba algo que compartir. Leí todo lo que pude sobre su «enfermedad» y hasta me acostumbré a ir a algunas de sus reuniones en Narcóticos Anónimos, que funcionaban tal como te puedes imaginar: una sala de reuniones deprimente, una docena de sillas y un puñado de desconocidos sentados en círculo y presentándose como «Me llamo Bob, y soy un adicto.» Me pareció que si yo participaba quizá mamá se pusiera mejor.

En una reunión un hombre entró unos minutos tarde, oliendo como un bote de basura. El pelo apelmazado y la ropa sucia evidenciaban que vivía en la calle, algo que confirmó en cuanto abrió la boca. «Mis hijos no me hablan, nadie me habla —nos dijo—. Gorroneo todo el dinero que puedo y me lo gasto en heroína. Esta noche no conseguí dinero ni heroína, así que entré aquí porque parece que se está caliente.» El organizador le preguntó si estaba dispuesto a intentar dejar la droga durante más de una noche y el hombre respondió con una sinceridad admirable. «Podría decir que sí, pero la verdad, probablemente no. Probablemente volveré mañana por la noche.»

No volví a ver a ese hombre. Antes de irse, alguien le preguntó de dónde era. «Bueno, he vivido aquí en Hamilton la mayor parte de mi vida. Pero nací en el este de Kentucky, en el condado de Owsley.» En ese momento no sabía lo suficiente de la geografía de Kentucky para decirle que había nacido a no más de treinta kilómetros de la casa de infancia de mis abuelos.

Capítulo 8

Cuando terminé el octavo año, mamá llevaba al menos un año sin probar la droga y dos o tres saliendo con Matt. A mí me iba bien en la escuela, y mamaw había tomado vacaciones un par de veces: un viaje a California para visitar al tío Jimmy y otro a Las Vegas con su amiga Kathy. Lindsay se había casado poco después de la muerte de papaw. Me encantaba su marido, Kevin, y aún lo venero por una simple razón: nunca la ha tratado mal. Eso era lo único que yo quería de un compañero para mi hermana. Poco antes de que se cumpliera un año de su boda, Lindsay dio a luz a su hijo, Kameron. Era una madre y, caray, muy buena. Estaba orgulloso de ella y adoraba a mi nuevo sobrino. La tía Wee también tenía dos niños pequeños, lo que me daba la oportunidad de consentir a tres criaturas. Yo veía todo eso como una señal de renacimiento en la familia. El verano anterior a la preparatoria, pues, fue esperanzador.

Sin embargo, ese mismo verano mamá me anunció que me iba a mudar con Matt a su casa de Dayton. Matt me caía bien, y por aquel entonces mamá llevaba un tiempo viviendo con él en Dayton. Pero Dayton estaba a cuarenta y cinco minutos en coche de la casa de mamaw y mamá dejó claro que quería que fuera a la escuela en Dayton. Me gustaba mi vida en Middletown: quería ir a la preparatoria, me encantaban mis amigos y, aunque era poco convencional, me gustaba dividir el tiempo entre las casas de mamá y mamaw entre semana y pasar los fines de semana con papá. Lo más importante era que si lo necesitaba siempre podía ir a casa de mamaw, y eso hacía que todo fuera diferente. Recordaba la vida cuando no tenía esa válvula de escape y no quería volver a esa época. Además, cualquier traslado sería sin Lindsay y Kameron. Así que cuando mamá me anunció mi mudanza a la casa de Matt, solté a grito pelado: «¡No!», y me fui corriendo.

A partir de esa conversación, mamá sacó la conclusión de que yo tenía problemas de ira y fijó una cita para que visitara a su terapeuta. No sabía que tenía una terapeuta ni el dinero para permitírsela, pero acepté verme con ella. Nuestra primera visita tuvo lugar la semana siguiente en una vieja oficina que olía a moho cerca de Dayton, Ohio, donde una mujer de mediana edad y aspecto anodino, mamá y yo intentamos comprender por qué estaba tan enojado. Me daba cuenta de que los seres humanos no son muy buenos juzgándose a sí mismos: quizá me equivocaba al pensar que no estaba más enojado (de hecho, mucho menos) que la mayoría de la gente que formaba parte de mi vida. Quizá mamá tenía razón y tenía algunos problemas con la ira. Intenté tener la mentalidad abierta. Por lo menos, pensé, esa mujer nos podría dar la oportunidad, a mamá y a mí, de abrirnos la una con el otro.

Pero esa primera sesión fue una especie de emboscada. La mujer me preguntó de inmediato por qué le gritaba a mi madre y luego salía corriendo, por qué no reconocía que era mi madre y que tenía que vivir con ella de acuerdo con la ley. La terapeuta recitó todos los «arrebatos» que supuestamente había tenido, algunos tan lejanos en el tiempo que ni siquiera los recordaba: cuando a los cinco años hice un berrinche en una tienda, mi pelea con otro niño en el colegio (el *bully* de la clase, al que mamaw me animó a pegarle aunque yo no quería), las veces en que me iba a la casa de mis abuelos por la «disciplina» de mamá. Estaba claro que esa mujer se había hecho una idea de mí solo a partir de lo que mamá le había dicho. Si antes no tenía un problema con la ira, ahora sí.

«¿Tiene usted idea de lo que está hablando?», le pregunté. Con catorce años, sabía al menos un poco sobre ética profesional. «¿No debería preguntarme qué pienso sobre las cosas y no solo criticarme?» Durante una hora, le solté un resumen de mi vida hasta ese momento. No conté la historia completa, porque sabía que tenía que escoger mis palabras con cuidado: durante el caso de violencia doméstica de mamá de hacía un par de años, Lindsay y yo habíamos deslizado algunos detalles feos sobre cómo nos criaba mamá, y como eso contaba como una nueva revelación de maltrato, el terapeuta familiar tuvo que informar de ello a los servicios de atención a la infancia. Así que no pasaba por alto la ironía de mentirle a una terapeuta (para proteger a mamá) si no quería iniciar otra intervención de los servicios de atención a la infancia del condado. Expliqué bien la situación: al cabo de una hora, se limitó a decir: «Quizá deberíamos reunirnos a solas.»

Esa mujer me pareció un obstáculo que superar —un obstáculo colocado por mamá—, no alguien que pudiera ser de ayuda. Le conté solo la mitad de lo que sentía: que no tenía ningún interés en poner una barrera de cuarenta y cinco minutos con la gente de la que siempre había dependido para irme con un hombre que sabía que acabaría haciendo las maletas. La terapeuta, obviamente, lo entendió. Lo que no le dije era que por primera vez en mi vida me sentía atrapado. Papaw ya no estaba y mamaw —que llevaba toda la vida fumando, como demostraba su enfisema— parecía demasiado frágil y cansada para cuidar de un niño de catorce años. Mi tía y mi tío tenían dos niños pequeños. Lindsay acababa de casarse y tenía también un hijo. Yo no tenía adónde ir. Había visto el caos y las peleas, la violencia, las drogas y un montón de inestabilidad. Pero nunca había tenido la sensación de que no hubiera una salida para mí. Cuando la terapeuta me preguntó qué pensaba hacer, le respondí que probablemente iría a vivir con mi padre. Dijo que eso parecía una buena idea. Cuando salí de su oficina, le di las gracias por su tiempo y supe que nunca más volvería a verla.

Mamá tenía un enorme punto ciego en su manera de percibir el mundo. Que quisiera que me mudara con ella a Dayton, que pareciera realmente sorprendida por mi resistencia y que me sometiera a una presentación tan parcial ante una terapeuta significaba que mamá no comprendía cómo éramos Lindsay y yo. Lindsay me dijo una vez: «Mamá simplemente no lo entiende.» Yo, al principio, no estuve de acuerdo con ella: «Claro que lo entiende; es solo que es así, es algo que no puede cambiar.» Después del incidente con la terapeuta, supe que Lindsay tenía razón.

Mamaw no estuvo contenta cuando le dije que pensaba irme a vivir con papá. Nadie lo estuvo. Nadie lo entendía y yo me sentía incapaz de decir mucho al respecto. Sabía que si les contaba la verdad unas cuantas personas me ofrecerían una habitación que tuvieran vacía y que todos se rendirían a la exigencia de mamaw de que viviera permanentemente con ella. También sabía que vivir con mamaw iría acompañado de un montón de culpa y un montón de preguntas sobre por qué no vivía con mi madre o mi padre, y que mucha gente le susurraría a mamaw que debería descansar de una vez y disfrutar de sus años dorados. La sensación de ser una carga para mamaw no era algo imaginario, procedía de un buen número de breves comentarios, de las cosas que decía entre dientes y del cansancio que llevaba encima como si fuera ropa negra. No quería eso, así que escogí lo que parecía la opción menos mala.

En cierto sentido, me encantaba vivir con papá. Su vida era normal de la manera exacta en que yo siempre había querido que lo fuera la mía. Mi madrastra trabajaba medio tiempo, pero normalmente estaba en casa. Papá llegaba a casa del trabajo cada día más o menos a la misma hora. Uno de ellos (por lo general mi madrastra, pero a veces papá) hacía la cena todas las noches y cenábamos como una familia. Antes de cada comida bendecíamos la mesa (algo que siempre me había gustado pero que nunca había hecho fuera de Kentucky). Las noches entre semana veíamos juntos alguna comedia en la tele. Y papá y Cheryl nunca se gritaban. Una vez los oí alzar la voz durante una discusión por dinero, pero un volumen un poco alto era una cosa, y los gritos, otra.

En mi primer fin de semana en casa de papá —el primer fin de semana que pasé con él sabiendo que el lunes no iba a ir a ninguna parte— mi hermano menor invitó a un amigo a dormir a casa. Pescamos en el estanque de papá, les dimos de comer a los caballos y para cenar hicimos filetes a la parrilla. Esa noche vimos películas de Indiana Jones hasta la madrugada. No hubo peleas, no hubo adultos insultándose, ni porcelana lanzada con ira contra la pared o contra el suelo. Fue una noche aburrida. Y representaba lo que me atraía de la casa de papá.

Lo que nunca perdí, sin embargo, fue la sensación de estar en guardia. Cuando me instalé con mi padre, hacía dos años que lo conocía. Sabía que era un buen hombre, un poco silencioso, un cristiano devoto de una tradición religiosa muy estricta. Cuando reconectamos por primera vez, me dejó claro que le daba igual mi gusto por el rock clásico, especialmente Led Zeppelin. No fue cruel con el tema —no era su estilo— y no dijo que no pudiera escuchar a mis grupos preferidos; solo me aconsejó que en su lugar escuchara rock cristiano. Nunca le dije a mi padre que jugaba a un juego de cartas coleccionables un poco para nerds llamado Magic, porque tenía miedo de que pensara que las cartas eran satánicas. A fin de cuentas, los niños del grupo de jóvenes de la iglesia hablaban muchas veces de Magic y su perversa influencia en los jóvenes cristianos. Y como les pasa a la mayoría de los adolescentes, yo tenía muchas preguntas sobre mi fe: si era compatible con la ciencia moderna, por ejemplo, o si esta o aquella denominación era la correcta en ciertas disputas sobre la doctrina.

Dudo que se hubiera enojado si le hubiera hecho esas preguntas, pero nunca lo hice porque no sabía cómo iba a responder. No sabía si me diría que era un engendro de Satán y me echaría de casa. No sabía cuánto de nuestra nueva relación estaba construido sobre su percepción de que yo era un buen chico. No sabía cómo reaccionaría si yo escuchaba esos CD de Led Zeppelin con mis hermanos menores en casa. Ese no saber me carcomía hasta el punto de no poder soportarlo.

Creo que mamaw sabía lo que me estaba rondando la cabeza, aunque nunca se lo dije explícitamente. Hablábamos por teléfono muchas veces y una noche me dijo que debía saber que ella me quería más que a nada y que quería que volviera a casa cuando estuviera listo. «Esta es tu casa, J. D., y siempre lo será.» Al día siguiente llamé a Lindsay y le dije que fuera por mí. Ella tenía un trabajo, una casa, un marido y un bebé pero dijo: «Estaré ahí en cuarenta y cinco minutos.» Me disculpé con papá, que se quedó destrozado con mi decisión. Pero lo entendió: «No puedes estar lejos de la loca de tu abuela. Sé que es buena contigo.» Era un reconocimiento increíble por parte de un hombre al que mamaw nunca le dijo una palabra amable. Y era la primera señal de que papá comprendía mis sentimientos complejos y contradictorios. Eso significó mucho para mí. Cuando Lindsay y su familia llegaron para recogerme, me subí al coche, suspiré y le dije: «Gracias por llevarme a casa.» Le di a mi pequeño sobrino un beso en la frente y no dije nada hasta que llegamos a casa de mamaw.

Pasé la mayor parte de lo que quedaba de verano con mamaw. Las semanas que había vivido con papá no me habían provocado ninguna epifanía: seguía sintiéndome atrapado entre el deseo de estar con ella y el miedo a que mi presencia la estuviera privando de las comodidades de la tercera edad. Así que antes de que empezara el curso le dije a mamá que viviría con ella si podía seguir en la escuela de Middletown y ver a mamaw cuando quisiera. Ella dijo algo sobre la necesidad de hacer un traslado a la escuela de Dayton después del primer año de la preparatoria, pero pensé que ya cruzaríamos ese puente al cabo de un año, cuando tuviéramos que hacerlo.

Vivir con mamá y Matt era como tener un asiento en primera fila para ver el fin del mundo. Las peleas eran relativamente normales para lo que yo estaba acostumbrado (y lo que estaba acostumbrada mamá), pero estoy seguro de que el pobre Matt no paraba de preguntarse cuándo y por qué se había subido al tren expreso hacia la ciudad de la locura. En casa solo éramos nosotros tres y estaba claro para todos que no iba a funcionar. Era solo cuestión de tiempo. Matt era un buen tipo y, como bromeábamos Lindsay y yo, los buenos tipos nunca sobrevivían a los encuentros con nuestra familia.

Dado el estado de la relación entre mamá y Matt, cuando un día a principios de segundo curso volví a casa y mamá me dijo que se iba a casar, me tomó por sorpresa. Quizá, pensé, las cosas no iban tan mal como yo creía. «La verdad es que pensaba que Matt y tú iban a romper —le dije—. Se pelean todos los días.» «Bueno —respondió—, es que no me voy a casar con él.»

Era una historia que hasta a mí me parecía increíble. Mamá llevaba unos meses trabajando como enfermera en un centro de diálisis. Su jefe, diez años mayor que ella, la invitó a cenar una noche. Ella aceptó, y como su relación andaba mal por todos lados, aceptó casarse con él una semana después. Me lo dijo un jueves. El sábado nos mudamos a casa de Ken. Su casa fue mi cuarto domicilio en dos años.

Ken había nacido en Corea pero había sido criado por un veterano estadounidense y su mujer. Durante la primera semana en su casa, decidí inspeccionar el pequeño invernadero y encontré una planta de marihuana bastante madura. Se lo dije a mamá, que se lo dijo a Ken, y al acabar el día había sido sustituida por una tomatera. Cuando me enfrenté a Ken, él tartamudeó un poco y al final dijo: «Es para fines medicinales, no te preocupes.»

Los tres hijos de Ken —una niña pequeña y dos chicos de mi misma edad— creían como yo que aquella decisión era rara. El hijo mayor se peleaba constantemente con mamá, lo cual —gracias al código de honor de los Apalaches— significaba que yo me peleaba constantemente con él. Una noche, poco antes de acostarme, bajé las escaleras en el mismo momento en que él le llamaba zorra. Ningún hillbilly que se respetara a sí mismo podía permanecer impertérrito ante algo así, de modo que dejé muy claro a mi nuevo hermanastro que pensaba darle una paliza que lo dejara a un centímetro de la muerte. Tan insaciable era mi apetito de violencia que esa noche mamá y Ken decidieron que mi nuevo hermanastro y yo debíamos estar separados. Yo ni siquiera estaba muy enojado. Mi deseo de pelear surgía más bien de una idea del deber. Pero era una idea del deber muy fuerte, así que mamá y yo nos fuimos a pasar la noche a casa de mamaw.

Recuerdo ver un episodio de *El ala oeste* sobre la educación en Estados Unidos, que la mayoría de la gente cree con razón que es la clave para tener oportunidades. En el episodio, el presidente de ficción debate si debería imponer los cheques escolares (dar dinero público a los niños para que puedan irse de las escuelas públicas que no funcionan) o centrarse exclusivamente en mejorar esas escuelas que no funcionan. Ese debate es importante, por supuesto —durante mucho tiempo, buena parte de mi fallido distrito escolar cumplía los requisitos para recibir los cheques—, pero era sorprendente que, en una discusión sobre el fracaso de los niños pobres en la escuela, el énfasis se pusiera exclusivamente en las instituciones públicas. Como me dijo hace poco una profesora de mi vieja preparatoria, «quieren que seamos pastores de esos chicos. Pero nadie quiere hablar del hecho de que muchos de ellos son criados por lobos.»

No sé qué pasó el día después de que mamá y yo escapáramos de la casa de Ken y nos fuéramos a la de mamaw a pasar la noche. Quizá tenía un examen para el que no había podido estudiar. Quizá tenía tarea atrasadas que no tuve tiempo de acabar. Lo que sé es que estaba en segundo y me sentía destrozado. Las mudanzas y las peleas constantes, el carrusel aparentemente infinito de gente nueva a la que tenía que conocer, aprender a amar y luego olvidar; esto, y no mi escuela pública de mala calidad, era el verdadero impedimento para tener oportunidades.

No lo sabía, pero estaba cerca del precipicio. Casi había suspendido el primer año en la preparatoria; había sacado una calificación promedio de 2.1 sobre 4. No hacía las tareas, no estudiaba y mi tasa de asistencia era pésima. Algunos días fingía estar enfermo y otros simplemente me negaba a ir. Cuando iba, lo hacía solo para evitar que la escuela volviera a mandar a casa cartas como las que había enviado años antes, las que decían que si no iba a la escuela la dirección se vería obligada a informar de mi caso a los servicios sociales del condado.

Junto a mi pésimo historial escolar estaban mis experimentos con la droga: nada duro, solo todo el alcohol que caía en mis manos y un paquete de hierba que el hijo de Ken y yo encontramos. Prueba definitiva, supongo, de que sabía cuál era la diferencia entre una tomatera y una planta de marihuana.

Por primera vez en mi vida me sentía alejado de Lindsay. Se había casado hacía más de un año y tenía un niño que ya empezaba a caminar. Había algo heroico en el matrimonio de Lindsay; que después de todo lo que había visto en la vida acabara con alguien que la trataba bien y que tuviera un buen trabajo. Lindsay parecía feliz de veras. Era una buena madre que mimaba a su hijo. Tenía una pequeña casa no muy lejos de la de mamaw y parecía estar saliendo adelante.

Aunque yo me alegraba por mi hermana, su nueva vida ponía aún más de relieve mi sensación de distanciamiento. Durante toda mi existencia habíamos vivido bajo el mismo techo, pero ahora ella vivía en Middletown y yo vivía con Ken a treinta kilómetros de distancia. Mientras Lindsay construía una vida que era casi lo contrario de la que había dejado atrás —sería una buena madre y tendría un matrimonio de éxito (y solo uno)— yo me encontraba apresado en las cosas que ambos odiábamos. Mientras Lindsay y su nuevo marido viajaban a Florida y a California, yo estaba atrapado en la casa de un desconocido en Miamisburg, Ohio.

Capítulo 9

Mamaw no tenía mucha idea de cómo me afectaba esa organización, en parte porque ese era el propósito. Durante unas largas vacaciones de Navidad, solo un par de meses después de que me fuera a vivir a casa de mi nuevo padrastro, le llamé para quejarme. Pero cuando respondió oí voces familiares al fondo: mi tía, pensé, y la prima Gail y quizá otros. El ruido de fondo sugería alegría navideña y no tuve el valor de contarle lo que había motivado mi llamada: que odiaba vivir con esos desconocidos y que todo aquello que había hecho que mi vida hasta entonces fuera tolerable —el refugio de su casa, la compañía de mi hermana— parecía haber desaparecido. Le pedí que les dijera a todos cuya voz oía al fondo que los quería, y después colgué y me fui al piso de arriba a ver la tele. Nunca me había sentido más solo. Por suerte, seguía yendo a la escuela en Middletown, lo que me permitía seguir en contacto con mis amigos del colegio y me daba una excusa para pasar algunas horas en casa de mamaw. Durante los periodos lectivos de la escuela la veía varias veces a la semana, y cada vez que lo hacía ella me recordaba la importancia de tener buenos resultados académicos. Con frecuencia decía que si alguien de la familia «salía adelante» ese tenía que ser yo.

Yo no tenía el valor de decirle lo que en realidad estaba sucediendo. Se suponía que tenía que ser abogado o médico u hombre de negocios, no alguien que deja la preparatoria. Pero estaba mucho más cerca de abandonar que de cualquier otra cosa.

Supo la verdad cuando mamá vino una mañana pidiéndome un frasco de orina fresca. Había pasado la noche anterior en casa de mamaw y me estaba preparando para ir a la escuela cuando mamá entró, frenética y sin aliento. Tenía que someterse a análisis de orina aleatorios para conservar la licencia del colegio de enfermería, y alguien la había llamado esa mañana pidiéndole una muestra para el final del día. La pipí de mamaw estaba contaminada por media docena de medicamentos, así que yo era el único candidato.

Mamá me exigió aquello como si tuviera todo el derecho del mundo. No estaba arrepentida, no tenía la sensación de estar pidiéndome algo que estaba mal. Ni sentía culpa alguna por haber roto una vez más la promesa de no volver a drogarse.

Me negué. Al percibir mi resistencia, mamá cambió de estrategia. Se mostró arrepentida y desesperada. Lloró e imploró. «Te prometo que me portaré mejor. Te lo prometo.» Había oído aquello antes muchas veces y no creía ni una pequeña parte. Lindsay me dijo una vez que por encima de todo, mamá era una superviviente. Sobrevivió a su infancia, sobrevivió a los hombres que llegaban y se iban. Sobrevivió a los sucesivos encontronazos con la ley. Y ahora estaba haciendo todo lo que podía para sobrevivir a un problema con el colegio de enfermería.

Exploté. Le dije a mamá que si quería pipí limpia, dejara de joder su vida y se la sacara de su propia vejiga. Le dije a mamaw que dejar hacer a mamá empeoraba las cosas y que si hubiera dicho basta treinta años antes quizá mamá no estuviera rogándole a su hijo que le diera pipí limpia. Le dije a mamá que era una madre de mierda y le dije a mamaw que ella también era una madre de mierda. Mamaw se quedó pálida como el papel y se negó siquiera a mirarme a los ojos. Lo que le dije, claramente, le disgustó.

Aunque decía esas cosas en serio, también sabía que mi orina podía no estar limpia. Mamá se desplomó en el sofá, llorando en silencio, pero mamaw no iba a ceder tan fácilmente, a pesar de que la había herido con mis críticas. Arrastré a mamaw al baño y le susurré una confesión: que había fumado hierba de Ken dos veces en las últimas semanas. «No puedo dársela. Si mamá usa mi pipí, podemos meternos en un lío los dos.»

Primero, mamaw mitigó mi miedo. Un par de porros en tres semanas no aparecerían en los resultados del análisis, me dijo. «Además, seguramente no sabías qué diablos estabas haciendo. No te tragaste el humo ni aunque quisieras.» Después abordó la parte moral. «Sé que esto no está bien, cariño. Pero es tu madre y es mi hija. Y quizá si la ayudamos esta vez aprenderá por fin la lección.»

Era la eterna esperanza, la cosa a la que no podía decir que no. Esa esperanza me llevó a acudir voluntariamente a las reuniones de Narcóticos Anónimos, a leer libros sobre la adicción y a participar en el tratamiento de mamá en la mayor medida posible. Me había llevado a subirme en el coche con ella cuando tenía doce años a sabiendas de que su estado emocional podía llevarla a hacer algo de lo que más tarde se arrepintiera. Mamaw nunca perdió esa esperanza, después de más desolación y más decepciones de las que yo podía llegar a imaginar. Su vida era una maestría sobre cómo perder la fe en la gente, pero mamaw siempre encontraba la manera de creer en la gente que amaba. Así que no lamento haber cedido. Darle la pipí a mamá estaba mal, pero nunca me arrepentiré de seguir los consejos de mamaw. Su esperanza le permitió perdonar a papaw después de los años duros de su matrimonio. Y la convenció para abrirme las puertas cuando yo más la necesitaba.

Aunque seguí el consejo de mamaw, algo en mi interior se rompió esa mañana. Fui al colegio con los ojos rojos por llorar y pesaroso por haber ayudado. Unas semanas antes había estado con mamá en un bufet chino mientras ella trataba en vano de meterse comida en la boca. Es un recuerdo que aún hace que me hierva la sangre: mamá incapaz de abrir los ojos o de cerrar la boca, tomando con el tenedor comida que luego volvía a caer en el plato. La otra gente nos miraba, Ken estaba mudo, y mamá no se daba cuenta de nada. Ese estado se lo había provocado un calmante con receta (o muchos). Yo la odiaba por eso y me prometí que si volvía a drogarse me iría de casa.

El episodio de la orina fue también la gota que colmó el vaso para mamaw. Cuando volví de clase me dijo que quería que me quedara con ella de manera permanente, sin alternar las dos casas. A mamá parecía no importarle. Necesitaba un «descanso», dijo, supongo que de ser madre. Ella y Ken no duraron mucho más. A finales de mi segundo año se había ido de la casa de Ken y yo me había instalado en la de mamaw y nunca más volví a las casas de mamá y sus hombres. Al menos superó el análisis de orina.

Ni siquiera tuve que hacer las maletas, porque mucho de lo que tenía se quedaba en casa de mamaw mientras yo saltaba de una casa a otra. Ella no quería que me llevara demasiadas cosas a la casa de Ken, porque estaba convencida de que él y sus hijos podían robarme los calcetines y las camisas. (Ni Ken ni sus hijos me robaron nunca nada). Aunque me encantaba vivir con ella, mi nueva casa me ponía a prueba de muchas maneras. Yo todavía albergaba la inseguridad de ser una carga para mamaw. Y aún más importante, era una mujer con la que era difícil vivir, era rápida y mordaz. Si no sacaba la basura me decía «deja de ser un vago de mierda.» Si olvidaba hacer las tareas me llamaba «mierda para el cerebro» y me recordaba que si no estudiaba nunca llegaría a nada. Me exigía que jugara a las cartas con ella —normalmente al gin rummy— y ella nunca perdía. «Eres el peor jugador de cartas que he visto en mi puta vida», decía regodeándose. (Eso no me hacía sentir mal: se lo decía a todos los que les ganaba, y al gin rummy le ganaba a todo el mundo).

Años más tarde, cada uno de mis parientes —la tía Wee, el tío Jimmy, hasta Lindsay— me diría alguna variación de: «Mamaw era muy dura contigo. Demasiado dura.» En su casa había tres reglas: sacar buenas calificaciones, tener un trabajo y «levanta ese puto trasero y ayúdame.» No había lista de tareas, solo tenía que ayudarla con lo que estuviera haciendo. Y nunca me dijo qué tenía que hacer, solo me gritaba si estaba haciendo algo y yo no la estaba ayudando.

Pero la pasábamos muy bien. Mamaw ladraba mucho más de lo que mordía, al menos conmigo. Una vez me ordenó que viera un programa de la tele con ella un viernes por la noche, una serie de misterio con asesinato que daba miedo, uno de esos programas que le encantaban a mamaw. En el clímax de la historia, en un momento pensado para hacer que el espectador diera un salto, mamaw apagó la luz y me gritó al oído. Había visto antes el episodio y sabía lo que iba a pasar. Me hizo estar sentado allí cuarenta y cinco minutos solo para poder darme un susto en el momento adecuado.

Lo mejor de vivir con mamaw fue que empecé a entender cómo era. Hasta entonces, me fastidiaba lo poco que viajábamos a Kentucky después de la muerte de mamaw Blanton. El descenso de las visitas no era perceptible al principio, pero cuando empecé la secundaria solo íbamos a Kentucky pocas veces al año y solo pocos días cada vez. Viviendo con mamaw, supe que ella y su hermana Rosa —una mujer de una amabilidad infrecuente— se habían peleado después de que muriera su madre. Mamaw tenía la esperanza de que la vieja casa se convirtiera en una especie de multipropiedad de la familia, mientras que Rose quería que la casa fuera para su hijo y su familia. Rose tenía parte de razón: ninguno de los hermanos que vivía en Ohio o Indiana iba con tanta frecuencia, así que tenía sentido darle la casa a alguien que fuera a utilizarla. Pero mamaw temía que sin una casa base, sus hijos y nietos no tendrían ningún lugar en el que hospedarse cuando fueran a Jackson. También ella tenía parte de razón.

Empecé a comprender que, para mamaw, volver a Jackson era más una obligación que un motivo de alegría. Para mí, Jackson eran mis tíos, perseguir tortugas y encontrar la paz frente a la inestabilidad que fastidiaba mi existencia en Ohio. Jackson me daba una casa compartida con mamaw, un viaje por carretera de tres horas en las que contar y escuchar historias, y un lugar en el que todo el mundo conocía al nieto de los famosos Jim y Bonnie Vance. Jackson era algo muy distinto para ella. Era el lugar en el que a veces, de niña, pasaba hambre, del que huyó tras el escándalo de un embarazo adolescente y donde muchos de sus amigos habían dejado la vida en las minas. Yo quería escapar a Jackson, ella había escapado de él.

Ya anciana, con la movilidad limitada, a mamaw le encantaba ver la tele. Prefería el humor obsceno y los dramas épicos, así que tenía muchas opciones. Pero su serie preferida con mucho era la historia de mafiosos de la HBO *Los Soprano*. Visto ahora, no es sorprendente que una serie sobre unos desconocidos fieramente leales y a veces violentos le dijera algo a mamaw. Si se cambian los nombres y las fechas, la mafia italiana empieza a parecerse mucho a la disputa entre los Hartfield y los McCoy en los Apalaches. El principal personaje de la serie, Tony Soprano, era un asesino violento, una persona objetivamente terrible se mirara por donde se mirara. Pero mamaw respetaba su lealtad y el hecho de que hacía lo que fuera necesario para proteger el honor de su familia. Aunque asesinaba a incontables enemigos y bebía demasiado, la única crítica que mamaw le hizo fue por su infidelidad. «Siempre está cogiendo con otras. Eso no me gusta.»

También vi por primera vez el amor que mamaw sentía por los niños, no como objeto de su afecto sino como observador. Muchas veces hacía de niñera de los hijos de Lindsay y de la tía Wee. Un día tuvo a las niñas de la tía Wee durante el día, y al perro lo dejó en el patio trasero. Cuando el perro ladraba, mamaw gritaba: «Cállate, hijo de puta.» Mi prima Bonnie Rose corrió a la puerta de atrás y se puso a gritar una y otra vez: «¡Hijo de puta! ¡Hijo de puta!» Mamaw corrió cojeando hasta donde estaba Bonnie Rose y la tomó en brazos. «¡Shhhh! No puedes decir eso o me meterás en un problema.» Pero reía tan fuerte que apenas podía pronunciar las palabras. Unas semanas más tarde, llegué a casa de la escuela y le pregunté a mamaw cómo le había ido ese día. Me dijo que había sido un muy buen día porque había estado cuidando a Kameron, el hijo de Lindsay. «Me preguntó si podía decir "mierda" como yo. Le dije que sí, pero solo en mi casa.» Después sonrió en silencio, para sí misma. Se encontrara como se encontrara, aunque el enfisema le dificultara respirar o la cadera le doliera tanto que apenas pudiera caminar, nunca se perdía la oportunidad de pasar «un rato con esos niños», como decía ella. Mamaw los quería y yo empecé a comprender por qué siempre había soñado en convertirse en abogada de niños maltratados o abandonados.

En algún momento a mamaw le hicieron una operación de envergadura en la espalda para aliviar el dolor que le dificultaba caminar. Pasó varios meses en una residencia para recuperarse, lo que me obligó a vivir solo, una experiencia que por suerte no duró mucho. Cada noche llamaba a Lindsay, a la tía Wee o a mí y nos hacía la misma petición: «Odio la puta comida que dan aquí. ¿Puedes ir a Taco Bell y traerme un burrito de frijoles?» De hecho, mamaw odiaba todo lo que tenía que ver con la residencia y en una ocasión me hizo prometerle que si algún día tenía que quedarse allí para siempre, tomaría su Magnum .44 y le metería una bala en la cabeza. «Mamaw, no me puedes pedir que haga eso. Iría a la cárcel por el resto de mi vida.» «Bueno —dijo, deteniéndose un instante para pensar—, pues ponte en las manos un poco de arsénico. Así nadie lo sabrá.» Al final resultó que la operación de espalda era completamente innecesaria. Tenía la cadera rota, y en cuanto el cirujano la arregló estaba de nuevo de pie, aunque a partir de entonces utilizó una andadera o un bastón. Ahora que soy abogado me sorprende que no contempláramos la posibilidad de poner una demanda por mala práctica médica al doctor que la operó innecesariamente de la espalda. Pero mamaw nunca lo hubiera permitido: no creía en utilizar el sistema legal a menos que fuera imprescindible.

A veces veía a mamá cada pocos días y a veces pasaban un par de semanas sin que tuviera noticias suyas. Después de una ruptura, se pasaba varias semanas en el sofá de mamaw y ambos disfrutábamos de su compañía. Mamá, a su manera, lo intentaba: cuando trabajaba, siempre me daba dinero el día que le pagaban, sin duda, más del que se podía permitir. Por razones que nunca acabé de entender, mamá identificaba el dinero con el afecto. Quizá sentía que yo no me daría cuenta de que me quería a menos que me diera un fajo de billetes para gastar. Pero a mí nunca me importó el dinero. Solo quería que mamá estuviera bien.

Ni siquiera mis amigos más cercanos sabían que vivía en casa de mi abuela. Me daba cuenta de que, aunque muchos de mis amigos no tenían una familia estadounidense tradicional, la mía era menos tradicional que la de la mayoría. Y éramos pobres, un estatus que mamaw llevaba como una insignia de honor, pero con el que a mí me resultaba difícil reconciliarme. No llevaba ropa de Abercrombie & Fitch o American Eagle a menos que me la regalaran en Navidad. Cuando mamaw me recogía en la escuela, le pedía que no saliera del coche para que mis amigos no la vieran con su uniforme: jeans holgados y una camiseta de hombre y un enorme cigarrillo de mentol colgado de los labios. Cuando la gente me preguntaba, mentía y decía que vivía con mi madre, que ella y yo cuidábamos de mi abuela enferma. Aún hoy lamento que demasiados amigos y conocidos de la preparatoria nunca supieran que mamaw fue lo mejor que me ha ocurrido jamás.

Mi penúltimo año, los resultados de mis exámenes me permitieron entrar con honores en la clase de matemáticas avanzadas, una mezcla de trigonometría, álgebra avanzada y precálculo. El profesor de la asignatura, Ron Selby, tenía un estatus legendario entre los estudiantes por su inteligencia y su grado de exigencia. No había faltado un solo día a la escuela en veinte años. Según la leyenda de la preparatoria de Middletown, una vez un estudiante llamó e hizo una amenaza de bomba durante uno de los exámenes de Selby. Había ocultado el artefacto explosivo en una mochila en su casillero. Toda la escuela fue evacuada y esperaba fuera, pero Selby entró en el edificio, sacó el contenido del casillero del chico, salió y lo tiró a un bote de basura. «He tenido a ese chico en clase; no es tan listo como para hacer una bomba que funcione —dijo Selby a los policías reunidos en la escuela—. Ahora dejen que mis alumnos vuelvan a clase para terminar el examen.»

A mamaw le encantaban esta clase de historias, y aunque nunca conoció a Selby, lo admiraba y me animaba a seguir su ejemplo. Selby recomendaba (pero no exigía) a sus alumnos que consiguieran una calculadora científica con gráficos; el modelo 89 de Texas Instruments era el último y el mejor. No teníamos teléfonos celulares y no teníamos ropa bonita, pero mamaw se ocupó de que tuviera una de esas calculadoras con gráficos. Eso me enseñó una lección importante sobre los valores de mamaw, y me obligó a dedicarme a la escuela como nunca antes. Si mamaw podía gastarse 180 dólares en una calculadora científica —insistió en que no me la comprara con mi dinero—, más valía que me tomara los estudios en serio. Se lo debía y ella me lo recordaba constantemente. «¿Terminaste la tarea del profesor Selby?» «No, mamaw, aún no.» «Será mejor que empieces de una puta vez. No me gasté hasta el último centavo que tenía en esa pequeña computadora para que te rasques los huevos todo el día.

Esos tres años con mamaw —ininterrumpidos y a solas— me salvaron. No me di cuenta de la causalidad del cambio, ni de cómo vivir con ella le dio la vuelta a mi vida. No me di cuenta de que mis calificaciones empezaron a mejorar inmediatamente después de instalarme con ella. Y no podría haber sabido que estaba haciendo amigos para toda la vida.

Durante ese tiempo, mamaw y yo empezamos a hablar de los problemas de nuestra comunidad. Mamaw me animó a buscar trabajo, me dijo que sería bueno para mí y que tenía que aprender el valor de un dólar. Cuando su recomendación cayó en oídos sordos, me exigió que consiguiera un trabajo y así lo hice, como cajero en Dillman's, una tienda de alimentos.

Trabajar como cajero me convirtió en un sociólogo *amateur*. Muchos de nuestros clientes estaban animados por un estrés frenético. Una de nuestras vecinas entraba y me gritaba por el menor de los errores: no sonreírle o que las bolsas con la compra pesaran demasiado un día o demasiado poco el siguiente. Algunos entraban en la tienda a toda prisa, recorriendo rápidamente los pasillos, buscando frenéticamente un producto en particular. Pero otros paseaban con calma por los pasillos, con cuidado de encontrar cada artículo de su lista. Algunos tipos compraban mucha comida enlatada y congelada, mientras que otros siempre llegaban a la caja con los carros repletos de productos frescos. Cuanto más agobiado estaba el cliente, más comida precocinada o congelada compraba y más probable era que fuera pobre. Y yo sabía que era pobre por la ropa que llevaba o porque compraba la comida con cupones para alimentos. Al cabo de unos meses, fui a casa y le pregunté a mamaw si solo los pobres compraban leche en polvo para bebés. «¿Es que los ricos no tienen bebés?» Mamaw no tenía una respuesta, y pasarían muchos años antes de que supiera que los ricos tienen muchas más probabilidades de dar el pecho a sus hijos.

Así como el trabajo me enseñó un poco más sobre la división de clases en Estados Unidos, también me infundió un poco de resentimiento, tanto hacia los ricos como hacia los de mi propia clase. Los propietarios de Dillman's estaban chapados a la antigua, así que dejaban que la gente con buena reputación tuviera una cuenta abierta, y algunas superaban los mil dólares. Yo sabía que si cualquiera de mis parientes entraba y acababa con un recibo de más de mil dólares tendría que pagar de inmediato. Odiaba la sensación de que mi jefe considerara que mi gente era menos digna de confianza que los que se llevaban la comida a casa en un Cadillac. Pero lo superé: un día, me dije, yo también tendría una maldita cuenta.

También descubrí cómo la gente hacía trampa al *welfare*. Compraban dos paquetes de doce refrescos con vales de comida y después los vendían con descuento por dinero en efectivo. Agrupaban sus pedidos de manera separada y compraban la comida con cupones, y la cerveza, el vino y los cigarrillos con efectivo. Muchas veces, mientras hacían cola en las cajas, hablaban por el celular. Yo no lograba entender por qué nuestra vida era una lucha constante mientras que quienes vivían de la generosidad del gobierno tenían cacharros con los que yo solo podía soñar.

Mamaw escuchaba con atención mis experiencias en Dillman's. Empezamos a mirar con desconfianza a muchos de nuestros correligionarios de la clase trabajadora. La mayoría teníamos dificultades para salir adelante, pero lo hacíamos, trabajábamos mucho y teníamos la esperanza de una vida mejor. Pero una gran minoría se contentaba con vivir del seguro de desempleo. Cada dos semanas recibía un cheque con un pequeño sueldo y me fijaba en la línea donde se deducían de mi salario los impuestos federales y estatales. Casi con la misma frecuencia, nuestro vecino drogadicto se compraba las mejores chuletas, que yo era demasiado pobre para comprar, pero que el Tío Sam me obligaba a comprar para otro. Esa era mi actitud cuando tenía diecisiete años, y aunque ahora estoy mucho menos enojado que entonces, fue el primer indicio de que las políticas del «partido de los trabajadores» de mamaw, los demócratas, no eran tan buenas como se decía.

Los científicos sociales han gastado millones de palabras intentando explicar cómo los Apalaches y el Sur pasaron de ser incondicionalmente demócratas a incondicionalmente republicanos en menos de una generación. Algunos culpan a las relaciones raciales y a que el Partido Demócrata abrazara el movimiento de los derechos civiles. Otros citan la fe religiosa y el arraigo que el conservadurismo social tiene entre los evangélicos en esa región. Una gran parte de la explicación está en que muchos en la clase trabajadora blanca veían precisamente lo que yo veía cuando trabajaba en Dillman's. Ya en los años setenta, la clase trabajadora blanca empezó a votar por Richard Nixon porque existía la percepción de que, como alguien dijo, el gobierno «paga a la gente que vive del Estado sin hacer nada. ¡Se están riendo de nuestra sociedad! ¡Y nosotros somos gente trabajadora y se ríen de nosotros por trabajar cada día!»[1]

Más o menos en esa época, nuestro vecino —uno de los más viejos amigos de mamaw y papaw— registró la casa que estaba junto a la nuestra para la Sección 8. La Sección 8 es un programa del gobierno que ofrece a los residentes de ingresos bajos un cheque para alquilar una vivienda. El amigo de mamaw había tenido mala suerte alquilando su casa, pero cuando la registró para acceder al cheque de la Sección 8, de alguna manera se aseguró de que eso cambiara. Mamaw lo consideró una traición y dijo que vendría gente «mala» al vecindario y que bajaría el valor de las casas.

A pesar de nuestros esfuerzos para establecer unas líneas claras entre los pobres que trabajaban y los que no, mamaw y yo reconocíamos que teníamos mucho en común con quienes creíamos que daban mala fama a nuestra gente. Esos receptores de la Sección 8 tenían nuestro mismo aspecto. La matriarca de la primera familia que se instaló en la casa de al lado había nacido en Kentucky, pero se había mudado al norte siendo joven junto a sus padres, que buscaban una vida mejor. Había tenido relaciones con un par de hombres, cada uno de los cuales la había dejado

1. Rick Perlstein, *Nixonland: The Rise of a President and the Fracturing of America*, Scribner, Nueva York, 2008.

con un hijo pero sin ninguna manutención. Era amable, y también lo eran sus hijos. Pero la droga y las peleas de madrugada revelaban problemas que demasiados emigrantes hillbillies conocían demasiado bien. Cuando mamaw se enfrentaba a la encarnación de los problemas de su propia familia, se frustraba y se enojaba.

De esa ira surgía Bonnie Vance, la experta en políticas sociales: «Es una zorra perezosa, pero no lo sería si la obligaran a buscar trabajo»; «Odio a esos hijos de puta por darle dinero a esa gente para que venga a nuestro barrio.» Echaba pestes de la gente que veíamos en la tienda de alimentación. «No puedo entender por qué la gente que ha trabajado toda su vida vive con lo justo mientras esos vagos compran alcohol y tarjetas para el celular con el dinero de nuestros impuestos.»

Estas ideas eran raras en mi solidaria abuela. Y si un día criticaba al gobierno por hacer demasiado, el siguiente lo criticaba por hacer demasiado poco. El gobierno, a fin de cuentas, solo estaba ayudando a la gente pobre a encontrar un sitio en el que vivir, y a mi abuela le encantaba la idea de que cualquiera ayudara a los pobres. No tenía ninguna objeción filosófica a los cheques de la Sección 8. Así que reaparecía la demócrata que había en ella. Despotricaba sobre la falta de puestos de trabajo y se preguntaba en voz alta si esa era la razón por la que en nuestro vecindario no había un solo hombre bueno. En sus momentos más compasivos, mamaw se cuestionaba si tenía sentido que nuestra sociedad se pudiera permitir portaaviones pero no instalaciones para el tratamiento de la adicción a las drogas —como el de mamá— para todo el mundo. A veces criticaba a los ricos anónimos, a los que veía completamente reticentes a acarrear su parte de la responsabilidad social. Mamaw consideraba cada revés en la votación del impuesto para la mejora de la escuela local (y eran muchos) como una condena por el fracaso de nuestra sociedad a la hora de ofrecer una educación de calidad a niños como yo.

Los sentimientos de mamaw se ubicaban de manera completamente azarosa en distintas partes del espectro político. Dependiendo de su humor, mamaw era una conservadora radical o una socialdemócrata a la europea. Por eso, al principio di por hecho que mamaw era una simplona impenitente y que en cuanto abría la boca para hablar de una medida o de la política en general, lo mejor que yo podía hacer era no escucharla. Pero pronto me di cuenta de que en las contradicciones de mamaw había un gran sentido común. Yo había pasado demasiado tiempo apenas sobreviviendo a mi mundo, pero ahora que tenía un poco de espacio para observarlo, empezaba a ver el mundo como lo hacía mamaw. Estaba asustado, confundido, enojado y afligido. Culpaba a las grandes empresas por cerrar sus instalaciones e irse al extranjero, y después me preguntaba si yo habría hecho lo mismo. Maldecía al gobierno por no prestar suficiente ayuda, pero después me preguntaba si al intentar ayudar no empeoraba el problema.

Mamaw podía escupir barbaridades como un instructor militar del Cuerpo de Marines, pero lo que veía en nuestra comunidad no solo la encabronaba. Le rompía el corazón. Mas allá de las drogas y de las peleas y de los problemas económicos, esa gente con problemas graves la pasaba muy mal. En la vida de nuestros vecinos había una tristeza desesperada. Lo veías en cómo la madre torcía la boca pero nunca llegaba a sonreír, o en los chistes que la adolescente hacía sobre cómo su madre le «daba unas palizas tremendas.» Sabía lo que ese humor incómodo pretendía ocultar, porque yo lo había utilizado en el pasado. Sonríe y aguanta, dice el refrán. Si alguien se daba cuenta de ello era mamaw.

Los problemas de nuestra comunidad se daban cerca de casa. Las dificultades de mamá no eran un incidente aislado. Eran replicadas, repetidas y revividas por mucha de la gente que, como nosotros, se había desplazado cientos de kilómetros en busca de una vida mejor. Y no se veía un final. Mamaw pensaba que había escapado de la pobreza de las colinas, pero la pobreza —si no económica, emocional— la había perseguido. Algo había hecho que sus últimos años fueran siniestramente parecidos a los primeros. ¿Qué estaba pasando? ¿Cuáles eran las perspectivas de la hija adolescente de nuestros vecinos? Sin duda, todo estaba contra ella, con un hogar como ese. Esto suscitaba una interrogante: ¿qué iba a ser de mí?

Era incapaz de responder a esa pregunta de un modo que no estuviera profundamente implicado con el lugar al que llamaba mi hogar. Lo que sabía era que la otra gente no vivía como nosotros. Cuando visitaba al tío Jimmy, no me despertaba con los gritos de los vecinos. En el barrio de la tía Wee y de Dan, las casas eran bonitas y el césped estaba muy cuidado y la policía se acercaba para sonreír y saludar, pero no para meter al padre o a la madre de alguien en la patrulla.

Así que me preguntaba qué nos hacía diferentes, no solo a mi familia y a mí, sino a nuestro barrio y a nuestra ciudad y a todo el mundo desde Jackson a Middletown y más allá. Cuando mamá fue detenida un par de años antes, los porches y los patios del vecindario estaban llenos de espectadores; no había vergüenza comparable con la de saludar a los vecinos justo después de que los policías se hubieran llevado a tu madre. Las proezas de mamá eran, sin duda, extremas, pero todos nosotros habíamos visto un espectáculo parecido con distintos vecinos. Estas cosas tenían su propio ritmo. Un leve combate a gritos podía hacer crujir unas cuantas contraventanas o que unos ojos miraran desde detrás de las persianas. Si las cosas subían un poco de tono, los dormitorios se iluminaban a medida que la gente se despertaba e investigaba qué estaba pasando. Y si las cosas se salían de control, llegaba la policía y se llevaba a un padre borracho o a una madre fuera de sí al edificio del ayuntamiento. En ese edificio estaban el recaudador de impuestos, las empresas de servicio público y hasta un pequeño museo, pero todos los niños de mi barrio lo conocíamos como la sede del cuartelito de Middletown.

Yo leía libros sobre las políticas sociales y los trabajadores pobres. Un libro en particular, un estudio del eminente sociólogo William Julius Wilson titulado *The Truly Disadvantaged* (Los realmente desvalidos), me afectó. Tenía dieciséis años la primera vez que lo leí, y aunque no lo entendí del todo, sí comprendí la tesis central. Cuando millones de personas emigraron al norte en busca de trabajos industriales, alrededor de las fábricas surgieron comunidades vibrantes pero frágiles. Cuando las fábricas cerraron sus puertas, la gente que perdió el trabajo se quedó atrapada en pueblos y ciudades que no podían sostener a poblaciones tan grandes con trabajos de calidad. Los que podían —normalmente los que tenían educación superior, eran ricos o tenían buenas conexiones— se marchaban y dejaban atrás comunidades de gente pobre. Los que se quedaron eran los «realmente desvalidos»: incapaces de encontrar buenos trabajos por sí mismos y rodeados de comunidades que ofrecían pocos contactos o apoyo social.

El libro de Wilson me habló. Quise escribirle una carta y decirle que había descrito perfectamente mi hogar. Que reverberara en mí de una manera tan personal era raro, porque no escribía sobre los emigrados hillbillies de los Apalaches, sino de la gente negra que vivía en el centro de las ciudades. Lo mismo ocurría con el influyente libro de Charles Murray *Losing Ground* (Perdiendo terreno), dedicado también a la gente negra pero que podría haber sido escrito sobre los hillbillies y trataba sobre la manera en que el gobierno alentaba la decadencia social al asumir una política de Estado benefactor.

Aunque eran reveladores, ninguno de estos libros respondía a las preguntas que me acosaban. ¿Por qué nuestra vecina no dejaba a ese hombre maltratador? ¿Por qué se gastaba el dinero en droga? ¿Por qué no se daba cuenta de que su comportamiento estaba destruyendo a su hija? ¿Por qué esas cosas no solo le sucedían a nuestra vecina sino también a mamá? Pasarían años antes de que comprendiera que ningún libro o experto o campo por sí solos podían explicar del todo los problemas de los hillbillies en el Estados Unidos moderno. Nuestra elegía es sociológica, sí, pero también tiene que ver con la psicología, la comunidad, la cultura y la fe.

Cuando estaba en tercero de preparatoria, nuestra vecina Pattie llamó a su casero para contarle que había goteras en el techo. El casero llegó y encontró a Pattie desnuda de la cintura para arriba, drogada e inconsciente en el sofá de la sala de estar. En el piso de arriba, la tina desbordaba agua: de ahí las goteras. Al parecer, Pattie había preparado la tina, se había tomado unos sedantes y había perdido el conocimiento. El piso de arriba de su casa y muchas de las pertenencias familiares se habían echado a perder. Esta es la realidad de nuestra comunidad. Una drogadicta desnuda destruyendo lo poco de valor que hay en su casa. Niños que pierden los juguetes y la ropa por la adicción de su madre.

Otra vecina vivía sola en una gran casa de color rosa. Era muy solitaria, un misterio para el vecindario. Solo salía a fumar. Nunca decía hola y siempre tenía las luces apagadas. Ella y su marido estaban divorciados y sus hijos habían acabado en la cárcel. Era muy obesa; de niño me preguntaba si odiaba salir de casa porque pesaba demasiado para moverse.

Calle abajo había otros vecinos, una mujer joven con un niño pequeño y su novio de mediana edad. El novio trabajaba y la mujer se pasaba el día viendo la telenovela *The Young and the Restless*.* Su hijito era adorable y quería mucho a mamaw. En cualquier momento del día —una vez, pasada la media noche— el niño venía hasta la puerta de casa y pedía algo de comer. Su madre tenía todo el tiempo del mundo, pero no podía vigilar a su hijo e impedir que fuera a casas de desconocidos. A veces necesitaba que le cambiaran el pañal. Una vez mamaw llamó a los servicios sociales alertando del comportamiento de la mujer con la esperanza de que rescataran al niño. No hicieron nada. Así que mamaw utilizaba los pañales de mi sobrino y estaba pendiente del vecindario, siempre buscando señales de su «amiguito.»

Una amiga de mi hermana vivía en un pequeño dúplex con su madre (una reina del *welfare* como ninguna). Tenía siete hijos, la mayoría del mismo padre —lo cual, por desgracia, era una rareza—. Su madre nunca había tenido un trabajo y parecía interesada «solo en reproducirse», como decía mamaw. Sus hijos nunca tuvieron una oportunidad. Uno acabó en una relación abusiva que alumbró un hijo antes de que la madre tuviera la edad requerida para comprar tabaco. El mayor tuvo una sobredosis y fue detenido poco después de terminar la preparatoria.

Ese era mi mundo: un mundo de comportamientos verdaderamente irracionales. Gastamos y gastamos hasta acabar en el hospicio. Compramos iPads y teles gigantes. Nuestros hijos llevan ropa bonita gracias a las tarjetas de crédito con grandes tasas de

---

* Popular telenovela estadounidense que comenzó sus transmisiones el 26 de marzo de 1973. (*N. del E.*).

interés y a los créditos rápidos. Compramos casas que no necesitamos, las refinanciamos para tener más dinero que gastar, y declaramos la bancarrota, muchas veces dejándolas llenas de basura. El ahorro es adverso a nuestro carácter. Gastamos para simular que somos de clase alta. Y cuando el polvo se levanta —cuando la bancarrota asoma o un pariente nos rescata de nuestra estupidez— no queda nada. Nada para la colegiatura universitaria de los niños, ninguna inversión de la que obtener beneficios, ningún fondo al que recurrir cuando alguien pierde su puesto de trabajo. Sabemos que no deberíamos gastar así. A veces nos sentimos culpables por hacerlo, pero lo hacemos de todos modos.

Nuestras casas son un caos. Nos gritamos los unos a los otros como si fuéramos espectadores de un partido de futbol. Al menos un miembro de la familia se droga, a veces el padre, a veces la madre, a veces los dos. En épocas especialmente estresantes nos damos empujones y puñetazos, todo delante del resto de la familia, incluidos los niños. Los vecinos, casi siempre, oyen lo que pasa. Un mal día es cuando los vecinos llaman a la policía para acabar con el escándalo. Nuestros hijos quedan en manos de los servicios sociales, pero nunca por mucho tiempo. Nos disculpamos con nuestros hijos. Los hijos creen que lo sentimos de veras. Y lo sentimos de veras. Pero pocos días más tarde actuamos con la misma crueldad.

De niños no estudiamos y cuando somos padres no hacemos que nuestros hijos estudien. Nuestros hijos rinden poco en la escuela. Nos podemos enojar con ellos, pero nunca les damos las herramientas —como paz y silencio en casa— para que tengan éxito. Hasta los mejores y más brillantes, si sobreviven a la zona de guerra que es su hogar, con toda probabilidad irán a una universidad cercana a casa. «Me da igual si te aceptaron en la universidad de Notre Dame —decimos—. En el centro de formación profesional puedes tener una buena educación barata.» La ironía es que para gente pobre como nosotros, la educación en Notre Dame es más barata y mejor.

Decidimos no trabajar cuando deberíamos estar buscando un empleo. A veces conseguimos uno, pero no nos dura. Nos despiden por llegar tarde, o por robar mercancía y venderla en eBay, o porque un cliente se queja del olor a alcohol de nuestro aliento, o por tomarnos cuarenta y cinco minutos para ir al baño en cada turno. Hablamos del valor del trabajo duro, pero nos decimos a nosotros mismos que si no tenemos trabajo es por lo que consideramos una injusticia: Obama cerró las minas de carbón o todos los trabajos se fueron a China. Son mentiras que nos decimos para solventar la disonancia cognitiva: la conexión rota entre el mundo que vemos y los valores que predicamos.

Les hablamos a nuestros hijos sobre la responsabilidad, pero nunca cumplimos lo que decimos. Es algo así: durante años yo soñé con tener un cachorro de pastor alemán. Mamá, no sé cómo, encontró uno. Pero era nuestro cuarto perro y yo no tenía ni idea de cómo adiestrarlo. Al cabo de unos años, todos habían desaparecido, donados al departamento de policía o a un amigo de la familia. Después de decir adiós al cuarto perro, nuestro corazón se endureció. Aprendimos a no encariñarnos demasiado.

Nuestros hábitos alimentarios y deportivos parecen pensados para mandarnos pronto a la tumba. Y están funcionando: en ciertas partes de Kentucky la esperanza de vida es de sesenta y siete años, una década y media inferior a la de la vecina Virginia. Un estudio reciente descubrió que la esperanza de vida entre los blancos de clase trabajadora está descendiendo, un caso único entre los grupos étnicos estadounidenses. Comemos roles de canela Pillsbury para desayunar, Taco Bell para comer y McDonald's para cenar. Casi nunca cocinamos, aunque es más barato y mejor para el cuerpo y el alma. El ejercicio se limita a los juegos infantiles. Vemos a gente corriendo en la calle solo si dejamos nuestra casa para ir al ejército o a la universidad en algún lugar lejano.

No toda la clase trabajadora blanca tiene problemas. Hasta de niño sabía que había dos clases distintas de costumbres y presiones sociales. Mis abuelos encarnaban un tipo: pasados de moda, creyentes sin aspavientos, con confianza en sí mismos, trabajadores. Mi madre y, cada vez más, todo el vecindario, encarnaban otro: consumistas, aislados, airados, desconfiados.

Había (y sigue habiendo) muchas personas que vivían con el mismo código que mis abuelos. A veces lo veías de la manera más sutil: la vieja vecina que diligentemente cuidaba su jardín aunque sus vecinos dejaran que sus casas se pudrieran por dentro y por fuera; la mujer joven que creció con mi madre, que volvía cada día al vecindario para ayudar a su madre a orientarse en la vejez. No digo esto para que parezca que el modo de vida de mis abuelos —que, como he venido diciendo, estaba repleto de problemas— era romántico, sino para señalar que muchos en nuestra comunidad quizá tuvieran que luchar, pero lo hicieron con éxito. Hay muchas familias intactas, muchas cenas compartidas en casas pacíficas, muchos niños que estudian mucho y creen que pueden alcanzar su propio sueño americano. Muchos de mis amigos se han construido vidas de éxito y familias felices en Middletown o sus alrededores. Ellos no son el problema. Y si las estadísticas son creíbles, los hijos de estos hogares intactos tienen muchas razones para el optimismo.

Yo siempre tuve un pie en cada uno de estos mundos. Gracias a mamaw, nunca vi solo lo peor de nuestra comunidad, y creo que eso me salvó. Siempre había un lugar seguro y un abrazo afectuoso si los necesitaba. Los hijos de nuestros vecinos no podían decir lo mismo.

Un domingo, mamaw aceptó cuidar a los hijos de la tía Wee durante varias horas. La tía Wee los dejó a las diez. Yo tenía que trabajar el odiado turno de las once de la mañana a las ocho de la tarde en la tienda de alimentos. Estuve con los niños unos cuarenta y cinco minutos y al cuarto para las once me fui al trabajo. Por una vez, me disgustó dejarlos; estaba desolado. No quería hacer nada más que pasarme el día con mamaw y los bebés. Se lo dije a mamaw y, en lugar de decirme «deja de quejarte de una puta vez» como me esperaba, me dijo que a ella también le gustaría que pudiera quedarme en casa. Fue un raro momento de empatía. «Pero si quieres tener un trabajo que te permita pasar los fines de semana con tu familia, tienes que ir a la universidad y abrirte camino.» Esa era la esencia del genio de mamaw. No solo predicaba y maldecía y exigía. Me mostró lo que era posible —un pacífico domingo por la tarde con la gente a la que quería— y se cuidó de que yo supiera cómo alcanzarlo.

Una gran cantidad de libros de ciencias sociales señalan el efecto positivo de un hogar amoroso y estable. Podría citar una docena de estudios que sugieren que la casa de mamaw no solo me ofrecía un refugio a corto plazo, sino la esperanza de una vida mejor. Se han dedicado volúmenes enteros al fenómeno de los «niños resistentes», niños que prosperan a pesar de un hogar inestable porque tienen el apoyo social de un adulto que los ama.

Sé que mamaw fue buena para mí no solo porque un psicólogo de Harvard lo diga, sino porque lo sentía. Pensemos en mi vida antes de que me fuera a vivir con mamaw. En mitad de tercero dejamos Middletown y a mis abuelos para vivir en el condado de Preble con Bob; al final de cuarto nos fuimos del condado de Preble para vivir en un dúplex de Middletown en la manzana 200 de la calle McKinley; al final de quinto nos fuimos de la manzana 200 de la calle McKinley para mudarnos a la manzana 300 de la calle McKinley, y en esa época Chip era una presencia habitual en casa, aunque nunca vivió con nosotros; al final de sexto seguíamos en la manzana 300 de la calle McKinley, pero Chip había sido reemplazado por Steve (y hubo varias conversaciones sobre la posibilidad de irse a vivir con Steve); al final de séptimo Matt había reemplazado a Steve, mamá estaba preparándose para irse a vivir con Matt y esperaba que yo me fuera con ella a Dayton; al final de octavo me exigió que me mudara a Dayton, y después de una breve estancia en la casa de mi padre, acepté; al final de noveno me fui a vivir con Ken —un completo desconocido— y sus tres hijos. Además de todo eso estaban las drogas, el caso de violencia familiar, los servicios sociales infantiles metiendo las narices en nuestra vida y la muerte de papaw.

Hoy, siquiera recordar durante un rato ese periodo para escribir sobre él despierta en mí una ansiedad intensa, indescriptible. No hace mucho me di cuenta de que una amiga de Facebook (una conocida de la preparatoria con profundas raíces hillbillies parecidas a las mías) cambiaba constantemente de novio, empezaba y terminaba relaciones, subía fotos de un tipo una semana y de otro tres semanas después, peleaba en las redes sociales con su nuevo ligue hasta que la relación explotaba en público. Tiene mi edad y cuatro hijos, y cuando publicó que, por fin, había encontrado a un hombre que la trataba bien (una afirmación que había visto muchas veces antes), su hija de trece años comentó: «Basta. Solo quiero que dejes de hacer esto.» Ojalá hubiera podido darle un abrazo a esa niña, porque sé lo que siente. Durante siete largos años solo quería que aquello parara. No me importaban tanto las peleas, los gritos o ni siquiera la droga. Solo quería un hogar y quería quedarme ahí y quería que esos malditos desconocidos se fueran a la mierda.

Ahora pensemos en lo que fue mi vida después de que me fuera a vivir de manera permanente con mamaw. Al final de décimo vivía con mamaw en su casa, solos los dos. Al final de undécimo vivía con mamaw, en su casa, solos los dos. Al final del duodécimo curso vivía con mamaw, solos los dos. Podría decir que la paz de la casa de mamaw me dio un espacio seguro en el que hacer las tareas. Podría decir que la ausencia de peleas e inestabilidad me permitieron concentrarme en el colegio y en mi trabajo. Podría decir que pasar todo mi tiempo en la misma casa con la misma persona me facilitó crear amistades duraderas con gente en la escuela. Podría decir que tener un trabajo y aprender un poco cómo es el mundo me ayudó a clarificar precisamente lo que quería fuera de mi propia vida. Visto ahora, estas explicaciones tienen sentido, y estoy seguro de que hay algo de verdad en cada una de ellas.

Estoy seguro de que un sociólogo y un psicólogo, sentados juntos en una habitación, podrían explicar por qué perdí el interés por la droga, por qué mis calificaciones mejoraron, por qué logré pasar la selección y por qué encontré a un par de profesores cuya inspiración hizo que amara aprender. Pero lo que recuerdo más que nada es que era feliz, que ya no le tenía miedo a la campana con la que terminaban las clases al final del día, sabía dónde iba a vivir el mes siguiente y no afectaban a mi vida las decisiones sentimentales de nadie. Y de esa felicidad surgieron muchas de las oportunidades que he tenido en los últimos doce años.

Capítulo 10

Cuando estaba en mi último año de la preparatoria intenté entrar en el equipo de golf. Durante un año había recibido clases de golf de un exjugador profesional. El verano antes de ese último curso conseguí un trabajo en un campo de golf local, lo que me permitía entrenar gratis. Mamaw nunca mostró ningún interés en los deportes, pero me animó a que aprendiera a jugar golf porque «ahí es donde la gente rica hace negocios.» Aunque mamaw era sabia a su manera, sabía poco de cómo hacía negocios la gente rica, y así se lo dije. «Cállate, tonto —me dijo—. Todo el mundo sabe que a los ricos les gusta el golf.» Pero cuando practicaba mi *swing* en casa (no utilizaba la pelota, así que lo único que dañaba era el suelo) me decía que dejara de estropear la alfombra. «Pero mamaw —protesté sarcásticamente—, si no me dejas practicar, nunca haré negocios en el campo de golf. Ya en esas, podría dejar ahora la preparatoria y conseguir un trabajo empacando alimentos en una bolsa.» «Vaya sabelotodo. Si no estuviera coja iría ahí ahora mismo y te golpearía la cabeza y el trasero.»

Así que me ayudó a pagar las clases y le pidió a su hermano menor (mi tío Gary), el más joven de los chicos Blanton, que me buscara unos palos viejos. Me encontró un bonito juego de Mac-Gregors, mejores que cualquier cosa que nos hubiéramos podido permitir, y entrenaba tanto como podía. Cuando llegó el momento de las pruebas de golf, ya dominaba lo suficiente el *swing* como para no hacer el ridículo.

No conseguí entrar en el equipo, aunque mostré suficiente mejora como para seguir entrenando con mis amigos que sí habían logrado entrar, y eso era lo único que quería. Descubrí que mamaw tenía razón: el golf era un juego de ricos. En el campo en el que trabajaba, pocos clientes procedían de barrios de clase trabajadora de Middletown. En mi primer día de práctica me presenté con zapatos de vestir, pensando que esos eran los zapatos de golf. Cuando un joven y resuelto *bully* se dio cuenta antes del primer *tee* de que llevaba un par de mocasines marrones del Kmart, se dedicó a reírse de mí sin piedad durante las cuatro horas siguientes. Resistí a la tentación de meterle un palo de golf en su maldita oreja recordando el sabio consejo de mamaw de «actuar como si supieras lo que estás haciendo.» (Una nota sobre la lealtad hillbilly: tras recordarle hace poco esa historia, Lindsay se puso a echar pestes de ese niño y a decir que era un fracasado. El incidente ocurrió hace trece años).

En el fondo, sabía que se acercaban decisiones sobre mi futuro. Todos mis amigos tenían pensado ir a la universidad; que tuviera amigos tan motivados se debía a la influencia de mamaw. Cuando estaba en séptimo, muchos de mis amigos del barrio ya fumaban hierba. Mamaw descubrió quiénes eran y me prohibió verlos. Soy consciente de que la mayoría de los niños ignora instrucciones como esas, pero la mayoría de los niños no las reciben de gente como Bonnie Vance. Me prometió que si me veía en compañía de cualquier persona que estuviera en la lista de prohibidos, la atropellaría con el coche. «Nadie lo descubrirá nunca», susurró amenazadoramente.

Como mis amigos pensaban ir a la universidad, imaginé que yo haría lo mismo. Tuve buenas calificaciones en la selección, con lo que compensé mis malas calificaciones anteriores, y supe que las dos únicas universidades a las que me interesaba ir —Ohio State y Miami— me aceptarían. Pocos meses antes de graduarme ya me había decantado (reconozcámoslo, sin pensarlo demasiado) por Ohio State. Llegó por correo un gran paquete lleno de información sobre ayuda económica de la universidad. Había explicaciones sobre las becas Pell y otra clase de ayudas, créditos subsidiados, créditos no subsidiados, otras becas y algo llamado «trabajo-estudio.» Todo era tan excitante. La lástima era que mamaw y yo no sabíamos qué significaba todo eso. Nos rompimos la cabeza con los formularios durante horas antes de llegar a la conclusión de que con la deuda que adquiriría para ir a la universidad me podría comprar una casa decente en Middletown. Ni siquiera habíamos empezado a rellenar los formularios: eso requeriría un esfuerzo hercúleo otro día.

La excitación se convirtió en preocupación, pero me recordé que la universidad era una inversión en mi futuro. «Es la única maldita cosa en la que vale la pena gastar dinero ahora», dijo mamaw. Tenía razón, pero a medida que dejaba de preocuparme por los formularios de ayuda financiera, empecé a preocuparme por otra razón: no estaba preparado. No todas las inversiones son buenas inversiones. Toda esa deuda, ¿para qué? ¿Para estar borracho todo el tiempo y sacar unas calificaciones horribles? Salir adelante en la universidad requería determinación, y yo no tenía demasiada.

Mi historial en la preparatoria dejaba mucho que desear: docenas de ausencias y de retrasos, y ninguna actividad escolar que destacara. Sin duda, mi trayectoria era ascendente, pero incluso al final de la preparatoria las aprobaciones mínimas en asignaturas fáciles revelaban a un niño que aún no estaba preparado para los rigores de la educación superior. En casa de mamaw me estaba recuperando; aun así, mientras repasábamos esos documentos sobre la ayuda económica, no podía evitar la sensación de que aún me quedaba mucho por hacer.

Todo acerca de la idea de una experiencia universitaria desordenada me aterraba: desde comer alimentos saludables hasta pagar mis cuentas. Nunca había hecho nada de eso. Pero sabía que quería sacarle más partido a mi vida. Sabía que quería destacar en la universidad, conseguir un buen trabajo, y darle a mi familia las cosas que yo no había tenido. Pero no estaba preparado para emprender ese viaje. Fue entonces cuando mi prima Rachael —una veterana del Cuerpo de Marines— me aconsejó que pensara en alistarme. «Te van a partir la madre.» Rachael era la hija mayor del tío Jimmy y, por lo tanto, la decana de nuestra generación de nietos. Todos nosotros, incluso Lindsay, teníamos un gran respeto por Rachael, de modo que su consejo era muy influyente.

Los ataques del 11-S habían tenido lugar solo un año antes, durante mi tercer año en la preparatoria; como cualquier hillbilly que se respetara a sí mismo, había pensado en ir a Medio Oriente a matar terroristas. Pero la perspectiva del servicio militar —los instructores gritando, el ejercicio constante, la separación de mi familia— me asustaba. Hasta que Rachael me dijo que hablara con un reclutador —reconociendo implícitamente que pensaba que yo podría llevarlo bien— unirme a los Marines me parecía tan posible como volar a Marte. Ahora, solo unas semanas antes de empezar a deber el depósito de la colegiatura en Ohio State, no podía pensar en nada más que en el Cuerpo de Marines.

Así que un sábado de finales de marzo entré en la oficina de un reclutador del ejército y le pregunté por el Cuerpo de Marines. No intentó venderme nada. Me dijo que ganaría muy poco dinero y que podía incluso tener que ir a la guerra. «Pero antes te enseñarán liderazgo y te convertirán en un joven disciplinado.» Eso picó mi interés, pero la idea de J. D. en el Cuerpo de Marines todavía suscitaba escepticismo. Yo era un niño regordete, con el pelo largo. Cuando nuestro profesor de gimnasia nos decía que corriéramos la prueba de la milla, yo caminaba por lo menos la mitad. Nunca me había despertado antes de las seis de la mañana. Y ahí estaba esa organización prometiéndome que me levantaría regularmente a las cinco y que correría varios kilómetros al día.

Me fui a casa y valoré mis opciones. Me recordé que el país me necesitaba y que siempre me arrepentiría de no participar en la próxima guerra estadounidense. Pensé en el programa de formación para veteranos GI Bill, y en cómo este me ayudaría a reemplazar la deuda por la libertad económica. Además de eso, sabía que no tenía otra opción. Era la universidad o nada, o los

Marines, y no me gustaba ninguna de las dos primeras opciones. Cuatro años en los Marines, me dije, me ayudarían a ser la persona que quería ser. Pero no quería irme de casa. Lindsay acababa de tener su segundo hijo, una adorable niña, y esperaba un tercero, y mi sobrino apenas había dejado de ser un bebé. Los hijos de Lori también eran muy pequeños. Cuanto más pensaba en ello, menos quería hacerlo. Y sabía que si esperaba demasiado, me convencería de no alistarme. Así que dos semanas más tarde, mientras la crisis de Irak se convertía en la guerra de Irak, puse mi nombre en la línea punteada y prometí al Cuerpo de Marines los primeros cuatro años de mi vida adulta.

Al principio mi familia se burló. Los Marines no eran para mí, y la gente me lo decía. Con el tiempo, cuando se dieron cuenta de que no iba a cambiar de opinión, la gente se hizo a la idea y unos pocos hasta parecieron entusiasmados. Es decir, todo el mundo menos mamaw. Intentó persuadirme de todas las maneras posibles. «Eres un puto idiota, te comerán vivo y luego te escupirán.» «¿Quién va a cuidar de mí?» «Eres demasiado tonto para los Marines.» «Eres demasiado listo para los Marines.» «Con todo lo que está pasando en el mundo, te van a volar la cabeza.» «¿No quieres estar cerca de los hijos de Lindsay?» «Estoy preocupada y no quiero que vayas.» Aunque terminó aceptando la decisión, nunca le gustó. Poco antes de que me fuera al campo de entrenamiento, el reclutador nos visitó para hablar con mi frágil abuela. Ella lo recibió fuera, todo lo tiesa que pudo, y lo fulminó con la mirada. «Pon un pie en mi puto porche y te lo haré volar por los aires», le advirtió. «Pensé que lo decía en serio», me dijo él más tarde. Así que hablaron sin que él pasara del patio delantero.

Mi mayor miedo cuando fui al campo de entrenamiento no era que me mataran en Irak o que no lograra pasar el corte. Esas cosas apenas me preocupaban. Cuando mamá, Lindsay y la tía Wee me llevaron al autobús que debía trasladarme al aeropuerto del que saldría para el campo de entrenamiento, me imaginé mi vida cuatro años más tarde. Y vi un mundo sin mi abuela. Algo en mi interior sabía que ella no sobreviviría a mi tiempo en los Marines. Yo nunca volvería a casa, al menos no de manera permanente. Mi casa era Middletown con mamaw en ella. Y cuando terminara mi periodo en los Marines, mamaw se habría ido.

El campo de entrenamiento básico duraba trece semanas, cada una de las cuales hacía hincapié en un nuevo aspecto de la formación. La noche que llegué a Parris Island, Carolina del Sur, un malhumorado instructor militar le dio la bienvenida a mi grupo mientras bajábamos del avión. Nos ordenó que nos subiéramos a un autobús; después de un corto viaje, otro instructor nos ordenó que nos bajáramos del autobús y nos formáramos en las famosas «huellas amarillas» del suelo. Durante las siguientes seis horas fui toqueteado y pinchado por personal médico, me asignaron equipamiento y uniformes, y perdí casi todo el pelo. Nos permitieron una llamada de teléfono, de modo que naturalmente llamé a mamaw y le leí la cartilla que nos daban: «Llegué bien a Parris Island. Te mandaré pronto mi dirección. Adiós.» «Espera un segundo, pequeño idiota. ¿Estás bien?» «Lo siento, mamaw, no puedo hablar. Pero sí, estoy bien. Te escribiré en cuanto pueda.» El instructor militar, que oyó mis dos frases extra, me preguntó sarcásticamente si mamaw había tenido tiempo de «contarte un puto cuento.» Eso fue el primer día.

En el campo de instrucción básica no hay llamadas. Solo me permitieron una: llamé a Lindsay cuando murió su medio hermano. Me di cuenta, por las cartas, de cuánto me quería mi familia. La mayoría de los reclutas —así nos llamaban; teníamos que superar el campo de instrucción y sus rigores para ganarnos el título de «Marines»— recibían una carta cada día o cada dos, yo a veces recibía media docena cada noche. Mamaw escribía cada día, a veces varias cartas, para ofrecerme largas reflexiones sobre lo mal que estaba el mundo en algunas y monólogos interiores de pocas frases en otras. Por encima de todo, mamaw quería saber cómo pasaba los días y tranquilizarme. Los reclutadores les decían a las familias que lo que más necesitábamos eran palabras de aliento, y mamaw me ofrecía montones. Mientras yo hacía frente a los instructores militares que no paraban de gritar y a los ejercicios físicos que llevaban mi cuerpo desentrenado hasta sus límites, leía a diario que mamaw estaba orgullosa de mí, que me quería y que sabía que no iba a abandonar. Gracias a mi sentido común o a la costumbre heredada de guardarlo todo, logré conservar casi todas las cartas que me mandó mi familia.

Muchas de ellas explican de forma interesante la casa que había abandonado. Una carta de mamá, en la que me preguntaba qué necesitaba y me decía lo orgullosa que estaba de mí. «Estaba cuidándolos [a los hijos de Lindsay] —me informa—. Jugaban con unas babosas afuera. Estrujaron una y la mataron. Pero la tiré y les dije que no había pasado nada porque Kam se disgustó un poco pensando que la había matado él.» Esa es mamá en su mejor expresión: cariñosa y divertida, una mujer que adoraba a sus nietos. En la misma carta, una referencia a Greg, probablemente un novio que ha desaparecido de mi memoria. Y un vislumbre de nuestra idea de normalidad: «Al marido de Mandy, Terry —empieza, en referencia a una amiga suya—, lo detuvieron por violar la libertad condicional y lo encarcelaron. Así que están bien.»

Lindsay también escribía con frecuencia; mandaba varias cartas en el mismo sobre, cada una en un papel de distinto color, con instrucciones en el dorso: «Lee esta en segundo lugar; es la última.» Las cartas siempre contenían referencias a sus hijos. Supe que mi sobrina mayor estaba aprendiendo con éxito a utilizar la bacinica; de los partidos de futbol de mi sobrino, y de las primeras sonrisas y los primeros intentos de tomar cosas de mi sobrina. Después de toda una vida compartiendo triunfos y tragedias, ambos adorábamos a sus hijos más que a nada en el mundo. En todas las cartas que le mandaba le decía «dales besos a los niños y diles que los quiero.»

Separado por primera vez de casa y de la familia, aprendí mucho sobre mí y mi cultura. En contra de lo que se suele pensar, el ejército no es el lugar de destino para niños de ingresos bajos sin otras opciones. Entre los sesenta y nueve miembros de mi pelotón en el campo de instrucción básica había chicos negros, blancos e hispanos; chicos ricos del norte de Nueva York y chicos pobres de West Virginia; católicos, judíos, protestantes e incluso unos cuantos ateos.

Yo me sentí naturalmente atraído por los que eran como yo. «La persona con la que hablo más —le escribí a mi familia en la primera carta a casa— es del condado de Leslie, Kentucky. Habla como si fuera de Jackson. Le estaba contando que es una mierda que los católicos tengan tanto tiempo libre. Se los dan por cómo se establecen los horarios de la iglesia. Sin duda, es un chico de campo, porque me dijo: "¿Qué es un católico?". Yo le dije que era otra forma de ser cristiano, y él me dijo: "Igual lo pruebo".» Mamaw comprendió con precisión de dónde era. «Ahí abajo, en esa parte de Kentucky, todo el mundo va a iglesias de esas en las que rezan con serpientes en las manos», escribió, y solo era broma en parte.

Durante el tiempo que estuve fuera mamaw mostró una vulnerabilidad que no había visto antes. Siempre que recibía una carta mía llamaba a mi tía o a mi hermana para pedirles que fueran a su casa de inmediato para interpretar mi letra de médico. «Te quiero un montón y te echo de menos un montón me olvido de que no estás aquí creo que bajarás por las escaleras y podré darte gritos es solo una sensación de que no te has ido. Me duelen las manos hoy esa artritis supongo [...]. Me voy ahora te escribiré más luego te quiero por favor cuídate.» Las cartas de mamaw nunca contenían la puntuación necesaria y siempre incluían algunos artículos, normalmente del *Reader's Digest*, para que me entretuviera.

Podía seguir siendo la mamaw de toda la vida: cruel y ferozmente leal. Cuando llevaba alrededor de un mes de entrenamiento tuve un desagradable encuentro con un instructor militar, que me llevó aparte media hora y me obligó a hacer saltos de tijera, abdominales y cortos *sprints* hasta que estuve completamente exhausto. Era algo normal en un campo de entrenamiento, por lo que casi todo el mundo pasaba en un momento u otro. Más bien yo había tenido la suerte de haberlo evitado durante mucho tiempo. «Queridísimo J. D. —escribió mamaw cuando supo del incidente—, debo decir que estaba esperando a que esos cabrones hijos de puta se metieran contigo y ahora lo han hecho. No se han inventado palabras que puedan describir lo encabronada que estoy [...] Tú sigue haciéndolo tan bien como puedas y piensa en ese idiota estúpido con un coeficiente intelectual de dos y piensa que es un altanero pero con ropa interior de mujer.

Los odio a todos.» Cuando leí aquel arrebato, pensé que mamaw se había quedado tranquila. Pero al día siguiente tenía más que decir: «Hola cariño lo único que pienso es en esos idiotas gritándote ese es mi trabajo y no el suyo cabrones. Solo bromeo sé que serás lo que quieras ser porque eres listo algo que ellos no son y saben que los odio a todos hasta sus entrañas. Gritar es parte de su juego [...] Tú sigue todo lo bien que puedas te saldrás con la tuya.» Tenía a la más infame hillbilly de mi lado, de manera incondicional, aunque estuviera a cientos de kilómetros de distancia.

En el campo de entrenamiento básico la comida era un prodigio de eficiencia. Caminas por una fila de bufet, sosteniendo la charola frente al personal de servicio. Ellos te sirven en el plato todo lo que hay ese día, en parte porque tienes miedo de decir en voz alta que algunas cosas no te gustan y en parte porque tienes tanta hambre que con gusto te comerías un caballo muerto. Te sientas y, sin mirar el plato (eso sería poco profesional) ni mover la cabeza (eso también sería poco profesional), te metes comida en la boca hasta que te ordenan que pares. Todo el proceso no dura más de ocho minutos, y si al final no estás del todo lleno, sin duda sufres indigestión (la sensación es más o menos la misma).

La única parte discrecional de la operación es el postre, que se pone aparte al final de la línea de montaje. Durante la primera comida en el campo de entrenamiento tomé el trozo de pastel que me ofrecían y me fui a mi asiento. «Aunque todo lo demás esté malo —pensé—, este pastel seguro que es la excepción.» Entonces mi instructor, un hombre blanco, delgado, con acento de Tennessee, se puso delante de mí. Me miró de arriba abajo con sus pequeños e intensos ojos y me hizo una pregunta: «¿De verdad crees que te hace falta ese pastel, trasero gordo?» Me dispuse a contestar, pero al parecer la pregunta era retórica, puesto que me arrancó el pastel de las manos y se encaminó hacia su siguiente víctima. Nunca volví a tomar pastel.

Ahí había una importante lección, pero no sobre la comida, el autocontrol o la nutrición. Si alguien me hubiera dicho que ante semejante insulto reaccionaría recogiendo el pastel del suelo y encaminándome de vuelta a mi asiento, no le habría creído. Los problemas de mi juventud me habían infundido una debilitante falta de confianza en mí mismo. En lugar de felicitarme por haber superado algunos obstáculos, me preocupaba que los próximos me superaran a mí. En el campo de entrenamiento del Cuerpo de Marines, con su descarga de retos, grandes y pequeños, empecé a aprender que me había infravalorado a mí mismo.

El campo de entrenamiento básico del Cuerpo de Marines estaba constituido como un reto que definía tu vida. Desde el día que llegas nadie te llama por tu nombre. No se te permite decir «Yo» porque te enseñan a desconfiar de tu propia individualidad. Cada frase empieza con «este recluta»: Este recluta tiene que utilizar la proa (el baño), Este recluta tiene que visitar al hombre del cuerpo (el médico). Los pocos idiotas que llegan al campo de entrenamiento con tatuajes de los Marines son reprendidos sin compasión. En cada turno se recuerda a los reclutas que son unos inútiles hasta que terminen el campo de entrenamiento y se ganen el nombre de «Marines.» Nuestro pelotón empezó con ochenta y tres, y cuando terminamos quedaban sesenta y nueve. Los que lo dejaron —la mayoría por razones médicas— servían para reforzar la idea de que el reto valía la pena.

Cada vez que el instructor me gritaba y yo me quedaba quieto orgullosamente; cada vez que pensaba que me había quedado atrás en una carrera y recuperaba terreno; cada vez que aprendía a hacer algo que me había parecido imposible, como trepar por una cuerda, estaba un poco más cerca de creer en mí mismo. Los psicólogos llaman «impotencia aprendida» cuando una persona cree, como creía yo en mi juventud, que las elecciones que hace no tienen efecto en su vida. Desde el mundo de pequeñas expectativas de Middletown hasta el caos constante de nuestra casa, la vida me había enseñado que yo no tenía el control. Mamaw y papaw me habían salvado de sucumbir por completo a esa idea, y el Cuerpo de Marines me llevó un paso más allá. Si en casa había aprendido la impotencia, los Marines me estaban enseñando a ser obstinado.

El día que me gradué en el campo de entrenamiento fue el día de mi vida en que estuve más orgulloso. Toda una pandilla de hillbillies vino a la ceremonia de graduación —dieciocho en total—, entre ellos mamaw, sentada en una silla de ruedas, enterrada bajo unas cuantas mantas, con un aspecto más frágil del que recordaba. Le enseñé a todo el mundo la base, sintiéndome como si me acabara de tocar la lotería, y cuando al día siguiente me dieron un permiso de diez días volvimos en una caravana de coches a Middletown.

En el primer día de permiso en casa fui hasta la barbería del viejo amigo de mi abuelo. Los Marines no pueden dejarse crecer el pelo, y no quería saltarme la norma, aunque nadie me estuviera viendo. Por primera vez, el barbero de la esquina —una raza en extinción a pesar de que yo no lo sabía en ese momento— me saludó como a un adulto. Me senté en la silla, conté algunos chistes groseros (la mayoría los había aprendido solo semanas antes) y compartí algunas anécdotas del campo de entrenamiento. Cuando él tenía mi edad fue reclutado para luchar en Corea, así que intercambiamos bromas sobre el ejército y los Marines. Después del corte de pelo se negó a aceptar mi dinero y me dijo que me cuidara. Había entrado en su barbería casi cada día durante dieciocho años y me había cortado el pelo antes. Pero era la primera vez que me había dado la mano y tratado como a un igual.

Poco después de volver del campo de entrenamiento tuve muchas experiencias parecidas a esa. En los primeros días como Marine —todos pasados en Middletown— cada interacción era un descubrimiento. Había perdido veinte kilos, así que mucha gente conocida apenas me reconocía. Mi amigo Nate —que más tarde sería uno de mis padrinos de boda— tuvo que mirarme dos veces cuando le extendí la mano en el centro comercial. Quizá yo me desenvolvía de una manera un poco distinta. Mi vieja ciudad así lo creía.

La nueva perspectiva fue en los dos sentidos. Muchas de las cosas que comía en el pasado ahora eran contraproducentes para la forma física que se le exigía a un Marine. En casa de mamaw todo era frito —pollo, pepinillos, jitomates—. El sándwich de mortadela y huevos con papas fritas por encima ya no parecía sano. El pastel de moras, antes considerado saludable como cualquier plato elaborado con fruta (moras) y cereales (harina) perdió su atractivo. Empecé a hacer preguntas que nunca antes había hecho: ¿tiene azúcar añadido? Esta carne ¿tiene mucha grasa saturada? ¿Cuánta sal? Era solo comida, pero ya me estaba dando cuenta de que nunca miraría Middletown de la misma manera. En unos pocos meses, el Cuerpo de Marines había cambiado mi perspectiva.

No tardé en marcharme de casa para ir a mi destino permanente en el Cuerpo de Marines, y la vida en casa prosiguió rápidamente. Intentaba volver todo lo que podía, y con los largos fines de semana y los generosos permisos del Cuerpo de Marines, normalmente veía a mi familia cada pocos meses. Los niños parecían un poco más grandes cada vez que los veía, y mamá se fue a vivir con mamaw poco después de que yo me fuera al campo de entrenamiento, aunque no tenía pensado quedarse. La salud de mamaw parecía mejorar: caminaba mejor y hasta estaba ganando un poco de peso. Lindsay y la tía Wee, así como sus familias, estaban sanas y felices. Mi mayor miedo antes de irme era que alguna tragedia le sucediera a la familia mientras yo estaba fuera, y que fuera incapaz de ayudar. Por suerte, eso no había pasado.

En enero de 2005 supe que mi unidad se dirigiría a Irak al cabo de unos meses. Estaba excitado y nervioso al mismo tiempo. Mamaw se quedó en silencio cuando la llamé para decírselo. Al cabo de unos incómodos segundos, solo dijo que esperaba que la guerra terminara antes de que yo tuviera que ir. Aunque hablábamos por teléfono cada pocos días, nunca hablamos de Irak, ni siquiera cuando el invierno dejó paso a la primavera y todo el mundo sabía que me iba a la guerra ese verano. Me daba cuenta de que mamaw no quería hablar o pensar en ello, y a mí me parecía bien.

Mamaw era vieja y frágil y estaba enferma. Yo ya no vivía con ella y me preparaba para luchar en una guerra. Aunque su salud había mejorado un poco desde que me había ido con los Marines, todavía tomaba una docena de medicamentos e iba cada tres meses al hospital por varias dolencias. Cuando AK Steel —que proporcionaba el seguro médico de mamaw como viuda de papaw— anunció que iba a subir sus primas, mamaw ya no pudo permitirse pagarlas. Apenas sobrevivía tal como estaba y necesitaba trescientos dólares extras al mes. Me lo dijo un día y yo inmediatamente me ofrecí a cubrir los costos. Ella nunca había aceptado nada de mí, ni dinero de mi sueldo en Dillman's ni una parte de lo que había ganado en el campo de entrenamiento. Pero aceptó mis trescientos al mes y por esa razón supe que estaba desesperada.

Yo no ganaba mucho dinero, quizá mil dólares al mes después de impuestos, pero los Marines me daban un lugar en el que vivir y la comida, así que con ese dinero podía hacer bastante. También ganaba dinero extra jugando al póquer en internet. Llevaba el póquer en la sangre —había jugado con monedas de uno y cinco centavos con mi papaw y mis tíos abuelos desde que tenía memoria— y en ese momento la locura del póquer en internet hacía que fuera, esencialmente, dinero gratis. Jugaba diez horas a la semana en mesas de apuestas bajas y ganaba cuatrocientos dólares al mes. Tenía planeado ahorrar el dinero, pero en vez de eso se lo daba a mamaw para su seguro médico. Mamaw, naturalmente, se preocupaba por si me había vuelto adicto al juego y jugaba a las cartas en alguna casa rodante de montaña con un puñado de hillbillies genios de las cartas, pero le aseguré que era en internet y legal. «Bueno, ya sabes que no entiendo el puto internet. Pero no te des a la bebida y a las mujeres. Eso es lo que les pasa siempre a los idiotas que se enganchan al juego.»

A mamaw y a mí siempre nos había gustado mucho la película *Terminator 2*. Es probable que la hubiéramos visto juntos cinco o seis veces. A mamaw Arnold Schwarzenegger le parecía la encarnación del sueño americano: un inmigrante fuerte y capaz que acababa en la cima. Pero a mí la película me parecía una especie de metáfora de mi vida. Mamaw era mi guardiana, mi protectora y, si era necesario, mi maldita *terminator*. No importaba lo que la vida me arrojara, iba a estar bien porque ella estaba allí para protegerme.

Pagar su seguro médico me hacía sentir, por primera vez en la vida, que yo era el protector. Me producía una satisfacción que nunca había imaginado. ¿Cómo podría haberlo hecho? Antes de los Marines, nunca había tenido dinero para ayudar a la gente. Cuando iba a casa, podía invitar a comer a mamá, comprar helado para los niños y hacerle buenos regalos de Navidad a Lindsay. En uno de mis viajes a casa, mamaw y yo llevamos a los dos hijos mayores de Lindsay al parque estatal de las Hocking Hills, una preciosa región de los Apalaches de Ohio, para reunirnos con la tía Wee y Dan. Yo conduje todo el camino, pagué la gasolina e invité a cenar a todo el mundo (en un Wendy's, reconozcámoslo). Me sentía todo un hombre, un adulto de verdad. Reír y bromear con la gente que más quería mientras ellos se zampaban la comida que yo les había invitado me daba una sensación de alegría y logro que las palabras no pueden describir.

Durante toda mi vida había oscilado entre el miedo en mis peores momentos y una sensación de seguridad y estabilidad en los mejores. O me estaba persiguiendo el *terminator* malo o me protegía el bueno. Pero nunca me había sentido con poder, nunca había creído que tuviera la capacidad y la responsabilidad de cuidar a los que amaba. Mamaw podía predicar sobre la responsabilidad y el trabajo duro, sobre abrirme camino y no poner pretextos. Pero ninguna charla ni discurso podía mostrarme qué se sentía en la transición de buscar refugio a proveerlo. Tenía que aprenderlo por mí mismo, y cuando lo hice no hubo vuelta atrás.

El septuagésimo segundo cumpleaños de mamaw era en abril de 2005. Solo un par de semanas antes yo estaba en la sala de espera de un Walmart Supercenter mientras unos mecánicos le cambiaban el aceite a mi coche. Llamé a mamaw al celular que yo le pagaba y me dijo que se había quedado con los niños de Lindsay ese día. «Meghan es tan guapa —me dijo—. Le dije que cagara en la nica y durante tres horas no ha parado de decir "cagar en la nica", "cagar en la nica", "cagar en la nica" una y otra vez. Le dije que parara o me metería en un problema, pero no ha parado.» Me reí, le dije a mamaw que la quería y que su cheque mensual de trescientos dólares estaba en camino. «J. D., gracias por ayudarme. Estoy muy orgullosa de ti y te quiero.»

Dos días después, un domingo por la mañana, me desperté con una llamada de mi hermana, que me dijo que el pulmón de mamaw había colapsado y que estaba en el hospital en coma, y que tenía que ir a casa tan rápido como me fuera posible. Dos horas más tarde estaba de camino. Tomé el uniforme de vestir azul, por si lo necesitaba para un funeral. De camino, un agente de policía de West Virginia me paró por ir a ciento cincuenta por hora por la Interestatal 77. Me preguntó por qué tenía tanta prisa, cuando se lo expliqué me dijo que en los siguientes cien kilómetros no había radares y después entraría en Ohio, por lo que podía ir todo lo rápido que quisiera hasta entonces. Agarré mi recibo de advertencia, le di las gracias profusamente y fui a ciento sesenta y cinco hasta el límite estatal. Hice un viaje de 13 horas en menos de once.

Cuando llegué al hospital regional de Middletown a las once de la noche toda mi familia estaba reunida alrededor de la cama de mamaw. Ella no respondía, y aunque le habían inflado el pulmón, la infección que había hecho que colapsara no parecía estar respondiendo al tratamiento. Hasta que eso sucediera, nos dijo el médico, despertarla, si es que eso era posible, sería una tortura.

Esperamos unos días alguna señal de que la infección se estuviera rindiendo a la medicación. Pero las señales eran las contrarias: el número de glóbulos blancos seguía aumentando y algunos de sus órganos mostraban evidencia de estrés severo. Su médico nos explicó que no tenía opciones realistas de vivir sin un respirador y un tubo de alimentación. Deliberamos entre todos y decidimos que si después de un día seguía aumentando el número de glóbulos blancos la desenchufaríamos. Legalmente, era decisión única de la tía Wee, y nunca olvidaré cuando me preguntó entre lágrimas si creía que estaba cometiendo un error. Hasta hoy, estoy convencida de que la tía Wee —y los demás— tomamos la decisión correcta. Supongo que es imposible estar seguro. En ese momento deseé haber tenido un médico en la familia.

El doctor nos dijo que sin el respirador mamaw moriría en unos quince minutos, una hora cuando mucho. Aguantó tres horas, luchando hasta el último minuto. Todo el mundo estaba presente —el tío Jimmy, mamá y la tía Wee; Lindsay, Kevin y yo— y nos reunimos alrededor de su cama, turnándonos para susurrarle al oído, con la esperanza de que nos oyera. Cuando su ritmo cardiaco empezó a descender y nos dimos cuenta de que su tiempo se acababa, abrí la Biblia de Gideón por un pasaje escogido al azar y me puse a leer. Era la primera carta a los corintios, capítulo 13, versículo 12: «Ahora vemos como en un espejo, de forma borrosa; pero entonces veremos cara a cara. Ahora conozco de un modo parcial, pero entonces conoceré tal como soy conocido.» Pocos minutos después, falleció.

No lloré cuando mamaw murió, y no lloré en los días siguientes. La tía Wee y Lindsay se enojaron conmigo, después se preocuparon. «Eres tan estoico —me dijeron—. Tienes que pasar el luto como todos los demás o explotarás.»

Estaba de luto a mi manera, pero percibí que toda nuestra familia estaba al borde del colapso y quería dar la impresión de fortaleza emocional. Todos sabíamos cómo había reaccionado mamá a la muerte de papaw, pero la muerte de mamaw creaba tensiones nuevas: era el momento de ejecutar la herencia, calcular las deudas de mamaw, disponer de sus propiedades y repartir lo que quedara. Por primera vez, el tío Jimmy tuvo noticia del verdadero impacto financiero de mamá en mamaw: los cobros de la desintoxicación, los muchos «préstamos» nunca devueltos. Hoy se sigue negando a dirigirle la palabra.

Para los que conocíamos bien la generosidad de mamaw, su situación económica no fue una sorpresa. Aunque papaw había trabajado y ahorrado durante más de cuatro décadas, la única cosa de valor que quedaba era la casa que él y mamaw habían comprado cincuenta años antes. Y las deudas de mamaw eran tan grandes que se comían una parte importante del valor de la casa. Por suerte para nosotros, eso fue en 2005, en el momento culminante de la burbuja inmobiliaria. Si hubiera muerto en 2008, probablemente habríamos tenido que declarar en bancarrota la herencia de mamaw.

En su testamento, mamaw dividía lo que quedaba entre sus tres hijos, con un detalle: la parte de mamá había que dividirla a partes iguales entre Lindsay y yo. Eso, sin duda, contribuyó al estallido emocional de mamá. Yo estaba tan absorbido por los aspectos económicos de la muerte de mamaw y pasando tiempo con los familiares que no había visto en meses, que no me di cuenta de que mamá estaba descendiendo lentamente al mismo lugar al que había viajado después de la muerte de papaw. Pero no es fácil ignorar un tren de carga que avanza disparado contra ti, así que no tardé en darme cuenta.

Como papaw, mamaw quería una recepción en Middletown, de modo que todos los amigos de Ohio pudieran reunirse y presentar sus respetos. Como papaw, quería una segunda recepción y un funeral en Jackson, en la funeraria de Deaton. Después del funeral, el convoy salió en dirección a Keck, un valle no muy lejos de donde nació mamaw y donde estaba nuestro cementerio familiar. De acuerdo con la tradición familiar, Keck gozaba de un honor aún mayor que haber sido el lugar de nacimiento de mamaw. Su propia madre, nuestra querida mamaw Blanton, nació en Keck, y la hermana menor de mamaw Blanton, la tía Bonnie, de casi noventa años, tenía una preciosa cabaña de madera en la misma finca. A una breve caminata montaña arriba desde la cabaña hay un terreno relativamente llano que es el lugar de descanso de papaw y mamaw Blanton y de unos cuantos parientes, algunos nacidos en el siglo XIX. Hacia ahí se encaminaba nuestro convoy, por las estrechas carreteras de la montaña, para entregar a mamaw a la familia que había fallecido antes que ella.

Es probable que haya hecho ese camino en convoyes funerarios media docena de veces, y cada ocasión me revela un paisaje que inspira algún recuerdo de tiempos de afecto. Es imposible quedarse sentado en el coche durante los veinte minutos del viaje sin intercambiar historias sobre los que se han ido, historias que siempre empiezan: «¿Te acuerdas aquella vez que...?» Pero después del funeral de mamaw, no evocamos una serie de afectuosos recuerdos sobre mamaw y papaw y el tío Red y Teaberry y la vez que el tío David se salió por una ladera de la montaña, rodó cien metros ladera abajo y salió por su propio pie sin un rasguño. No, en vez de eso Lindsay y yo escuchamos a mamá decirnos que estábamos demasiado tristes, que queríamos a mamaw demasiado y que mamá era la que tenía más derecho a estar de luto, porque, en sus palabras: «¡Era mi madre, no la suya!»

Nunca me he sentido más enojado con nadie por nada. Durante años excusaba a mamá. Había intentado ayudarla a enfrentarse a sus problemas con las drogas, había leído esos estúpidos libros sobre la adicción y la había acompañado a las reuniones de Narcóticos Anónimos. Había soportado, sin quejarme nunca, un desfile de figuras paternas, que sin excepción se iban y me dejaban vacío y desconfiando de los hombres. Había aceptado ir en ese coche con ella el día que había amenazado con matarme y después me había puesto delante de un juez y le había mentido para que no la metieran en la cárcel. Me había ido a vivir con ella y con Matt, y después con ella y con Ken, porque quería que mejorara y pensaba que, si le seguía la corriente, existía la posibilidad de que eso sucediera. Durante años, Lindsay me llamó «el niño que perdona», el que veía el mejor lado de mamá, el que la excusaba, el que le creía. Abrí la boca para soltarle a mamá un fuerte reproche, pero Lindsay habló antes: «No, mamá. Ella también fue nuestra madre.» Eso lo decía todo, así que permanecí en silencio.

El día después del funeral volví en coche a Carolina del Norte para reincorporarme a mi unidad del Cuerpo de Marines. De camino, en una remota y estrecha carretera de montaña en Virginia, pasé sobre una zona mojada en la calzada cuando estaba girando en una curva y el coche empezó a girar sin que pudiera controlarlo. Iba rápido, y el coche, que no paraba de serpentear, no parecía frenar mientras se arrojaba a toda velocidad contra la valla. Pensé brevemente que aquello era todo —que el coche saldría disparado por encima de esa valla y que me reuniría con mamaw un poco antes de lo esperado—, cuando de repente el coche se detuvo. Es lo más parecido a un acto sobrenatural que he vivido nunca, y aunque estoy seguro de que alguna ley de la fricción puede explicar lo que pasó, me imaginé que mamaw había impedido que el coche cayera dando tumbos montaña abajo. Reorienté el coche, volví a mi carril y después me estacioné a un lado. Fue entonces cuando me vine abajo y solté las lágrimas que había estado reteniendo durante las dos semanas anteriores. Hablé con Lindsay y con la tía Wee antes de retomar el viaje, y en unas pocas horas estaba de vuelta en la base.

Mis últimos dos años en los Marines pasaron volando y por lo general fueron tranquilos, aunque destacan dos incidentes, y los dos dicen mucho del modo en que el Cuerpo de Marines cambió mi manera de ver las cosas. El primero fue un momento del tiempo que pasé en Irak, donde tuve la suerte de no tener que participar en combates reales, pero que igualmente me afectó de manera profunda. Como Marine de asuntos públicos, me unía a distintas unidades para hacerme una idea de sus rutinas cotidianas. A veces escoltaba a los periodistas civiles, pero por lo general sacaba fotos o escribía relatos cortos sobre algunos Marines en concreto o sobre su trabajo. Al principio del despliegue allí, me uní a una unidad de asuntos civiles que interactuaba con la comunidad local. Las misiones de asuntos civiles solían ser consideradas más peligrosas, porque un pequeño número de Marines entraba sin protección en territorio iraquí para reunirse con gente del lugar. En nuestra misión en particular, algunos Marines de rango superior se reunieron con funcionarios escolares mientras los demás garantizábamos la seguridad o estábamos con los niños, jugando futbol o repartiendo caramelos y material escolar. Se me acercó un niño muy tímido y me extendió la mano. Cuando le di una pequeña goma de borrar, su rostro se iluminó de alegría brevemente y salió corriendo hacia su familia, sosteniendo su premio de dos centavos en lo alto, en señal de triunfo. Nunca he visto ese entusiasmo en la cara de un niño.

No creo en las epifanías. No creo en los momentos transformadores, porque la transformación es algo demasiado difícil para hacerlo en un momento. He visto a demasiada gente repleta de un genuino deseo de cambiar, que luego, cuando se da cuenta de lo difícil que es en realidad cambiar, pierde la entereza. Pero ese momento, con ese niño, fue para mí algo muy parecido. Durante toda mi vida he sentido resentimiento contra el mundo. Estaba encabronadísimo con mi madre y con mi padre, encabronadísimo por tener que ir en autobús al colegio mientras los demás niños compartían coches con sus amigos, encabronadísimo porque mi ropa no era de Abercrombie, encabronadísimo porque muriera mi abuelo, encabronadísimo porque vivíamos en una casa muy pequeña. El resentimiento no desapareció en un instante, pero mientras seguí allí, supervisando a una muchedumbre de niños en una nación arrasada por la guerra, en una escuela sin agua corriente y el niño loco de alegría, empecé a darme cuenta de la suerte que había tenido: había nacido en el más grande país de la tierra, con todas las comodidades modernas con solo estirar el brazo, apoyado por dos hillbillies que me querían y formaba parte de una familia que, a pesar de sus particularidades, me amaba incondicionalmente. En ese momento decidí ser la clase de hombre que sonríe cuando alguien le da una goma de borrar. Todavía no lo he logrado del todo, pero sin ese día en Irak ni siquiera lo habría intentado.

El otro elemento que cambió mi vida durante la experiencia en el Cuerpo de Marines fue constante. Desde el primer día, con ese instructor temible y un trozo de pastel, hasta el último, cuando tomé mis papeles de licencia y salí corriendo a casa, el Cuerpo de Marines me enseñó a vivir como un adulto.

El Cuerpo de Marines da por sentada la máxima ignorancia de la gente que se alista. Da por sentado que nadie te ha enseñado nada sobre forma física, higiene personal o finanzas personales. Asistí a clases obligatorias sobre cómo contrastar los gastos hechos con la chequera con los registros del banco, ahorrar e invertir. Cuando llegué a casa del campo de entrenamiento con mis ganancias de mil quinientos dólares depositadas en un banco regional mediocre, un Marine de rango superior me llevó a Navy Federal —una respetada cooperativa financiera— y me hizo abrir una cuenta. Cuando me dio dolor de garganta y no paraba de toser, mi superior se dio cuenta y me ordenó que fuera al médico.

Nos quejábamos constantemente de la diferencia que percibíamos entre nuestros trabajos y los de los civiles. En el mundo civil, tu jefe no podía controlar tu vida cuando te ibas del trabajo. En los Marines, mi jefe no solo se encargaba de que trabajara bien, sino de que tuviera la habitación limpia, me cortara el pelo y planchara los uniformes. Mandó a un Marine mayor a supervisar la compra de mi primer coche para que eligiera uno práctico, como un Toyota o un Honda, y no el BMW que yo quería. Cuando estuve a punto de financiar la compra directamente a través del concesionario con una tasa de interés de 21 por ciento, mi escopeta explotó furioso y me ordenó que llamara a Navy Fed y pidiera un segundo presupuesto (los intereses eran de la mitad). Yo no tenía ni idea de cómo la gente hacía esas cosas. ¿Comparar bancos? Creía que todos eran iguales. ¿Ver varias opciones para un crédito? Me sentía tan afortunado de que me dieran un crédito que iba a aceptarlo de inmediato. El Cuerpo de Marines me exigía que pensara estratégicamente sobre esas decisiones y después me enseñaba a hacerlo.

Igual de importante fue que los Marines cambiaron las expectativas que tenía depositadas en mí mismo. En el campo de entrenamiento, la idea de trepar por una cuerda de nueve metros me inspiraba terror; al final del primer año ascendía por ella utilizando solo un brazo. Antes de alistarme, nunca había corrido un kilómetro y medio sin parar. En mi última prueba de forma física corrí casi cinco en diecinueve minutos. Fue en el Cuerpo de Marines donde por primera vez ordené a hombres adultos que hicieran un trabajo y vi cómo me escuchaban, donde aprendí que el liderazgo dependía mucho más de ganarte el respeto de tus subordinados que de darles órdenes; donde descubrí cómo ganarse ese respeto, y donde vi que hombres y mujeres de distintas clases sociales y razas podían trabajar como un equipo y establecer vínculos como una familia. Fue el Cuerpo de Marines quien me dio por primera vez la oportunidad de fracasar de verdad, me hizo aprovechar esa oportunidad y, cuando fracasé, me dio otra oportunidad.

Cuando trabajas en asuntos públicos, los Marines de mayor rango fungen como intermediarios con la prensa. La prensa es el santo grial de los asuntos públicos del Cuerpo de Marines: la audiencia más grande y los intereses más importantes. Nuestro oficial de medios de Cherry Point era un capitán que, por razones que nunca comprendí, perdió rápidamente el favor de los superiores de la base. Aunque era capitán —ocho escalafones de sueldo por encima de mí— por las guerras en Irak y Afganistán, no había un sustituto preparado cuando lo movieron de ahí. Así que mi jefe me dijo que durante los nueve meses siguientes (hasta el final de mi servicio) yo sería el oficial de relaciones con los medios en una de las bases militares más grandes de la Costa Este.

Por entonces me había acostumbrado a la naturaleza a veces azarosa de los nombramientos del Cuerpo de Marines. Esto era algo totalmente distinto. Como bromeó un amigo, yo tenía cara para la radio, y no estaba preparado para las entrevistas en directo con la televisión sobre lo que pasaba en la base. El Cuerpo de Marines me aventó a los lobos. Al principio me costó un poco —permití a algunos fotógrafos que sacaran fotos de aviones clasificados, hablé cuando no me tocaba en una reunión con oficiales de rango superior— y me echaron bronca por todas partes. Mi jefe, Shawn Haney, me explicó qué tenía que hacer para corregirme. Hablamos de cómo construir una relación con la prensa, cómo no desviarte del mensaje que quieres transmitir y cómo gestionar el tiempo. Mejoré, y cuando cientos de miles invadieron nuestra base para el espectáculo aéreo bianual, nuestras relaciones con los medios funcionaban tan bien que me concedieron una medalla honorífica.

La experiencia me enseñó una valiosa lección: que podía hacerlo. Podía trabajar días de veinticuatro horas cuando era necesario. Podía hablar con claridad y confianza rodeado de cámaras de televisión a un palmo de mi cara. Podía ponerme de pie en una sala con mayores, coroneles y generales y ser dueño de mí mismo. Podía hacer el trabajo de un capitán aunque temiera que no podía.

Pese a todos los esfuerzos de mi abuela, pese a todas sus diatribas del tipo «puedes hacer lo que quieras: no seas como esos idiotas que creen que todo el mundo está contra ellos», antes de alistarme solo había asumido parcialmente el mensaje. A mi alrededor había otro mensaje: que yo y la gente como yo no éramos suficientemente buenos, que la razón por la que Middletown había producido cero graduados en las universidades de élite de la Ivy League era algo genético o un defecto del carácter. No fui capaz de ver lo destructiva que es esta mentalidad hasta que escapé de ella. El Cuerpo de Marines la sustituyó por algo completamente distinto y que odia las excusas. «Lo estoy dando todo», era un lema que uno oía en clase de salud o de gimnasia. Cuando corrí por primera vez cinco kilómetros, un poco impresionado por mi mediocre tiempo de veinticinco minutos, un aterrador instructor de alto rango me recibió en la línea de meta: «¡Si no estás vomitando es que eres un vago! ¡Deja de ser un puto vago!» Después me ordenó que corriera a toda velocidad una y otra vez entre él y un árbol. Justo cuando creía que iba a desmayarme cedió. Yo jadeaba pesadamente, prácticamente incapaz de respirar. «¡Así es como tienes que estar después de cada carrera!», me gritó. En los Marines, darlo todo era una forma de vida.

No digo que la habilidad no cuente. Sin duda, ayuda. Pero hay algo poderoso en darse cuenta de que has estado vendiéndote por debajo de lo que vales, de que por alguna razón tu cerebro confundía la falta de esfuerzo con la incapacidad. Esta es la razón por la que, cuando la gente me pregunta qué es lo que más me gustaría cambiar en la clase trabajadora blanca, digo: «La sensación de que nuestras decisiones no tienen importancia.» El Cuerpo de Marines me extrajo esa sensación del mismo modo que un cirujano extrae un tumor.

Pocos días después de cumplir veintitrés años hice la primera compra de importancia de mi vida —un viejo Honda Civic—, tomé los papeles de licencia y conduje por última vez desde Cherry Point, Carolina del Norte, a Middletown, Ohio. Durante mis cuatro años en los Marines había visto, en Haití, un nivel de pobreza que nunca pensé que existiera. Fui testigo de las terribles consecuencias de un accidente de avión en un barrio residencial. Había visto morir a mamaw y después, unos meses más tarde, me había ido a la guerra. Me había hecho amigo de un exdealer de *crack* que resultó ser el Marine más trabajador que conocí.

Cuando me alisté en el Cuerpo de Marines lo hice en parte porque no estaba preparado para ser un adulto. No sabía cuadrar los gastos con la chequera, y mucho menos rellenar los formularios de apoyo económico de la universidad. Ahora sabía exactamente qué quería en la vida y cómo llegar allí. Y en tres semanas empezaría las clases en Ohio State.

Capítulo 11

Llegué a Ohio State para el programa de orientación a principios de septiembre de 2007. No podía estar más entusiasmado. Recuerdo cada pequeño detalle de ese día: el almuerzo en Chipotle, la primera vez que Lindsay comía allí; el paseo desde el edificio de orientación a la casa del sur del campus que pronto sería mi hogar en Columbus; el delicioso tiempo. Me reuní con un asesor académico que me ayudó a crear mi primer horario universitario, y gracias a eso solo iba a clase cuatro días por semana y nunca antes de las nueve y media de la mañana. Después del Cuerpo de Marines, donde había que levantarse a las cinco y media, no podía creer en mi buena suerte.

El campus principal de Ohio State en Columbus está a unos ciento sesenta kilómetros de distancia de Middletwon, lo suficientemente cerca para poder hacer visitas de fin de semana a mi familia. Por primera vez en varios años, podía dejarme caer por Middletown cuando quisiera. Y aunque Havelock (la ciudad de Carolina del Norte más cercana a la base del Cuerpo de Marines) no era tan distinta de Middletown, Columbus parecía un paraíso urbano. Era (y sigue siendo) una de las ciudades que crecen más rápido del país, en buena medida gracias al impulso de la pujante universidad que ahora era mi casa. Los graduados por la OSU abrían empresas, algunos edificios históricos se convertían en nuevos bares y restaurantes e incluso los peores barrios parecían estar experimentando una cierta revitalización. No mucho después de que me instalara en Columbus, uno de mis mejores amigos empezó a trabajar como director de publicidad de una emisora de radio local, así que siempre sabía qué estaba pasando en la ciudad y siempre podía entrar en los mejores actos de la ciudad, desde festivales locales a asientos VIP para el espectáculo pirotécnico anual.

En muchos sentidos, la universidad me resultaba muy familiar. Hice muchos amigos nuevos, pero prácticamente todos eran del sudoeste de Ohio. Entre mis seis compañeros de piso, había cinco graduados de la preparatoria de Middletown y uno del de Edgewood, en la cercana Trenton. Eran un poco más jóvenes (en el Cuerpo de Marines había envejecido y ya no tenía la edad del estudiante de primero típico), pero a casi todos los conocía de antes. Mis amigos más cercanos ya se habían graduado o iban a hacerlo pronto, pero muchos se quedaban en Columbus después de la graduación. Aunque yo no lo sabía, estaba siendo testigo de un fenómeno que los científicos sociales llaman «fuga de cerebros»: la gente que puede irse de ciudades con problemas suele hacerlo, y cuando encuentra un nuevo hogar con oportunidades educativas y de trabajo, se quedan ahí. Años más tarde, contemplé a los seis padrinos en la fiesta de mi boda y me di cuenta de que todos ellos, como yo, habían crecido en una pequeña ciudad de Ohio antes de ir a Ohio State. Todos, sin excepción, habían desarrollado sus carreras fuera de sus ciudades de origen y ninguno tenía interés alguno en volver.

Cuando empecé en Ohio State, el Cuerpo de Marines me había infundido una increíble sensación de invencibilidad. Iba a clase, hacía las tareas, estudiaba en la biblioteca y llegaba a casa a tiempo para beber hasta pasada la medianoche con mis colegas; después me levantaba temprano para ir a correr. Mi horario era intenso, pero todo lo que con dieciocho años me había hecho temer la vida independiente de universitario ahora estaba superado. Pocos años antes, mamaw y yo nos habíamos roto la cabeza con esos formularios de ayuda económica y habíamos discutido si ponerla a ella o a mamá como «progenitor/tutor.» Nos preocupaba que, a menos que de alguna manera yo obtuviera y presentara la información económica sobre Bob Hamel (mi padre legal), se me acusara de fraude. Toda la experiencia nos había hecho dolorosamente conscientes de lo poco que conocíamos el mundo exterior. Yo casi había fracasado en la preparatoria y sacaba malas calificaciones en lengua inglesa. Ahora pagaba mis gastos y sacaba calificaciones sobresalientes en todas las asignaturas de la universidad más emblemática de mi estado. Sentía que controlaba por completo mi destino de una manera que nunca antes había experimentado.

Sabía que Ohio State era una oportunidad única: o la aprovechaba o renunciaba a lo que quería. Había dejado el Cuerpo de Marines no solo con la sensación de que podía hacer lo que quisiera, sino también con la capacidad de hacer planes. Quería estudiar Derecho, y sabía que para ir a la mejor Facultad de Derecho necesitaba buenas notas y lucirme en la infame Prueba de Admisión a la Facultad de Derecho o LSAT. Por supuesto, ignoraba muchas cosas. No podía explicar por qué quería estudiar Derecho más allá del hecho de que en Middletown los «niños ricos» nacían para ser médicos o abogados, y yo no quería trabajar con sangre. No sabía qué otras cosas había ahí fuera, pero al menos lo poco que sabía me daba un rumbo, y eso era lo único que necesitaba.

Odiaba la deuda y las limitaciones que imponía. Aunque el plan de estudios para veteranos de los Marines pagaba una parte importante de mi educación y Ohio State me cobraba relativamente poco por ser un residente del estado, yo todavía tenía que cubrir unos veinte mil dólares en gastos. Acepté un trabajo en la cámara estatal de Ohio trabajando para un senador extraordinariamente amable de la zona de Cincinnati llamado Bob Schuler. Era un buen hombre, y me gustaban sus ideas políticas, así que cuando los votantes llamaban para quejarse, yo intentaba explicar sus posiciones. Veía cómo los grupos de presión iban y venían y oía al senador y a su personal debatir si una ley en concreto era buena para los votantes de su zona, buena para su estado o ambas cosas. Observar el proceso político desde dentro me hizo apreciarlo de una manera que las noticias por cable nunca habían conseguido. Mamaw creía que todos los políticos eran unos ladrones, pero aprendí que, fueran cuales fueran sus ideas políticas, eso era en buena medida falso en la cámara estatal de Ohio.

Al cabo de unos pocos meses en el senado de Ohio, a medida que mis facturas se acumulaban y me quedaban menos formas de compensar la diferencia entre mis gastos y mis ingresos (solo se puede dar sangre dos veces por semana, descubrí), decidí conseguir otro trabajo. Una ONG anunciaba un trabajo de medio tiempo pagado a diez dólares la hora, pero cuando me presenté en la entrevista con pantalones caqui, una fea camisa color lima y unas botas de combate del Cuerpo de Marines (los únicos zapatos que tenía entonces, aparte de los tenis) y vi la reacción del entrevistador, supe que no iba a tener suerte. Apenas presté atención al correo electrónico de rechazo que recibí una semana más tarde. Una ONG local trabajaba para niños maltratados y abandonados, y también pagaban diez dólares la hora, así que fui a Target, me compré una camisa más bonita y un par de zapatos negros y obtuve el puesto de trabajo denominado como «consultor.» Me importaba su misión y eran gente genial. Empecé a trabajar inmediatamente.

Con dos trabajos y un horario de clases de tiempo completo, mi día a día se intensificó, pero no me importaba. No me parecía que hubiera nada raro en mis compromisos hasta que un profesor me mandó un correo electrónico para que comentáramos un trabajo después de las clases. Cuando le mandé mi horario, se quedó horrorizado. Me dijo con seriedad que tenía que centrarme en mi educación y no dejar que las distracciones laborales se interpusieran en mi camino. Sonreí, le di la mano y le dije que gracias, pero no seguí su consejo. Me gustaba quedarme hasta tarde haciendo trabajos, despertarme temprano después de dormir solo tres o cuatro horas y darme palmaditas en la espalda por ser capaz de hacerlo. Después de tantos años temiendo mi propio futuro, de preocuparme si acabaría como muchos de mis vecinos o parientes —adicto a las drogas o el alcohol, en la cárcel o con hijos que no pudiera o quisiera cuidar—, sentía una fuerza increíble. Me sabía las estadísticas. De niño había leído los folletos en la oficina de los trabajadores sociales. Había reconocido la mirada de lástima de la dentista en la clínica dental para gente con pocos ingresos. En teoría no iba a lograrlo, pero me estaba yendo bastante bien.

¿Me pasé? Sin duda. No dormía lo suficiente. Bebía demasiado y casi todas las comidas eran de Taco Bell. Una semana después de lo que pensaba que era solo un resfriado tremendo, un médico me dijo que tenía mononucleosis. Lo ignoré y seguí viviendo como si NyQuil y DayQuil fueran elixires mágicos. Después de una semana así, mi orina adoptó un desagradable color marrón y llegué a una temperatura de treinta y nueve y medio. Me di cuenta de que tenía que cuidarme, así que me tomé unos Tylenol, me bebí un par de cervezas y me fui a dormir.

Cuando mamá se enteró de lo que estaba pasando, se subió al coche, fue a Columbus y me llevó a urgencias. No era perfecta, no era ni siquiera una enfermera en ejercicio, pero se tomaba como una cuestión de orgullo supervisar toda interacción que tuviéramos con el sistema de salud. Hizo las preguntas correctas, se irritó con los médicos cuando no respondieron directamente y se encargó de que tuviera todo lo que necesitaba. Me pasé dos días enteros en el hospital mientras los médicos vaciaban cinco bolsas de solución salina para rehidratarme y descubrían que además de la mononucleosis tenía una infección de estafilococos, lo cual explicaba por qué me había enfermado tanto. Los médicos me dejaron en manos de mamá, que me sacó del hospital en silla de ruedas y me llevó a casa para que me recuperara.

Mi enfermedad duró unas cuantas semanas más, que, por suerte, coincidieron con las vacaciones entre los trimestres de primavera y verano en Ohio State. Cuando estaba en Middletown dividía el tiempo entre la casa de la tía Wee y la de mamá; ambas me cuidaban y me trataban como a un hijo. Fue mi primer contacto real con las conflictivas exigencias emocionales de Middletown en un mundo sin mamaw: no quería herir a mamá, pero el pasado había creado desavenencias que probablemente nunca desaparecerían. Nunca abordé esas exigencias de manera frontal. Nunca le expliqué a mamá que por muy amable y cariño-

sa que fuera en un momento dado —y mientras tuve mononucleosis no podría haber sido una madre mejor—, me sentía incómodo con ella. Dormir en esa casa significaba hablar con el
marido número cinco, un hombre amable pero un desconocido
que nunca sería para mí nada más que el futuro exmarido de
mamá. Significaba mirar los muebles y recordar cuando me es-
condí detrás de ellos durante una de sus peleas con Bob. Significaba intentar comprender cómo mamá podía ser hasta tal punto
una contradicción, una mujer que se sentaba pacientemente
conmigo en el hospital durante días y una adicta que un mes
después le mentía a su familia para sacarle dinero.

Sabía que mi relación cada vez más cercana con la tía Wee
hería a mamá. Hablaba de ello todo el tiempo. «Yo soy tu madre,
no ella», repetía. Incluso hoy me pregunto con frecuencia si, de
haber tenido de adulto el valor que tuve de niño, mamá se habría
puesto mejor. Los adictos siempre son más débiles durante las
épocas emocionalmente complicadas, y sabía que yo tenía el poder de rescatarla de, al menos, algunos episodios de tristeza. Pero
ya no podía hacerlo. No sabía qué había cambiado, pero yo ya no
era esa persona. Quizá no era nada más que autoprotección. Sea
como fuera, no podía simular que con ella me sintiera en casa.

Al cabo de unas semanas de mononucleosis me sentía mejor
y volví a Columbus y a mis clases. Había perdido mucho peso
—nueve kilos en cuatro semanas—, pero me encontraba bastante bien. Como se habían acumulado las facturas del hospital,
busqué un tercer trabajo (como tutor para los exámenes de selección en Princeton Review), en el que pagaban unos increíbles
dieciocho dólares la hora. Tres trabajos eran demasiados, así que
dejé el que más me gustaba —el del senado de Ohio— porque era
el que peor pagaba. Necesitaba el dinero y la libertad económica
que proporcionaba, no un trabajo que me gustara. Eso, me dije a
mí mismo, ya llegaría más adelante.

Poco después de irme, el Senado de Ohio debatió una medida
que limitaría significativamente los créditos rápidos. Mi senador
se opuso a la ley (uno de los pocos senadores que lo hicieron) y,
aunque nunca explicó por qué, me gustaba pensar que quizá él
y yo teníamos algo en común. Los senadores y el personal que

debatía la ley no comprendían el papel de los prestamistas de créditos rápidos en la economía sumergida que la gente como yo ocupaba. Para ellos, los prestamistas de esa clase eran tiburones depredadores que cobraban altos intereses por los créditos y comisiones desorbitadas por los cheques cobrados. Cuanto antes se acabaran, mejor.

A mí, los créditos rápidos me solucionaban importantes problemas financieros. Mi historial crediticio era horrible debido a un montón de malas decisiones financieras (algunas de las cuales no eran culpa mía, muchas de las cuales sí), así que las tarjetas de crédito no eran una opción. Si quería invitar a cenar a una chica o necesitaba un libro para la universidad y no tenía dinero en el banco, no tenía muchas opciones. (Probablemente podría haberles pedido dinero a mi tía o a mi tío, pero quería desesperadamente arreglármelas por mí mismo). Un viernes por la mañana dejé el cheque de la renta porque sabía que si esperaba un día más tendría que pagar la multa de cincuenta dólares por retraso. No tenía dinero para cubrir el importe del cheque, pero ese día me iban a pagar y podría depositar el dinero después del trabajo. Sin embargo, después de un largo día en el Senado, olvidé tomar la chequera antes de salir. Cuando me di cuenta del error, ya estaba en casa y los empleados del Senado se habían ido de fin de semana. Ese día, un crédito a tres días con unos pocos dólares de interés me permitió evitar una importante comisión por no tener fondos. Los legisladores que debatían los méritos de esta clase de créditos no mencionaban situaciones como esta. ¿La lección? La gente poderosa a veces hace cosas para ayudar a la gente como yo sin en realidad entender a la gente como yo.

Mi segundo año en la universidad empezó de manera muy parecida al primero, con un día precioso y mucho entusiasmo. Con el nuevo trabajo estaba un poco más ocupado, pero no me importaba trabajar. Lo que sí me importaba era la constante sensación de que, a los veinticuatro años, era demasiado viejo para ser estudiante de segundo en la universidad. Pero con cuatro años en el Cuerpo de Marines a mis espaldas, era algo más que la edad lo que me separaba de los demás estudiantes. Durante un seminario sobre política exterior escuché cómo un compañero de clase de diecinueve años con una horrible barba peroraba sobre la guerra de Irak. Explicó que los que habían luchado en esa guerra eran por lo general menos inteligentes que los que (como él) fueron inmediatamente a la universidad. Eso demostraba, sostenía, por qué los soldados asesinaban y faltaban al respeto de manera gratuita a los civiles iraquíes. Era una opinión objetivamente execrable: mis amigos del Cuerpo de Marines sostenían opiniones políticas de toda clase y tenían todos los pareceres imaginables sobre la guerra. Muchos de mis amigos en el Cuerpo de Marines eran progresistas acérrimos que no tenían ningún aprecio por nuestro comandante en jefe —entonces, George W. Bush— y creían que habíamos sacrificado demasiado a cambio de muy poco. Pero ninguno de ellos había soltado nunca una tontería tan irreflexiva.

Mientras el estudiante seguía parloteando, pensé en el inacabable aprendizaje sobre cómo respetar la cultura iraquí: nunca mostrar a nadie la planta del pie, nunca dirigirse a una mujer con la tradicional vestimenta musulmana sin antes hablar con un pariente masculino. Pensé en la seguridad que proporcionábamos a los encuestadores iraquíes, y cómo les explicábamos cuidadosamente la importancia de su misión sin nunca imponerles nuestras ideas políticas. Pensé en cómo escuché a un joven iraquí (que no hablaba una palabra de inglés) rapeando impecablemente cada palabra de *In Da Club* de 50 Cent's y cómo me reí con él y sus amigos. Pensé en mis amigos cubiertos de quemaduras de tercer grado, «afortunados» por haber sobrevivido a un ataque con explosivos caseros en la región iraquí de Al-Qaim. Y ahí estaba ese imbécil con su barba rala diciéndole a la clase que matábamos a la gente por afición.

Sentí un inmediato deseo de terminar la universidad cuanto antes. Me reuní con mi asesor y planeé mi salida: tendría que ir a clase durante el verano y en algunos trimestres duplicaría las asignaturas de un horario de tiempo completo. Sería, incluso para lo que estaba acostumbrado, un año intenso. Durante un febrero particularmente terrible, me senté con mi calendario y conté los días que hacía que no había dormido más de cuatro horas. Eran treinta y nueve. Pero seguí, y en agosto de 2009, después de un año y once meses en Ohio State, me gradué con dos especialidades y *summa cum laude*. Traté de saltarme la ceremonia de graduación, pero mi familia no me dejó. Así que me pasé sentado tres horas en una silla incómoda antes de cruzar el podio y recoger mi diploma universitario. Cuando Gordon Gee, entonces decano de Ohio University, hizo una pausa inusualmente larga para tomarse una foto con la chica que estaba delante de mí en la fila, le tendí la mano a su asistente, pidiéndole sin palabras el diploma. Ella me lo dio y yo pasé por detrás del doctor Gee y me bajé del podio. Quizá fui el único estudiante que se graduaba ese día que no le dio la mano. Al siguiente, pensé.

Sabía que iría a la Facultad de Derecho el año siguiente (mi graduación en agosto impedía empezar Derecho en 2009), así que volví a casa para ahorrar. La tía Wee había ocupado el lugar de mamaw como la matriarca de la familia: ella apagaba los incendios, organizaba las reuniones familiares e impedía que todo se viniera abajo. Desde la muerte de mamaw, siempre me había dado un hogar base, pero diez meses parecían una imposición; no me gustaba la idea de alterar su rutina familiar. Pero ella insistió: «J. D., esta es ahora tu casa. Es el único sitio en el que puedes quedarte.»

Esos últimos meses que viví en Middletown fueron de los más felices de mi vida. Finalmente, era un graduado universitario y sabía que pronto haría realidad otro sueño, estudiar Derecho. Hice trabajitos para ahorrar dinero y me uní aún más a las dos hijas de mi tía. Cada día, cuando volvía del trabajo a casa, sucio y sudado por el trabajo manual, me sentaba a la mesa de la cena para oír a mis primas adolescentes hablar de sus días en la escuela y los problemas con sus amigas. A veces las ayudaba con las tareas. Los viernes durante Cuaresma ayudaba a freír pescado en la iglesia católica local. Esa sensación que había tenido en la universidad —la de haber sobrevivido a décadas de caos y desesperación y finalmente haber sacado la cabeza al otro lado— aumentó.

El increíble optimismo que tenía sobre mi vida contrastaba profundamente con el pesimismo de muchos de mis vecinos. Los años de decadencia de la economía industrial se manifestaban en las perspectivas materiales de los habitantes de Middletown. La Gran Recesión, y la no tan grande recuperación que había venido después, había acelerado la trayectoria descendente de Middletown. Pero había algo casi espiritual en el cinismo general de la comunidad, algo que iba mucho más allá que una recesión a corto plazo.

Como cultura, no teníamos héroes. Sin duda, ningún político: Barack Obama era entonces el hombre más admirado de América (y probablemente lo siga siendo), pero incluso cuando el país estaba embelesado con su ascenso, la mayoría de los habitantes de Middletown lo veían con suspicacia. George W. Bush tenía pocos admiradores en 2008. Muchos adoraban a Bill Clinton, pero muchos más lo veían como el símbolo de la decadencia moral estadounidense, y hacía mucho tiempo que había muerto Ronald Reagan. Adorábamos a los militares, pero en el ejército moderno no había una figura como la de George S. Paton. Dudo que mis vecinos pudieran siquiera decir el nombre de un oficial militar de alto rango. El programa espacial, durante mucho tiempo una fuente de orgullo, se había extinguido como el pájaro dodo, y con él los astronautas famosos. Nada nos unía con el tejido central de la sociedad estadounidense. Nos sentíamos atrapados entre dos guerras que parecían imposibles de ganar, en las que una parte desproporcionada de soldados procedían de nuestro barrio, y en una economía que no conseguía cumplir la promesa más básica del sueño americano: un sueldo fijo.

Para comprender la importancia de este desapego cultural, hay que tener en cuenta que buena parte de la identidad de mi familia, mi barrio y mi comunidad procede de nuestro amor por el país. No podría decirte una sola cosa sobre el alcalde del condado de Breathitt, sus servicios de salud o sus residentes famosos. Pero sé esto: «Bloody Breathitt» supuestamente se ganó su nombre porque el condado llenó su cuota de reclutados para la Primera Guerra Mundial solo con voluntarios, el único condado de todo Estados Unidos que lo hizo. Y casi un siglo más tarde, esa es la trivialidad sobre Breathitt que recuerdo mejor: es la verdad que todo el mundo a mi alrededor se aseguró de que recordara. Una vez entrevisté a mamaw para un trabajo escolar sobre la Segunda Guerra Mundial. Después de setenta años de matrimonio, hijos, nietos, muerte, pobreza y triunfo, la cosa de la que mamaw estaba indudablemente más orgullosa, y por la que mostraba más entusiasmo, era el hecho de que ella y su familia cumplieron su cometido en la Segunda Guerra Mundial. Hablamos durante unos minutos sobre todo lo demás; hablamos durante horas sobre el racionamiento de guerra, Rosie la remachadora, las cartas de amor que en tiempos de guerra su padre le mandó a su madre desde el Pacífico, y el día en que «tiramos la bomba.» Mamaw siempre tuvo dos dioses: Jesucristo y Estados Unidos de América. Yo no era distinto y tampoco lo era nadie a quien conociera.

Soy la clase de patriota del que se ríen en la Costa Este. Me quedo sin habla cuando escucho el cursi himno de Lee Greenwood *Proud to be American*. Cuando tenía dieciséis años prometí que cada vez que coincidiera con un veterano haría todo lo posible por darle la mano, aunque me diera vergüenza. Incluso hoy me niego a ver *Rescatando al soldado Ryan* con nadie que no sea un amigo íntimo, porque no puedo evitar llorar en la escena final.

Mamaw y papaw me enseñaron que vivimos en el mejor y más grande país de la tierra. Este hecho dio significado a mi infancia. Cuando los tiempos eran difíciles —cuando me sentía abrumado por los dramas y los tumultos de mi juventud— sabía que lo mejor estaba por venir, porque vivía en un país que me permitía tomar las buenas decisiones que otros no permitían. Cuando ahora pienso en mi vida y lo verdaderamente increíble que es —una maravillosa, buena, brillante compañera vital; la seguridad económica con la que soñaba de niño; grandes amigos y nuevas experiencias excitantes— siento un abrumador agradecimiento por esos Estados Unidos. Sé que es sentimentaloide, pero así lo siento.

Si el segundo dios de mamaw era Estados Unidos de América, mucha gente en mi comunidad estaba perdiendo algo parecido a una religión. Ese vínculo que los unía a sus vecinos, que los inspiró de la manera en que mi patriotismo siempre me ha inspirado, parecía haber desaparecido.

Los síntomas están por todos lados. Un porcentaje significativo de votantes conservadores blancos —alrededor de un tercio— cree que Barack Obama es musulmán. En una encuesta, 32 por ciento de los conservadores dijo que creía que Obama había nacido en el extranjero y otro 19 por ciento declaró que no estaba seguro, lo que significa que la mayoría de los conservadores blancos no están seguros siquiera de que Obama sea estadounidense. Con frecuencia oigo a conocidos o parientes lejanos afirmar que Obama tiene vínculos con extremistas islámicos, que es un traidor o que nació en algún rincón lejano del mundo.

Muchos de mis nuevos amigos culpan al racismo de esa percepción del presidente. Pero a mucha gente de Middletown el presidente le parece un marciano por razones que no tienen nada que ver con el color de la piel. Recordemos que ni uno solo de mis compañeros de clase en la preparatoria fue a una universidad de élite de la Ivy League. Barack Obama fue a dos y sobresalió en ambas. Es brillante, rico y habla como un profesor de Derecho Constitucional, cosa que, por supuesto, es. Nada en él tiene que ver con la gente a la que yo admiraba cuando era joven. Su acento —limpio, perfecto, neutral— es extraño; sus credenciales son tan impresionantes que dan miedo; se labró una vida en Chicago, una densa metrópolis; y se comporta con la confianza de quien sabe que la moderna meritocracia estadounidense se construyó para él. Por supuesto, Obama superó adversidades por sí mismo —adversidades que nos resultan familiares a muchos de nosotros—, pero eso fue mucho antes de que lo conociéramos.

El presidente Obama entró en escena al mismo tiempo en que mucha gente de mi comunidad empezaba a creer que la moderna meritocracia estadounidense no se construyó para ellos. Sabemos que no nos va bien. Lo vemos todos los días: en los obituarios de adolescentes que omiten de manera perceptible la causa de la muerte (leyendo entrelíneas: sobredosis), en los vagos con los que vemos que pasan el rato nuestras hijas. Barack Obama golpea en el corazón de nuestras inseguridades más profundas. Él es un buen padre, mientras que muchos de nosotros no lo somos. Para el trabajo, viste trajes, mientras que nosotros llevamos overoles, eso si tenemos la suerte de tener un trabajo. Su mujer nos dice que no deberíamos dar a nuestros hijos determinados alimentos, y nosotros la odiamos por eso, no porque creamos que está equivocada, sino porque sabemos que tiene razón.

Muchos intentan culpar de la ira y el cinismo de la clase trabajadora blanca a la desinformación. Reconozcámoslo, hay una industria de teóricos de la conspiración y lunáticos que escriben sobre toda clase de estupideces, desde las supuestas creencias de Obama hasta sus orígenes. Pero todos los grandes medios, incluso los que con frecuencia se consideran perversos como Fox News, siempre han dicho la verdad sobre la ciudadanía y las ideas religiosas de Obama. La gente que conozco sabe bien lo que los grandes medios dicen sobre esas cuestiones, pero sencillamente no lo creen. Solo 6 por ciento de los votantes estadounidenses creen que los medios son «muy fiables.»[1] Para muchos de nosotros, la prensa libre —baluarte de la democracia estadounidense— está hasta el cuello de mierda.

Con poca confianza en la prensa, no hay límites para las teorías de la conspiración que circulan por internet y que rigen el mundo digital. Barack Obama es un extranjero que intenta activamente destruir nuestro país. Todo lo que nos dicen los medios es mentira. En la clase trabajadora blanca, muchos creen lo peor de su sociedad. He aquí una pequeña muestra de correos electrónicos o mensajes que he recibido de amigos o parientes:

- Del presentador de radio de derecha Alex Jones sobre el décimo aniversario del 11-S, un documental sobre la «pregunta sin responder» de los ataques terroristas, sugiriendo que el gobierno estadounidense jugó un papel en la masacre de su propia gente.
- De una cadena de correos electrónicos, una historia sobre que la legislación del Obamacare exige la implantación de microchips en nuevos pacientes del sistema sanitario. Esta historia tiene una fuerza añadida por sus implicaciones re-

---

1. «Only 6% Rate News Media as Very Trustworthy», Rasmussen Report, 28 de febrero de 2013, <http://rasmussenreport.com/public_content/politics/general_politics/february_2013/only_6_rate_news_media_as_very_trustworthy (consultado el 17 de noviembre de 2015)>.

ligiosas: muchos creen que la «marca de la bestia» del Fin de los Tiempos prevista en la profecía bíblica será un aparato electrónico. Muchos amigos advirtieron a otros de esta amenaza vía redes sociales.

- De la popular web WorldNetDaily, un editorial que sugería que la masacre con armas de Newtown había sido orquestada por el gobierno federal para cambiar la opinión pública sobre las medidas de control de las armas.
- De múltiples fuentes de internet, insinuaciones de que Obama pronto decretará la ley marcial para quedarse en el poder un tercer mandato presidencial.

La lista sigue. Es imposible saber cuánta gente cree en una o varias de estas historias. Pero si un tercio de nuestra comunidad cuestiona el origen del presidente —a pesar de todas las pruebas que existen en sentido contrario— es fácil pensar que otras conspiraciones tendrán aún más predicamento del que sería deseable. No se trata de una desconfianza libertaria en las políticas del gobierno, que es algo sano en cualquier democracia. Esto es un profundo escepticismo en las instituciones que forman parte de nuestra sociedad. Y es algo que se está generalizando cada vez más.

No podemos confiar en los noticieros de la noche. No podemos confiar en nuestros políticos. Nuestras universidades, la pasarela hacia una vida mejor, están amañadas contra nosotros. No conseguimos trabajos. No puedes creer en esas cosas y participar de una manera significativa en la sociedad. Los psicólogos sociales nos han enseñado que las creencias grupales son un poderoso motivador en el comportamiento. Cuando los grupos perciben que trabajar duro y conseguir cosas beneficia sus intereses, los miembros de ese grupo rinden más que otros individuos en una situación similar. La razón es evidente: si crees que trabajar duro compensa, entonces trabajas duro; si crees que es difícil salir adelante por mucho que lo intentes, ¿para qué ibas a intentarlo?

De una manera similar, cuando la gente fracasa, esta actitud le permite mirar a otro lado. Una vez me encontré con un viejo conocido en un bar de Middletown que me dijo que hacía poco había dejado el trabajo porque estaba harto de levantarse temprano. Más tarde vi cómo se quejaba en Facebook sobre «la economía de Obama» y cómo esta había afectado a su vida. No dudo que la economía de Obama haya afectado a muchos, pero ese hombre, sin duda, no estaba entre ellos. Su estatus en la vida puede atribuirse directamente a las decisiones que ha tomado, y su vida solo mejorará si toma mejores decisiones. Pero para que tome mejores decisiones, tiene que vivir en un ambiente que lo obligue a hacerse preguntas incómodas sobre sí mismo. En la clase blanca trabajadora hay un movimiento cultural que culpa de los problemas a la sociedad o al gobierno, y ese movimiento tiene más adeptos cada día que pasa.

Aquí es donde la retórica de los conservadores modernos (y lo digo como uno de ellos) no es capaz de afrontar los verdaderos retos a los que se enfrentan sus mayores bolsas de votantes. En lugar de alentar la implicación, los conservadores fomentan cada vez más la clase de desapego que ha minado la ambición de tantos de mis conocidos. He visto a algunos amigos convertirse en adultos con éxito y a otros caer víctimas de las peores tentaciones de Middletown: paternidad prematura, drogas, encarcelamiento. Lo que separa a los exitosos de los no exitosos son las expectativas que tenían sobre su propia vida. Pero el mensaje de la derecha es cada vez más: no es culpa tuya que seas un fracasado, es culpa del gobierno.

Mi padre, por ejemplo, nunca ha despreciado el trabajo duro, pero desconfía de algunos de los caminos más evidentes hacia el ascenso social. Cuando supo que había decidido estudiar Derecho en Yale, me preguntó si, en las solicitudes, había «simulado ser negro o progresista.» Así de bajas son las expectativas culturales de la clase trabajadora blanca estadounidense. No debería sorprendernos que, a medida que actitudes como esta se generalicen, el número de gente dispuesta a trabajar por una vida mejor disminuya.

El Proyecto de Movilidad Económica de Pew estudió cómo los estadounidenses evaluaban sus posibilidades de mejora económica. Lo que descubrió fue impactante. No hay ningún grupo de estadounidenses más pesimista que los blancos de clase trabajadora. Bastante más de la mitad de los negros, los latinos y los blancos que han ido a la universidad cree que a sus hijos les irá mejor económicamente que a ellos. Entre los blancos de clase trabajadora, solo 44 por ciento comparte esa expectativa. Aún más sorprendente es que 42 por ciento de los blancos de clase trabajadora —con mucha diferencia el número más alto en el sondeo— afirma que su vida es menos exitosa económicamente que la de sus padres.

En 2010 esa no era mi actitud. Estaba contento de estar donde estaba y tenía una esperanza arrolladora en el futuro. Por primera vez en mi vida, me sentía un forastero en Middletown. Y lo que me convertía en un forastero era mi optimismo.

Capítulo 12

En mi primera ronda de solicitudes a las facultades de Derecho ni siquiera mandé peticiones a Yale, Harvard o Stanford, las tres universidades míticas. No creía que tuviera ninguna posibilidad de entrar en ellas. Y lo que es más importante, pensaba que no importaba; todos los abogados tenían buenos trabajos, suponía. Solo tenía que ir a cualquier Facultad de Derecho y después me iría bien: un buen salario, una profesión respetable y el sueño americano. Entonces mi mejor amigo, Darrell, se encontró con una de sus compañeras de Derecho en un popular restaurante de Washington. Estaba atendiendo mesas porque era el único trabajo que había encontrado. En la siguiente ronda lo intenté también en Yale y Harvard.

No hice la solicitud para Stanford —una de las mejores facultades del país—, y el motivo ayuda a comprender por qué las lecciones que aprendí de niño a veces fueron contraproducentes. La solicitud para la Facultad de Derecho de Stanford no consistía en la habitual combinación de expediente académico, puntuación del LSAT y trabajos escritos. Requería una recomendación del decano de tu universidad. Tenías que mandar un formulario, llenado por el decano, afirmando que no eras un fracasado.

Yo no conocía a la decana de mi universidad en Ohio State. Es un lugar grande. Estoy seguro de que es una persona adorable, y el formulario era, claramente, poco más que una formalidad. Pero no podía pedírselo. Nunca la había conocido, nunca me había dado clase y, por encima de todo, no confiaba en ella. Cualesquiera que fueran sus virtudes como persona, era, en abstracto, una extraña. Los profesores que había escogido para que escribieran mis cartas de recomendación se habían ganado mi confianza. Los escuchaba casi todos los días, hacía sus exámenes y escribía trabajos para ellos. Por mucho que amara Ohio State y a su gente por la educación y la experiencia increíbles que me habían dado, no podía poner mi destino en las manos de alguien que no conocía. Intenté convencerme de hacerlo. Hasta imprimí el formulario y fui hasta la universidad. Pero llegado el momento, lo arrugué y lo tiré a un bote de basura. J. D. no estudiaría Derecho en Stanford.

Decidí que quería ir a Yale antes que a todas las demás universidades. Tenía una cierta aura; con sus clases pequeñas y su sistema único de calificaciones, Yale se presentaba como una forma poco estresante de iniciar una carrera en el mundo de la abogacía. Pero la mayoría de los estudiantes procedían de universidades privadas de élite, no grandes universidades estatales como la mía, así que imaginé que no tenía ninguna posibilidad de que me aceptaran. A pesar de ello, presenté una solicitud *online* porque era relativamente fácil. Era la última hora de la tarde de un día de principios de la primavera de 2010 cuando sonó mi teléfono y el identificador de llamadas mostró un código de área desconocido, 203. Respondí y la voz al otro lado de la línea me dijo que era el director de admisiones de la Facultad de Derecho de Yale, y que había sido admitido en el curso de 2013. Yo estaba alucinado y no paré de dar saltos durante los tres minutos que duró la conversación. Cuando me dijo adiós, me había quedado sin aliento, y cuando llamé a la tía Wee para decírselo pensó que había tenido un accidente de coche.

Estaba tan comprometido con la idea de ir a Yale que estaba dispuesto a asumir la deuda de unos aproximadamente doscientos mil dólares que sabía que era necesario incurrir. Pero el paquete de ayuda económica que Yale ofrecía superó hasta mis cálculos más optimistas. En mi primer año lo cubría casi todo. No por nada que yo hubiera hecho o que me mereciera, sino porque era uno de los chicos más pobres de la facultad. Yale ofrecía decenas de miles de dólares en función de la necesidad. Era la primera vez que no tener un dólar me daba tanto dinero. Yale no era solo la universidad de mis sueños, también era la opción más barata disponible.

The New York Times informaba hace poco que las universidades más caras son paradójicamente más baratas para los estudiantes con ingresos bajos. Imaginemos, por ejemplo, un estudiante cuyos padres ganan treinta mil dólares al año; no mucho dinero, pero tampoco en el nivel de la pobreza. Ese estudiante pagaría diez mil dólares por uno de los campus menos selectivos de la Universidad de Wisconsin, pero pagaría seis mil en el campus emblemático de Madison. En Harvard, el estudiante pagaría solo mil trescientos dólares a pesar de que la matrícula es de más de cuarenta mil. Por supuesto, los chicos como yo no lo saben. Mi colega Nate, un amigo de toda la vida y una de las personas más listas que conozco, quería ir a la Universidad de Chicago para estudiar la carrera, pero no mandó la solicitud porque sabía que no se lo podría permitir. Probablemente le habría costado bastante menos que Ohio State, del mismo modo que a mí Yale me costaba menos que cualquier otra universidad.

Me pasé los meses siguientes preparando la partida. Un amigo de mi tía y mi tío me dio ese trabajo en el almacén de una distribuidora de baldosas para suelos y trabajé allí durante el verano manejando el montacargas, preparando el envío de baldosas para su transporte y barriendo un inmenso almacén. Al final del verano había ahorrado suficiente para no tener que preocuparme por la mudanza a New Haven.

El día que me fui fue distinto de las otras veces que me había ido de Middletown. Cuando me fui a los Marines sabía que volvería con frecuencia, y que la vida podía llevarme de vuelta a mi ciudad durante un largo periodo (de hecho, así fue). Después de cuatro años con los Marines, mudarme a Columbus para ir a la universidad no me pareció nada del otro mundo. Me había vuelto un experto en irme de Middletown a otros sitios y cada vez sentía por lo menos un poco de tristeza. Pero esta vez sabía que no iba a volver. Eso no me preocupaba. Ya no sentía que Middletown fuera mi hogar.

En mi primer día en la Facultad de Derecho de Yale, en los pasillos había carteles anunciando un acto con Tony Blair, el ex-primer ministro británico. No podía creerlo: ¿Tony Blair iba a hablar en una clase para unas pocas docenas de alumnos? Si hubiera ido a Ohio State, habría llenado un auditorio de mil personas. «Sí, da charlas en Yale con mucha frecuencia —me dijo un amigo—. Su hijo estudia aquí la carrera.» Pocos días después, casi choco con un hombre al girar una esquina y entrar por la puerta principal de la facultad. Dije: «Disculpe», levanté la mirada y me di cuenta de que el hombre era el gobernador de Nueva York, George Pataki. Esta clase de cosas pasaban por lo menos una vez a la semana. La Facultad de Derecho de Yale era como un Hollywood para nerds y yo nunca dejé de sentirme como un turista atónito.

El primer semestre estaba estructurado de tal manera que la vida de los estudiantes fuera fácil. Mientras mis amigos que estudiaban Derecho en otras universidades estaban abrumados de trabajo y preocupados por las estrictas curvas de calificaciones que te ponían en competencia directa con tus compañeros de clase, durante el proceso de orientación nuestro decano nos pidió que siguiéramos nuestras pasiones, llevaran adonde llevaran, y que no nos preocupáramos demasiado por las calificaciones. Nuestras primeras cuatro clases estaban calificadas con un sistema de crédito o no crédito, lo cual lo hacía fácil. Una de esas clases, un seminario de Derecho Constitucional con dieciséis estudiantes, se convirtió en una especie de familia para mí. Nos hacíamos llamar la isla de juguetes inadaptados, porque en nuestro equipo no había ninguna fuerza unificadora real: un hillbilly conservador de los Apalaches, la hija superlista de unos inmigrantes indios, un negro canadiense que conocía la ley de la calle como si hubiera pasado décadas en ella, un neurocientífico de Phoenix, un aspirante a abogado de derechos civiles nacido a pocos minutos del campus de Yale y una lesbiana extremadamente progresista con un fantástico sentido del humor, entre otros. Pero nos hicimos muy amigos.

Ese primer año en Yale fue abrumador, pero en el buen sentido. Siempre había sido muy aficionado a la historia de Estados Unidos, y algunos de los edificios del campus eran anteriores a la guerra de Independencia. A veces paseaba por el campus buscando las placas que identificaban la fecha de construcción de los edificios. Los edificios en sí eran asombrosamente hermosos, inmensas obras maestras de la arquitectura neogótica. En los interiores, las intrincadas tallas en piedra y las molduras de madera daban a la Facultad de Derecho un aire casi medieval. A veces hasta oías decir que íbamos a la FDH (la Facultad de Derecho de Hogwarts). Es revelador que la mejor manera de describir la Facultad de Derecho sea la referencia a una serie de novelas de fantasía.

Las asignaturas eran difíciles, y a veces requerían largas noches en la biblioteca, pero en realidad no eran tan difíciles. Una parte de mí pensaba que al fin iban a descubrir que era un fraude intelectual, que la administración se daría cuenta de que había cometido un terrible error y me mandaría de vuelta a Middletown con las más sinceras disculpas. Otra parte de mí pensaba que sería capaz de abrirme camino y arreglármelas, pero solo con una dedicación extraordinaria; después de todo, aquellos eran los estudiantes más brillantes del mundo, y yo no cumplía ese requisito. Pero resultó no ser así. Aunque por los pasillos de la facultad pasaba alguno que otro genio, la mayoría de mis compañeros era inteligente pero no de una manera intimidante. En las discusiones de clase y en los exámenes me las arreglaba bastante bien.

No todo fue fácil. Siempre había creído ser un escritor bastante bueno, pero cuando presenté un trabajo descuidado a un profesor famoso por su severidad me lo devolvió con un comentario crítico insólito. «No es nada bueno», garabateó en una página. En otra hizo un círculo alrededor de un largo párrafo y escribió en el margen: «Esto es un vómito de frases bajo la apariencia de un párrafo. Arréglalo.» Había oído rumores de que este profesor pensaba que Yale solo debería aceptar estudiantes procedentes de lugares como Harvard, Yale, Stanford o Princeton: «Nuestro trabajo no es la educación de refuerzo, y eso es lo que necesitan muchos de estos chicos.» Eso me comprometió a hacerlo cambiar de idea. Al final del semestre dijo que mi escritura era «excelente» y reconoció que quizá había estado equivocado con respecto a las universidades públicas estatales. Cuando el primer año llegaba a su fin, me sentía triunfante: mis profesores y yo nos llevábamos bien, había sacado buenas calificaciones y tenía un trabajo de ensueño para el verano: trabajar para el principal asesor de un senador estadounidense.

Pero a pesar de toda la alegría y la intriga, Yale plantó en mí una semilla de duda sobre cuál era mi lugar. Yale estaba mucho más allá de lo que yo esperaba de mí. En casa no conocía a ningún graduado de la Ivy League; yo era la primera persona de mi familia cercana que había ido a la universidad y la primera en toda mi familia en ir a una facultad de especialización. Cuando llegué en agosto de 2010, Yale había sido la universidad de dos de los tres jueces más recientes del Tribunal Supremo y de dos de los seis presidentes más recientes, por no mencionar a la secretaria de Estado del momento, Hillary Clinton. Había algo raro en los rituales sociales de Yale: los cocteles y banquetes que se servían tanto para establecer redes de contactos profesionales como para buscar pareja. Yo vivía entre los miembros recién bautizados de lo que la gente en Middletown llamaba de forma despectiva «élites», y a juzgar por mi apariencia externa, era uno de ellos: soy un hombre blanco, alto y heterosexual. Nunca me había sentido fuera de lugar en toda mi vida. Pero en Yale sí.

En parte, eso tiene que ver con la clase social. Un sondeo entre estudiantes descubrió que más de 95 por ciento de estudiantes de Derecho de Yale eran de clase media alta o superior, y la mayoría de ellos eran directamente ricos. Obviamente, yo no era ni de clase media alta ni rico. Muy poca gente en la Facultad de Derecho de Yale era como yo. Podían tener un aspecto parecido al mío, pero pese a la obsesión de la Ivy League por la diversidad, prácticamente todo el mundo —negros, blancos, judíos, musulmanes, lo que fuera— procedía de familias intactas que nunca se tenían que preocupar por el dinero. Al principio de mi primer año, después de pasar la noche bebiendo con mis compañeros de clase, decidimos ir a un sitio de pollos en New Haven. Éramos un grupo grande y dejamos un terrible desorden: platos sucios, huesos de pollo, manchas de salsa ranchera, refrescos en las mesas, etcétera. Yo no podía imaginarme dejar eso ahí para que un pobre tipo lo limpiara, así que me quedé atrás. De una docena de compañeros de clase, solo una persona me ayudó: mi colega Jamil, que también procedía de una familia más pobre. Después, le dije a Jamil que probablemente éramos la única gente en la facultad que había tenido que limpiar alguna vez la suciedad dejada por otros. Se limitó a asentir para expresar en silencio que estaba de acuerdo.

A pesar de que mis experiencias eran únicas, en Middletown nunca me sentí un forastero. Casi ningún padre de la gente que conocía había ido a la universidad. Mis amigos más cercanos habían visto a lo largo de su vida toda clase de conflictos domésticos —divorcios, nuevos matrimonios, separaciones legales o padres que pasaban algún tiempo en la cárcel—. Algunos padres trabajaban como abogados, ingenieros o profesores. Para mamaw eran «los ricos», pero nunca fueron tan ricos como para que yo pensara que eran esencialmente distintos de nosotros. Vivían a un paseo de mi casa, mandaban a sus hijos a la misma preparatoria y por lo general hacían las mismas cosas que los demás. Nunca se me ocurrió que yo no encajara en ese lugar, ni siquiera en las casas de mis amigos relativamente ricos.

En la Facultad de Derecho de Yale me sentía como si mi nave espacial se hubiera estrellado en Oz. La gente decía sin inmutarse que una madre cirujana y un padre ingeniero eran clase media. En Middletown, 160 mil dólares es un salario inimaginable; en la Facultad de Derecho de Yale los estudiantes esperan ganar esa cantidad en el primer año después de acabar Derecho. Muchos de ellos están preocupados por si no es suficiente.

El dinero, o mi relativa falta de él, no eran la única cuestión. Estaban también las percepciones de la gente. En Yale, por primera vez en mi vida, sentí que otros veían mi vida con curiosidad. Los profesores y compañeros de clase parecían genuinamente interesados en lo que a mí me parecía una historia superficial y aburrida: fui a una preparatoria pública mediocre, mis padres no fueron a la universidad y crecí en Ohio. Lo mismo era cierto para casi todo el mundo que conocía. En Yale no era así para nadie. Hasta mi paso por el Cuerpo de Marines era bastante común en Ohio, pero en Yale muchos de mis amigos nunca habían estado con un veterano de las guerras más recientes. En otras palabras, yo era una anomalía.

Esto no es exactamente algo malo. Durante buena parte del primer año en Derecho me encantaba el hecho de ser el único Marine grandote con acento sureño en mi facultad de élite. Pero a medida que los conocidos de la facultad se convertían en amigos, me empecé a encontrar menos cómodo con las mentiras que contaba sobre mi pasado. «Mi madre es enfermera», les decía. Pero, por supuesto, eso ya no era cierto. No sabía cómo se ganaba la vida mi padre legal, cuyo nombre aparecía en mi certificado de nacimiento; era un total desconocido. Nadie, excepto mis mejores amigos en Middletown, a los que les pedí que leyeran mi trabajo escrito para la admisión en la Facultad de Derecho, conocía las experiencias que habían dado forma a mi vida. En Yale decidí cambiar eso.

No estoy seguro de qué motivó el cambio. En parte, dejé de avergonzarme. Los errores de mis padres no eran culpa mía, de modo que no tenía ningún motivo para ocultarlos. Pero, por encima de todo, me preocupaba que nadie comprendiera el papel desproporcionado que mis abuelos habían tenido en mi vida. Pocos, incluso entre mis amigos más cercanos, comprendían lo absolutamente desesperada que habría sido mi vida sin mamaw y papaw. Así que quizá solo quería reconocerles aquello que debía reconocerles.

Pero hay algo más. A medida que me daba cuenta de lo distinto que era de mis compañeros de clase en Yale, fui apreciando lo parecido que era a la gente de Middletown. Y lo que era más importante, cobré plena conciencia del conflicto interior que había provocado mi reciente éxito. En una de las primeras visitas a casa después del inicio de las clases, me paré en una gasolinera no muy lejos de la casa de la tía Wee. La mujer en el surtidor más cercano inició una conversación y me di cuenta de que llevaba una camiseta de Yale. «¿Fuiste a Yale?», le pregunté. «No —me respondió—, va mi sobrino. ¿Y tú?» No estaba seguro de qué decir. Era una estupidez —su sobrino estudiaba ahí, por el amor de Dios—, pero todavía me sentía incómodo reconociendo que me había convertido en un miembro de la Ivy League. En el momento en que me dijo que su sobrino iba a Yale, tuve que elegir: ¿era un estudiante de Derecho de Yale, o era un chico de Middletown con abuelos hillbillies? Si optaba por lo primero, podía intercambiar comentarios amables y hablar sobre la belleza de New Haven; si me inclinaba por lo segundo, la mujer pasaría a ocupar el otro lado de una línea divisoria invisible y no podría confiar en ella. Cuando organizaba cocteles y cenas elegantes, su sobrino y ella probablemente se reían de los simplones de Ohio y de cómo se aferraban a sus armas y a su religión. Yo no quería unir fuerzas con ella. Mi respuesta fue un patético intento de resistencia cultural: «No, no voy a Yale. Va mi novia.» Y después me subí al coche y arranqué.

No fue uno de los momentos en los que me sentí más orgulloso, pero pone de manifiesto el conflicto interior que provoca un rápido ascenso social: había mentido a una desconocida para evitar sentirme un traidor. Hay lecciones que sacar de eso, entre ellas algo que ya había percibido: que una consecuencia del aislamiento es ver la medida normal del éxito no solo como inalcanzable, sino como propiedad de la gente que no es como nosotros. Mamaw siempre luchó contra esa actitud mía y, en gran medida, logró su propósito.

Otra lección es que no son solo nuestras comunidades las que refuerzan la actitud del forastero, también lo hacen los lugares y la gente con las que nos conecta el ascenso social, como mi profesor que decía que la Facultad de Derecho de Yale no debía aceptar solicitudes de quienes procedieran de universidades estatales sin prestigio. No hay modo de cuantificar cómo estas actitudes afectan a la clase trabajadora. Sabemos que los estadounidenses de clase trabajadora no solo tienden a subir menos en la escala económica, sino que tienden a caerse más de ella aunque hayan alcanzado la cima. Supongo que la incomodidad que sienten al dejar atrás una parte importante de su identidad tiene al menos un pequeño papel en este problema. La clase alta puede promover el ascenso social no solo apostando por las buenas políticas, sino también abriendo su corazón y su mente a los recién llegados que se sienten fuera de lugar.

Aunque ensalzamos las virtudes del ascenso social, tiene sus inconvenientes. El término implica necesariamente un movimiento; en teoría, a una vida mejor, sí, pero también conlleva un alejamiento de algo. Y no siempre puedes controlar las partes de tu vieja vida de las que te alejas. En los últimos años he viajado por vacaciones a Panamá y a Inglaterra. He comprado la comida en Whole Foods. He visto conciertos sinfónicos. He intentado acabar con mi adicción a los «azúcares refinados procesados» (un término que incluye, por lo menos, una palabra de más). Me he preocupado por los prejuicios raciales en mi propia familia y entre mis amigos.

Nada de esto es malo en sí mismo. De hecho, casi todo es bueno, visitar Inglaterra era un sueño de infancia, comer menos azúcar mejora la salud. Al mismo tiempo, me ha mostrado que la movilidad social no es solo cuestión de dinero y economía, sino que supone un cambio de forma de vida. Los ricos y los poderosos no son solo ricos y poderosos; siguen una serie de normas y costumbres diferentes. Cuando pasas de la clase trabajadora a la clase profesional, casi todo en tu vieja vida se vuelve, en el mejor de los casos, pasado de moda y en el peor malo para la salud. Nunca eso fue más obvio que la primera (y última) vez que llevé a un amigo de Yale a un Cracker Barrel, una cadena de restaurantes de comida sureña. En mi juventud, era el colmo de las cenas elegantes, el restaurante preferido de mi abuela y el mío. Con los amigos de Yale, era una grasienta crisis de salud pública.

No se trata ni mucho menos de grandes problemas, y si me volvieran a dar la opción, cambiaría un poco de incomodidad social por la vida que llevo sin pensarlo. Pero mientras me daba cuenta de que en este nuevo mundo era un extraterrestre cultural, empecé a pensar en serio sobre cuestiones que me habían inquietado desde que era adolescente. ¿Por qué nadie más de la preparatoria llegó a la Ivy League? ¿Por qué la gente como yo está tan poco representada en las instituciones de élite estadounidenses? ¿Por qué el conflicto doméstico es tan habitual en familias como la mía? ¿Por qué pensaba que lugares como Yale y Harvard eran inalcanzables? ¿Por qué la gente que triunfa parece tan distinta?

Capítulo 13

Mientras empezaba a pensar en mi identidad un poco más a fondo, me enamoré profundamente de una compañera de clase llamada Usha. Por suerte, tuvimos que hacer juntos el primer gran trabajo del curso, de modo que durante el primer año pasamos mucho tiempo conociéndonos. Ella parecía una especie de anomalía genética, una suma de todas las cualidades positivas que un ser humano podía tener: brillante, trabajadora, alta y guapa. Yo bromeaba con un colega que si Usha hubiera tenido una personalidad terrible, habría sido una excelente heroína en una novela de Ayn Rand, pero tenía un gran sentido del humor y hablaba de una manera extraordinariamente directa. Si otros podían preguntarte con cordialidad: «Oye, quizá esto lo podrías escribir de otra manera» o «¿Has pensado en esa otra idea?», Usha se limitaba a decir: «Creo que esta frase hay que trabajarla más» o «Este argumento es muy malo.» En un bar, levantó la mirada hacia un amigo común y dijo, sin ninguna clase de ironía: «Tienes la cabeza muy pequeña.» Nunca había conocido a nadie como ella.

Había salido con otras chicas antes, con algunas en serio y con otras no. Pero Usha ocupaba un universo emocional por completo distinto. Pensaba en ella constantemente. Un amigo me dijo que tenía «el corazón roto» y otro que nunca me había visto así. Hacia el final de primero, supe que Usha estaba soltera, y de inmediato le pedí que saliera conmigo. Después de unas cuantas semanas de flirteo y una sola cita, le dije que estaba enamorado de ella. Eso violaba todas las reglas del cortejo moderno que había aprendido de joven, pero me daba igual.

Usha fue algo así como mi guía espiritual en Yale. Había hecho sus estudios de primer grado allí y conocía las mejores cafeterías y sitios donde comer. Pero sus conocimientos iban mucho más allá. Comprendía instintivamente las preguntas que yo no sabía siquiera cómo formular, y siempre me animaba a buscar oportunidades que yo ni sabía que existían. «Ve en horas de oficina —me decía—. Aquí, a los profesores les gusta hablar con los alumnos. Es parte de la experiencia.» En un lugar que siempre me parecía un poco ajeno, la presencia de Usha hacía que me sintiera como en casa.

Fui a Yale para titularme en Derecho. Pero ese primer año en Yale me enseñó, por encima de todo, que no sabía cómo funcionaba el mundo. Cada agosto, los cazatalentos de los bufetes de abogados más prestigiosos viajaban a New Haven ansiosos por conocer a lo mejor de la nueva generación de talento legal. Los estudiantes lo llaman FIP —las siglas en inglés de Programa de Entrevistas de Otoño— y es una maratónica semana de cenas, cocteles, recepciones y entrevistas. En mi primer día de FIP, justo antes de que empezaran las clases de segundo, tenía seis entrevistas, entre ellas una con el bufete que más me interesaba —Gibson, Dunn & Crutchett, LLP (Gibson Dunn, para abreviar)—, que tenían una oficina de élite en Washington, D.C.

La entrevista con Gibson Dunn estuvo bien y me invitaron a su célebre cena en uno de los restaurantes más elegantes de New Haven. Supe por los rumores que circulaban que la cena era una especie de segunda entrevista: teníamos que mostrarnos divertidos, encantadores e interesantes, o no nos invitarían a las sedes en Washington o Nueva York para la última entrevista. Cuando llegué al restaurante me pareció que era una pena que la comida más cara de mi vida tuviera lugar en ese ambiente de alto riesgo.

Antes de la cena nos reunieron en un privado para beber vino y charlar. Unas mujeres una década mayores que yo llevaban botellas de vino envueltas en hermosas servilletas y cada pocos minutos nos preguntaban si queríamos una copa de otro vino o más del mismo. Al principio estaba demasiado nervioso para beber. Pero al final reuní el valor necesario para decir que sí cuando alguien me preguntó si quería vino y, en ese caso, de qué clase. «Blanco —dije, con lo que me pareció que se zanjaba la cuestión—. ¿Prefiere *sauvignon blanc* o *chardonnay*?»

Pensé que me estaba tomando el pelo. Pero utilicé mis poderes de deducción para comprender que se trataba de dos clases distintas de vino blanco. Así que pedí *chardonnay* no porque no supiera qué era el *sauvignon blanc* (aunque no lo sabía), sino porque era más fácil de pronunciar. Había esquivado la primera bala. La noche, sin embargo, aún era joven.

En esa clase de actos tienes que lograr un equilibrio entre la timidez y la prevalencia. No quieres molestar a los socios, pero no quieres que se vayan sin darte la mano. Intenté ser yo mismo; siempre me he considerado sociable pero no agobiante. Pero estaba tan impresionado con el ambiente que «ser yo mismo» significaba quedarme mirando con la boca abierta la elegante decoración del restaurante preguntándome cuánto costaría.

Las copas de vino parecen abrillantadas. Ese tipo no se compró el traje en una oferta de tres por uno en Jos. A. Bank; parece de seda. El mantel de la mesa parece más suave que mis sábanas; tengo que tocarlo sin parecer raro. En resumen, necesitaba un nuevo plan. Cuando nos sentamos a cenar, había decidido concentrarme en la tarea que tenía ante mí —conseguir un trabajo— y dejar el turismo de clase para más adelante.

Mis modales aguantaron otros dos minutos. Una vez que nos sentamos, la mesera me preguntó si quería agua natural o reluciente.* Ante la pregunta, puse los ojos en blanco. Por muy impresionado que estuviera con el restaurante, llamar al agua «re-

* La confusión se crea entre *sparkling water*, donde «sparkling» significa destellante, reluciente, brillante, y su forma más habitual *carbonated water*. Ambas para designar al agua con gas. (*N. del E.*).

luciente» era demasiado pretencioso, como un cristal «reluciente» o un diamante «reluciente.» Pero de todos modos pedí agua reluciente. Probablemente, fuera mejor. Menos contaminantes.

Di un sorbo y, literalmente, la escupí. Era la cosa más desagradable que había probado jamás. Recuerdo una vez beberme una Coca Cola Light en un Subway sin darme cuenta de que en la máquina no había suficiente jarabe para la Coca Cola Light. El agua «reluciente» de ese lugar elegante sabía exactamente igual. «El agua tiene algo raro», protesté. La mesera se disculpó y me dijo que me traería otra Pellegrino. Fue entonces cuando me di cuenta de que agua «reluciente» significaba «con gas.» Me morí de la vergüenza, pero por suerte solo una persona se había dado cuenta de lo que había pasado, y era una compañera de clase. La había librado. No podía cometer más errores.

Inmediatamente después bajé la mirada hacia la cubertería y vi un número absurdo de utensilios. ¿Nueve cubiertos? ¿Para qué, me pregunté, necesitaba tres cucharas? ¿Por qué había varios cuchillos para la mantequilla? Recordé la escena de una película y me di cuenta de que había alguna convención social con respecto a la ubicación y el tamaño de los cubiertos. Me excusé un segundo para ir al baño y llamé a mi guía espiritual. «¿Qué hago con todos esos malditos tenedores? No quiero parecer idiota.» Armado con la respuesta de Usha —«Ve del exterior al interior y no utilices el mismo cubierto para dos platos; ah, y utiliza la cuchara grande para la sopa»— regresé a la cena dispuesto a deslumbrar a mis futuros jefes.

El resto de la cena transcurrió sin incidentes. Charlé educadamente y recordé el consejo de Lindsay de comer con la boca cerrada. Los que estaban en nuestra mesa hablaban de la abogacía y de la Facultad de Derecho, la cultura empresarial y hasta un poco de política. Los cazatalentos con los que comimos eran muy amables y todo el mundo consiguió una oferta de trabajo, incluido el tipo que escupió el agua reluciente.

Fue en esa comida, en el primero de cinco agotadores días de entrevistas, cuando empecé a entender que estaba viendo los mecanismos internos de un sistema que estaba oculto para la mayoría de los que eran como yo. Nuestro asesor laboral había hecho hincapié en la importancia de que nos mostráramos naturales y fuéramos alguien con quien a los entrevistadores no les importara sentarse en un avión. Tenía sentido —a fin de cuentas, ¿quién quiere trabajar con un imbécil?—, pero me pareció que era un poco raro hacer hincapié en eso en lo que parecía el momento más importante de los inicios de una carrera laboral. Nos dijeron que nuestras entrevistas no eran tanto sobre calificaciones o currículums, gracias al pedigrí de la Facultad de Derecho de Yale, ya habíamos metido un pie por la puerta. Las entrevistas consistían en superar una prueba social, una prueba de pertenencia, de comportarte como es debido en una sala de reuniones, de establecer conexiones con potenciales futuros clientes.

La prueba más difícil era la que ni siquiera me pidieron que superara: conseguir desde el inicio una audiencia. Durante toda la semana me maravillé ante la facilidad de acceso a los abogados más respetados del país. Todos mis amigos tuvieron por lo menos una docena de entrevistas, y la mayoría condujeron a una oferta. Yo tenía dieciséis cuando empezó la semana, aunque al final estaba tan derrotado (y exhausto) por el proceso que rechacé un par de ellas. Dos años antes había mandado solicitudes a docenas de lugares con la esperanza de conseguir un trabajo bien pagado después de la universidad, pero me habían rechazado en todas partes. Ahora, después de solo un año estudiando Derecho en Yale, mis compañeros de clase y yo recibíamos ofertas con sueldos de seis cifras de parte de hombres que habían defendido casos en el Tribunal Supremo de Estados Unidos.

Estaba claro que ahí estaba actuando alguna fuerza misteriosa y que yo había tenido acceso a ella por primera vez. Siempre había pensado que cuando necesitas un trabajo buscas ofertas en internet. Y después mandas una docena de currículums. Y luego cruzas los dedos para que alguien te llame. Si tienes suerte, quizá un amigo coloque tu currículum en lo alto del montón. Si estás calificado para una profesión muy demandada, como la de contabilidad, quizá la búsqueda de trabajo sea un poco más fácil. Pero las reglas son esencialmente las mismas.

El problema es que casi todo el mundo que juega de acuerdo con esas reglas fracasa. Esa semana de entrevistas me mostró que la gente con éxito juega a algo completamente distinto. No inundan el mercado de trabajo con currículums con la esperanza de que alguna empresa les haga el favor de hacerles una entrevista. Hacen contactos. Le escriben un correo electrónico a un amigo de un amigo para asegurarse de que le prestan a su nombre la atención que merece. Hacen que sus tíos llamen a viejos colegas de la universidad. Hacen que la oficina de asesoramiento laboral de la universidad les fije entrevistas con meses de antelación. Sus padres les dicen cómo vestir, qué decir y con quién codearse.

Eso no significa que la solidez de tu currículum o que tu actuación en la entrevista sean irrelevantes. Esas cosas, sin duda, importan. Pero hay un enorme valor en lo que los economistas llaman capital social. Es una expresión de profesores, pero el concepto es muy sencillo: las redes de personas e instituciones que nos rodean tienen un valor económico real. Nos conectan con las personas adecuadas, se aseguran de que tengamos oportunidades y revelan información valiosa. Sin ellas, estamos solos.

Lo aprendí por las malas durante una de mis últimas entrevistas de la maratónica semana FIP. En ese momento las entrevistas eran como un disco rayado. La gente me preguntaba por mis intereses, mis asignaturas preferidas, la especialidad a la que esperaba dedicarme. Después me consultaban si tenía alguna pregunta. Tras una docena de intentos, mis respuestas eran más pulidas y mis preguntas me hacían parecer un experto consumidor de información sobre bufetes. La verdad era que no tenía ni idea de lo que quería hacer ni en qué ámbito del derecho quería trabajar. Ni siquiera estaba muy seguro de lo que significaban mis preguntas sobre la «cultura de la empresa» y la «conciliación vida-trabajo.» Todo el proceso era poco más que una pantomima. Pero no quedaba como un idiota, de modo que lo iba superando sin demasiado esfuerzo.

Hasta que me di contra una pared. El último entrevistador me hizo una pregunta que no estaba preparado para responder. ¿Por qué quería trabajar en un bufete de abogados? Era una pregunta fácil, pero me había acostumbrado tanto a hablar sobre mi creciente interés en las demandas contra los monopolios (un interés que, al menos en parte, me había inventado) que estaba ridículamente desprevenido. Debería haber dicho algo sobre aprender de los mejores o trabajar en litigios de alto riesgo. Debería haber dicho cualquier cosa excepto lo que salió de mi boca: «La verdad es que no lo sé, ¡pero el sueldo no está mal! ¡Ja, ja!» El entrevistador me miró como si tuviera tres ojos en la cara y la conversación ya no se recuperó.

No tenía ninguna duda de que estaba jodido. Había fastidiado la entrevista de la peor manera posible. Pero tras bambalinas, una de las personas que me había recomendado ya estaba haciendo llamadas. Le dijo al socio encargado de las contrataciones que yo era listo, un buen tipo y que sería un excelente abogado. «Dijo maravillas de ti», me dijeron más tarde. Así que cuando los cazatalentos llamaron para fijar la siguiente ronda de entrevistas, pasé a la siguiente etapa. Al final conseguí el trabajo a pesar de haber fallado estrepitosamente en lo que a mí me parecía que era la parte más importante del proceso de selección. El viejo refrán dice que es mejor tener suerte que ser bueno. Al parecer, tener los contactos adecuados es mejor que cualquiera de las dos cosas.

En Yale, las relaciones son como el aire que respiramos: como están en todas partes, es fácil no percibirlas. Hacia el final de primero, la mayoría de nosotros estaba estudiando para el concurso de escritura de *The Yale Law Journal*. El *Journal* publica largos artículos de análisis legal, sobre todo para lectores académicos. Los artículos parecen las instrucciones de un calefactor: secos, formularios y escritos parcialmente en otro idioma. (Un ejemplo: «A pesar de las grandes posibilidades de la clasificación, mostramos que el diseño, la implementación y la práctica regulatorias tienen graves defectos: las jurisdicciones falsean más que inducen»). Bromas aparte, formar parte del *Journal* es un asunto serio. Es la actividad extracurricular que los bufetes de abogados que contratan consideran más importante; algunos solo fichan a quienes forman parte del consejo editorial de la revista.

Algunos chicos llegaban a la Facultad de Derecho con un plan para que los admitieran en *The Yale Law Journal*. El concurso de escritura acababa en abril. En marzo, mucha gente llevaba semanas preparándose. Siguiendo el consejo de algunos recién graduados (que además eran amigos cercanos) un buen amigo se había puesto a estudiar antes de Navidad. Los exalumnos que estaban en las consultorías de élite se reunían para preguntarse entre ellos por las técnicas editoriales. Un estudiante de segundo ayudó a su viejo compañero de piso de Harvard (y estudiante de primero) a diseñar una estrategia de estudio para el último mes de la prueba. En todos los casos, la gente acudía a círculos de amigos y grupos de exalumnos para enterarse de la prueba más importante de nuestro primer año.

Yo no tenía ni idea de lo que estaba pasando. No había grupo de exalumnos de Ohio State; cuando llegué, solo éramos dos graduados de Ohio State en toda la facultad. Sospechaba que el *Journal* era importante, porque la jueza del Tribunal Supremo, Sonia Sotomayor, había sido miembro de él. Pero no sabía por qué. Ni siquiera sabía qué hacía el *Journal*. Todo el proceso era una caja negra y ningún conocido mío tenía la llave.

Había canales de información oficiales. Pero telegrafiaban mensajes contradictorios. Yale se enorgullece de ser una Facultad de Derecho poco estresante y no competitiva. Por desgracia, ese carácter a veces se traduce en mensajes confusos. Nadie parecía saber qué valor tenía en realidad la credencial. Nos dijeron que el *Journal* era un inmenso empujón para la carrera laboral, pero que no era tan importante, que no teníamos que estresarnos por eso, pero que era un prerrequisito para ciertos tipos de trabajo. Esto era, sin duda, cierto, para muchas carreras laborales e intereses, la pertenencia al *Journal* era una completa pérdida de tiempo. Pero no sabía a qué carreras se hacía referencia. Y yo no estaba seguro de cómo descubrirlo.

Fue más o menos por esa época cuando Amy Chua, una de mis profesoras, intervino y me contó exactamente cómo funcionaban las cosas: «La pertenencia al *Journal* es útil si quieres trabajar para un juez o ser académico. De lo contrario, es una pérdida de tiempo. Pero si no estás seguro de lo que quieres hacer, adelante e inténtalo.» Era un consejo que valía un millón de dólares. Como no estaba seguro de lo que quería hacer, lo seguí. Aunque no lo logré en primero, en segundo pasé el corte y me convertí en editor de la prestigiosa publicación. Lo importante no es que lo lograra. Lo que importaba es que, con la ayuda de una profesora, había solventado un problema de información. Era como aprender a ver.

Aquella no fue la última vez que Amy me ayudó a orientarme en un terreno desconocido. Los estudios de Derecho son una carrera de obstáculos de tres años plagada de decisiones vitales y laborales. Por un lado, es agradable tener tantas oportunidades. Por el otro, yo no tenía ni idea de qué hacer con esas oportunidades, ni ninguna pista de qué oportunidades servían para conseguir un objetivo a largo plazo. Por el amor de Dios, ni siquiera tenía un objetivo a largo plazo. Solo quería graduarme y conseguir un buen trabajo. Tenía una vaga noción de que quería hacer algún trabajo de servicio público después de pagar la deuda de los estudios de abogado. Pero no tenía pensado qué trabajo.

La vida no esperaba. Casi inmediatamente después de comprometerme con un bufete de abogados, la gente empezó a hablar de las solicitudes de prácticas para después de la graduación. Las prácticas judiciales consisten en trabajar durante un año con jueces federales. Es una experiencia de aprendizaje fantástica para jóvenes abogados: los ayudantes leen archivos judiciales, investigan cuestiones legales para un juez y hasta ayudan al juez a esbozar veredictos. Quienes han sido ayudantes cuentan maravillas de la experiencia y las empresas del sector privado pagan con frecuencia decenas de miles de dólares como bonos de contratación a quienes han sido ayudantes recientemente.

Eso era lo que yo sabía sobre estas estancias en prácticas, y era completamente cierto. También era muy superficial: el proceso de prácticas es mucho más complejo. Primero tienes que decidir en qué clase de juzgado quieres trabajar: un juzgado en el que tienen lugar muchos juicios o uno que se encarga de las apelaciones de juzgados inferiores. Después tienes que decidir en qué regiones del país quieres hacer las prácticas. Si quieres ser ayudante en el Tribunal Supremo, ciertos jueces «proveedores» te dan muchas más oportunidades de hacerlo. Prediciblemente, la contratación con esos es más competitiva, así que ofrecerte a un juez proveedor implica ciertos riesgos: si ganas, ya estás a medio camino de las salas de audiencias del más alto tribunal de la nación; si pierdes, te quedas sin prácticas. Además de todos estos factores está el hecho de que trabajas muy estrechamente con los jueces. Y nadie quiere perder un año siendo regañado por un idiota con toga negra.

No hay ninguna base de datos que te dé toda esta información, ni una fuente principal que te diga qué jueces son amables, cuáles mandan gente al Tribunal Supremo y qué clase de trabajo —juicio o apelación— quieres hacer. De hecho, se considera casi indecoroso hablar de estas cosas. ¿Cómo le preguntas a un profesor si la jueza a la que te está recomendando es una mujer amable? Es más complicado de lo que puede parecer.

De modo que para obtener esta información tienes que recurrir a tus relaciones sociales: grupos de estudiantes, amigos que han hecho las prácticas y los pocos profesores que están dispuestos a dar consejos brutalmente sinceros. A esas alturas de mi paso por la Facultad de Derecho había aprendido que la única manera de aprovecharse de los contactos era preguntar. Así que lo hice. Amy Chua me dijo que no debía preocuparme por hacer las prácticas con un prestigioso juez proveedor porque esa acreditación no sería muy útil con las ambiciones que yo tenía. Pero insistí hasta que cedió y aceptó recomendarme a un poderoso juez federal con sólidos contactos con varios jueces del Tribunal Supremo.

Mandé todo el material: un currículum, una cuidada muestra de mi escritura y una desesperada carta de presentación. No sabía por qué lo hacía. Quizá, con mi acento sureño y la falta de pedigrí familiar, me parecía que necesitaba una prueba de que pertenecía a la Facultad de Derecho de Yale. O quizá solo seguía a la manada. Sea cual fuera la razón, necesitaba tener esa acreditación.

Pocos días después de mandar todo el material, Amy me llamó a su oficina para decirme que había entrado en el grupo de finalistas. El corazón me dio un vuelco. Sabía que si lograba que me entrevistaran conseguiría el trabajo. Y sabía que si ella insistía lo suficiente con mi solicitud, conseguiría la entrevista.

Fue entonces cuando aprendí el valor del verdadero capital social. No me refiero a que mi profesora tomaba el teléfono y le dijera al juez que tenía que hacerme una entrevista. Antes de hacerlo, me comentó que quería hablar conmigo. Se puso muy seria y me dijo: «Me parece que no estás haciendo esto por las razones adecuadas. Creo que lo estás haciendo por la acreditación, lo cual está bien, pero la acreditación no te servirá para tus objetivos laborales. Si no quieres ser un litigante de altos vuelos en el Tribunal Supremo, no deberías preocuparte tanto por este trabajo.»

Después me dijo lo duras que serían las prácticas con ese juez. Era exigente hasta el extremo. Sus ayudantes no tenían un solo día festivo en todo el año. Después pasó a temas personales. Sabía que tenía una novia desde hacía poco y que estaba loco por ella. «Estas prácticas son la clase de experiencia que destruye una relación. Si quieres mi consejo, creo que debes priorizar a Usha y pensar en una carrera que se ajuste a lo que quieres.»

Fue el mejor consejo que nadie me había dado jamás y lo seguí. Le dije que retirara mi solicitud. Es imposible saber si me habrían dado el trabajo. Es probable que estuviera pecando de arrogante: mis notas y currículum estaban bien pero no eran excelentes. Con todo, el consejo de Amy hizo que no tomara una decisión que me habría cambiado la vida. Evitó que me mudara a mil seiscientos kilómetros de distancia de la persona con la que acabé casándome. Y lo que es más importante, me permitió aceptar mi lugar en esa institución desconocida: estaba bien buscar mi propio camino y estaba bien poner a una chica por encima de una ambición corta de miras. Mi profesora me dio permiso para ser yo mismo.

Es difícil cuantificar en dinero ese consejo. Es la clase de cosa que sigue pagando dividendos. Pero no nos equivoquemos: el consejo tuvo un valor económico tangible. El capital social no se manifiesta solo cuando alguien te conecta con un amigo o pasa un currículum a un antiguo jefe. Es también, o quizá sobre todo, una medida de cuánto aprendemos por medio de nuestros amigos, colegas y mentores. Yo no sabía cómo priorizar mis opciones y no sabía que había otros caminos mejores para mí. Aprendí esas cosas por medio de mis relaciones, en concreto gracias a una profesora muy generosa.

Mi aprendizaje sobre el capital social continúa. Durante un tiempo colaboré con la página web de David Frum, periodista y líder de opinión que ahora escribe en *The Atlantic*. Cuando me disponía a comprometerme con un bufete de Washington, me sugirió otro en el que dos amigos suyos, que habían trabajado en el gobierno de Bush, acababan de ser nombrados socios. Uno de esos amigos me entrevistó y, cuando me incorporé a su bufete, se convirtió en un importante mentor para mí. Más tarde me topé con él en una conferencia en Yale y me presentó a su viejo colega de la Casa Blanca de Bush (y mi héroe político), el gobernador de Indiana Mitch Daniels. Sin el consejo de David, nunca habría trabajado en ese bufete y no habría hablado (aunque fuera brevemente) con la figura pública que más admiraba.

Decidí que quería hacer las prácticas. Pero en lugar de entrar a ciegas en el proceso, gracias a la experiencia acabé sabiendo lo que quería: trabajar para alguien a quien respetara, aprender tanto como pudiera y estar cerca de Usha. Así que Usha y yo decidimos emprender juntos el proceso para ser ayudantes de un juez. Acabamos en el norte de Kentucky, no muy lejos de donde crecí. Fue la mejor situación posible. Los jueces para los que trabajábamos nos caían tan bien que les pedimos que oficiaran nuestra boda.

Esta es solo una versión de cómo funciona el mundo para la gente que tiene éxito. Pero el capital social nos rodea. Los que acceden a él y lo utilizan, prosperan. Los que no, corren la carrera de la vida con una importante desventaja. Este es un problema grave para chicos como yo. Aquí sigue una lista no exhaustiva de cosas que no sabía cuando llegué a la Facultad de Derecho de Yale:

- Que tenías que ponerte un traje para ir a las entrevistas de trabajo.
- Que no era adecuado llevar un traje lo suficientemente grande para que cupiera dentro de él un gorila.

- Que el cuchillo de la mantequilla no está solo como elemento de decoración (al fin y al cabo, todo lo que se hace con el cuchillo de la mantequilla es mejor hacerlo con una cuchara o el dedo índice).
- Que el cuero sintético y la piel son cosas distintas.
- Que debes llevar los zapatos y el cinturón a juego.
- Que ciertas ciudades y estados ofrecen mejores perspectivas laborales.
- Que ir a una universidad mejor te da beneficios, más allá del derecho a presumir.
- Que las finanzas eran una industria en la que la gente trabajaba.

A mamaw siempre le molestó el estereotipo hillbilly, la idea de que nuestra gente no era más que un puñado de idiotas babosos. Pero el hecho es que yo era muy ignorante sobre cómo salir adelante. No saber las cosas que los demás a menudo saben tiene importantes consecuencias económicas. Me costó un trabajo en la universidad (al parecer, las botas de combate del Cuerpo de Marines y los pantalones caqui no son la ropa adecuada para una entrevista) y podría haberme costado mucho más en la Facultad de Derecho si un puñado de gente no me hubiera ayudado en cada paso del camino.

Capítulo 14

Cuando empecé el segundo curso de Derecho tenía la sensación de haberlo logrado. Acababa de terminar un trabajo de verano en el Senado de Estados Unidos y había regresado a New Haven con un montón de nuevos amigos y nuevas experiencias. Tenía una novia preciosa y un estupendo trabajo en un buen bufete de abogados al alcance de la mano. Sabía que los chicos como yo no solían llegar tan lejos y me felicitaba a mí mismo por haber superado todas las expectativas. Era mejor que el lugar del que procedía: mejor que mamá y sus adicciones y mejor que las figuras paternas que habían entrado y salido de mi vida. Solo lamentaba que mamaw y papaw no estuvieran para verlo.

Pero había señales de que las cosas no iban tan bien, en especial en mi relación con Usha. Llevábamos saliendo solo unos meses cuando ella dio con una analogía que me describía perfectamente. Yo era, dijo, una tortuga: «Siempre que pasa algo malo, aunque sea un pequeño desacuerdo, te retraes completamente. Es como si tuvieras una concha en la que esconderte.»

Era cierto. No tenía ni idea de cómo enfrentarme a los problemas de una relación, así que optaba por no enfrentarme a ellos. Podría haberle gritado a Usha si hacía algo que no me gustaba, pero me parecía cruel. O podía retraerme e irme. Esas eran las armas que conocía y no tenía nada más. La idea de pelear con ella me rebajaba a un montón de cualidades que creía no haber heredado de mi familia: estrés, tristeza, miedo, ansiedad. Todo estaba allí, y era intenso.

Así que trataba de rehuirlo, pero Usha no me dejaba. Intenté romperlo todo varias veces, pero me dijo que era una estupidez a menos que ella no me importara. Así que gritaba y lloraba. Hacía todas las cosas odiosas que había hecho mi madre. Y después me sentía culpable y desesperadamente asustado. Durante buena parte de mi vida había pensado que mamá era una mala persona. Y ahora estaba actuando como ella. Nada es comparable al miedo que se siente al estar convirtiéndote en el monstruo que tenías encerrado en el armario.

Durante ese segundo año de Derecho, Usha y yo viajamos a Washington para más rondas de entrevistas con algunos bufetes de abogados. Regresé a la habitación del hotel desmoralizado por haberlo hecho mal en la entrevista con uno de los bufetes en los que de verdad quería trabajar. Cuando Usha intentó reconfortarme, decirme que probablemente lo había hecho mejor de lo que esperaba, pero que, aun si, no era así, había otros peces en el mar, exploté. «No me digas que lo he hecho bien —grité—. Solo estás poniendo excusas a mi debilidad. No he llegado hasta aquí poniéndole excusas al fracaso.»

Salí de la habitación dando un portazo y me pasé las dos horas siguientes por las calles del barrio financiero de Washington. Pensé en la vez que mamá me llevó con mi perro de peluche al Comfort Inn de Middletown después de una pelea a gritos con Bob. Nos quedamos allí un par de días, hasta que mamaw convenció a mamá de que tenía que volver a casa y hacer frente a sus problemas como una adulta. Y pensé en mamá durante su niñez, saliendo a toda prisa con su madre y su hermana por la puerta de atrás para evitar otra noche de terror con su padre alcohólico. Era un escapista de tercera generación.

Estaba cerca del teatro Ford's, el escenario histórico en el que John Wilkes Booth mató a Abraham Lincoln. En una esquina, a media manzana del teatro hay una tienda que vende *souvenirs* relacionados con Lincoln. En ella, un gran Lincoln inflable con una inmensa sonrisa contempla a los que pasan. Me pareció que ese Lincoln inflable se burlaba de mí. «*¿De qué demonios se ríe?*», pensé. Lincoln, si acaso, representaba la melancolía, y si algún lugar invocaba su sonrisa, sin duda no estaría a un tiro de piedra del lugar en el que alguien le pegó un tiro en la cabeza.

Giré la esquina y después de dar unos pasos vi a Usha sentada en los escalones del teatro Ford's. Había salido corriendo tras de mí, preocupada por que estuviera solo. Entonces me di cuenta de que tenía un problema, que debía hacer frente a lo que, durante generaciones, había hecho que, en mi familia, se hiriera a aquellos que se amaba. Me disculpé profusamente con Usha. Esperaba que me mandara a volar, que pasaran días antes de que pudiera compensar lo que había hecho, yo era una persona horrible. Una disculpa sincera es una rendición, y cuando alguien se rinde, puedes ir a matar. Pero Usha no tenía ninguna intención de hacer eso. Entre las lágrimas, me dijo tranquilamente que nunca era aceptable huir, que estaba preocupada y que tenía que aprender a hablar con ella. Y entonces me dio un abrazo y me dijo que aceptaba mi disculpa y que se alegraba de que estuviera bien. Y eso fue todo.

Usha no había aprendido a pelear en la escuela hillbilly de los golpes duros de la vida. La primera vez que visité a su familia en Acción de Gracias, me asombró la ausencia de dramas. La madre de Usha no se quejaba de su padre a sus espaldas. No había indirectas de que los buenos amigos de la familia fueran unos mentirosos o te apuñalaran por la espalda, ni conversaciones airadas entre la mujer de un hombre y la hermana de este. A los padres de Usha parecía caerles genuinamente bien su abuela y hablaban con amor de sus hijos. Cuando le pregunté a su padre por un miembro de la familia con el que tenían poco contacto, esperaba oírlo decir pestes de los defectos de su carácter. En lugar de eso, habló con empatía y un poco de tristeza, pero ante todo me dio una lección de vida: «Todavía le llamo de vez en cuando para ver cómo está. No puedes olvidarte de los parientes solo porque parezca que no tienen ningún interés en ti. Tienes que hacer el esfuerzo porque son de la familia.»

Intenté ir con un terapeuta, pero era demasiado raro. Hablar con un desconocido de mis sentimientos me daba ganas de vomitar. Fui a la biblioteca y aprendí que el comportamiento que yo consideraba normal era objeto de muchísimo estudio académico. Los psicólogos llaman a los acontecimientos cotidianos de mi vida y la de Lindsay «experiencias infantiles adversas», o ACE. Las ACE son acontecimientos traumáticos de la infancia, y sus consecuencias se sienten incluso en la madurez. El trauma no tiene por qué ser físico. Los siguientes acontecimientos o sentimientos son algunos de los ACE más comunes:

- Que tus padres digan palabrotas, te insulten o te humillen.
- Que te empujen, te peguen o te tiren algo.
- Sentir que tus parientes no se dan apoyo mutuo.
- Tener padres separados o divorciados.
- Vivir con un alcohólico o un drogadicto.
- Vivir con alguien que está deprimido o que ha intentado suicidarse.
- Ver cómo se maltrata físicamente a un ser querido.

Los ACE suceden en todas partes, en todas las comunidades. Pero los estudios muestran que los ACE son mucho más comunes en mi rincón demográfico del mundo. Un informe del Wisconsin Children's Trust Fund mostraba que, entre quienes tienen un título universitario o más (aquellos que no pertenecen a la clase trabajadora), menos de la mitad han experimentado un ACE. Entre la clase trabajadora, bastante más de la mitad ha experimentado al menos un ACE, y 40 por ciento ha sufrido múltiples ACE. Es muy sorprendente: cuatro de cada diez personas de clase trabajadora han sufrido en varias ocasiones casos de trauma infantil. Para quienes no forman parte de la clase trabajadora, la cifra es de 29 por ciento.

Les pasé a la tía Wee, al tío Dan, a Lindsay y a Usha el cuestionario que los psicólogos utilizan para medir el número de ACE a los que una persona se ha enfrentado. La tía Wee tuvo un resultado de siete, un número aún más alto que el de Lindsay y el mío, que llegamos a seis. Dan y Usha —las dos personas cuyas familias parecían extravagantemente amables— tuvieron cero. La gente rara era la que no se había enfrentado a traumas infantiles.

Los niños con múltiples ACE es más probable que tengan que luchar contra la ansiedad y la depresión, sufran enfermedades cardiacas y obesidad y contraigan ciertos tipos de cáncer. También tienen más probabilidades de no rendir en la escuela y de sufrir relaciones inestables cuando llegan a adultos. Incluso un exceso de gritos puede dañar la sensación de seguridad del niño y contribuir a la creación de futuros problemas de salud mental y de comportamiento.

Pediatras de Harvard han estudiado el efecto que el trauma en la infancia tiene en el cerebro. Además de las futuras consecuencias negativas en la salud, los médicos descubrieron que el estrés constante puede cambiar la química del cerebro del niño. El estrés, a fin de cuentas, se desencadena por una reacción fisiológica. Es consecuencia de la descarga de adrenalina y otras hormonas en nuestro sistema, normalmente en respuesta a alguna clase de estímulo. Es la clásica reacción «lucha o huida» que aprendemos en la universidad. A veces produce increíbles hazañas de fortaleza y valentía en gente normal. Es la razón por la que las madres pueden levantar objetos pesados si sus hijos están atrapados debajo o como una mujer mayor sin armas puede ahuyentar a un puma para salvar a su marido.

Por desgracia, la reacción de «lucha o huida» es destructiva si se convierte en una compañera constante. Como ha afirmado la doctora Nadine Buerke Harris, esta respuesta es estupenda «si estás en el bosque y hay un oso. El problema es cuando ese oso llega a casa después del bar todas las noches.» Cuando eso sucede, descubrieron los investigadores de Harvard, el sector del cerebro que se encarga de las situaciones muy estresantes toma el control. «Un estrés significativo en la primera infancia —escriben— [...] tiene como resultado una respuesta fisiológica al estrés hipersensible o que se activa de manera crónica, además de una mayor posibilidad de desarrollar miedo y ansiedad.» Para los niños como yo, la parte del cerebro que se ocupa del estrés y el conflicto está siempre activada, el interruptor encendido indefinidamente. Siempre estamos preparados para pelear o para salir corriendo, porque existe una exposición constante al oso, sea ese oso un padre alcohólico o una madre trastornada. Estamos programados para el conflicto. Y esa programación perdura, aunque ya no haya más conflictos.

No son solo las peleas. Se mida como se mida, las familias de clase trabajadora estadounidenses experimentan un nivel de inestabilidad que no existe en ninguna otra parte del mundo. Veamos, por ejemplo, la puerta giratoria de figuras paternas de mamá. Ningún otro país experimenta nada parecido. En Francia, el porcentaje de niños que han sido expuestos a tres o más parejas de su madre es de 0.5; más o menos, uno de cada doscientos. El segundo porcentaje mayor es de 2.6 por ciento, en Suecia, o más o menos uno de cada cuarenta niños. En Estados Unidos es un sorprendente 8.2 por ciento —más o menos uno de cada doce niños— y la cifra es aún más alta en la clase trabajadora. Lo más deprimente es que la inestabilidad de las relaciones, como el caos doméstico, son un círculo vicioso. Como han descubierto los sociólogos Paula Fornby y Andrew Cherlin, un «creciente corpus de bibliografía sugiere que los niños que experimentan varias transiciones en la estructura familiar pueden tener un peor desarrollo que los niños educados en familias estables de dos progenitores, y quizá incluso que los niños educados en familias estables monoparentales.»

Para muchos niños, el primer impulso es escapar, pero quienes corren hacia la salida raramente escogen la puerta correcta. Así es como mi tía acabó casada a los dieciséis años con un marido maltratador. Así es como mi madre, que pronunció el discurso de graduación de su curso, tuvo un bebé y un divorcio, pero ni una sola asignatura universitaria antes de llegar a los veinte. Salir del sartén para caer en las brasas. El caos engendra caos. La inestabilidad engendra inestabilidad. Bienvenidos a la vida familiar de los hilbillies estadounidenses.

Para mí, comprender mi pasado y saber que no estaba condenado me dio la esperanza y la fortaleza necesarias para enfrentarme a los demonios de mi juventud. Y aunque es un lugar común, la mejor medicina fue hablar de ello con la gente que podía entenderlo. Le pregunté a la tía Wee si había tenido experiencias parecidas en sus relaciones y me contestó de forma casi reflexiva. «Claro que sí. Siempre estaba dispuesta a pelearme con Dan —me dijo—. A veces hasta me preparaba para tener una gran bronca —me ponía físicamente en posición de pelea— antes de que él acabara de hablar.» Me sorprendió. La tía Wee y Dan eran, dentro de los matrimonios que conocía, el que mejor funcionaba. Incluso después de veinte años, se comportan como si hubieran empezado a salir el año pasado. Su matrimonio incluso mejoró, me dijo ella, después de darse cuenta de que no tenía que estar siempre en guardia.

Lindsay me contó lo mismo. «Cuando peleaba con Kevin, lo insultaba y le decía que hiciera lo que de todos modos quería hacer, que se fuera. Él siempre me preguntaba: "¿Qué te pasa? ¿Por qué peleas conmigo como si fuera tu enemigo?".» La respuesta es que, en nuestra casa, muchas veces era difícil distinguir al amigo del enemigo. Dieciséis años después, sin embargo, Lindsay sigue casada.

Pensaba mucho en mí mismo, en los desencadenantes emocionales que había aprendido en dieciocho años viviendo en casa. Me di cuenta de que desconfiaba de las disculpas, porque con frecuencia solo se utilizaban para convencerte de que bajaras la guardia. Fue un «lo siento» lo que me convenció para hacer ese catastrófico viaje en coche con mamá más de una década antes. Y empecé a entender por qué utilizaba las palabras como armas: eso era lo que hacía todo el mundo a mi alrededor; yo lo hacía para sobrevivir. Los desacuerdos eran la guerra y jugabas para ganar.

No desaprendí estas lecciones de la noche a la mañana. Sigo forcejeando con el conflicto, luchando contra la probabilidad estadística que a veces parece que puede conmigo. A veces es más fácil saber que las estadísticas indican que debería estar en la cárcel o engendrando mi cuarto hijo ilegítimo. Y a veces es más difícil; el conflicto y la descomposición familiar parecen el destino del que no puedo escapar. En los peores momentos me convenzo de que no hay salida y de que por mucho que luche con los viejos demonios, son parte de mi herencia como lo son los ojos azules y el pelo castaño. Lo cierto, tristemente, es que no podría vivir sin Usha. Incluso cuando estoy mejor, soy una bomba de relojería; puede desactivarse, pero solo con habilidad y precisión. No es solo que haya aprendido a controlarme, sino que Usha ha aprendido a manejarme. Mete a dos como yo en la misma casa y, sin duda, tendrás un accidente radiactivo. No es una sorpresa que todas las personas de mi familia que han construido un hogar con éxito —la tía Wee, Lindsay, mi prima Gail— se casaran con una persona ajena a nuestra pequeña cultura.

Darme cuenta de esto hizo pedazos la historia sobre mi vida que me contaba. En mi cabeza, era mejor que mi pasado. Era fuerte. Había dejado el pueblo en cuanto había podido, servido a mi país en los Marines, destacado en Ohio State y entrado en la mejor Facultad de Derecho del país. No tenía demonios, debilidades de carácter ni problemas. Pero no era cierto. Las cosas que más quería en el mundo —una compañera feliz y un hogar feliz— requerían una concentración mental constante. La imagen que tenía de mí mismo era de amargura disfrazada de arrogancia. Semanas después de empezar segundo llevaba meses sin hablar con mamá, más tiempo que en cualquier otro momento de mi vida. Me di cuenta de que de todas las emociones que sentía por mi madre —amor, pena, perdón, ira, odio y varias docenas más—, nunca había intentado la empatía. Nunca había intentado comprender a mi madre. Cuando me sentía más compasivo, imaginaba que sufría algún defecto genético terrible y esperaba no haberlo heredado. A medida que iba viendo el comportamiento de mamá en mí, traté de comprenderla.

El tío Jimmy me dijo que hacía mucho tiempo había presenciado una discusión entre mamaw y papaw. Mamá se había metido en algún lío y tenían que pagar la fianza. Esas fianzas eran comunes, y siempre tenían, en teoría, consecuencias. Mamá tenía que apretarse el cinturón, le decían, y le imponían un plan arbitrario que ellos mismos habían diseñado. El plan era el costo de su ayuda. Mientras discutían esas cosas allí sentados, papaw ocultó la cabeza entre las manos e hizo algo que el tío Jimmy nunca lo había visto hacer: llorar. «Le fallé —gritó. Seguía repitiendo—: Le fallé, le fallé, le fallé a mi hijita.»

Ese infrecuente desmoronamiento de papaw mete el dedo en la llaga de una pregunta importante para los hillbillies como yo: ¿cuánto de nuestra vida, bueno y malo, debemos atribuir a nuestras decisiones personales y cuánto a la herencia de nuestra cultura, nuestras familias y nuestros padres que fallaron a sus hijos? ¿Cuánto de la vida de mamá es culpa suya? ¿Dónde acaba la culpa y empieza la empatía?

Todos tenemos nuestra opinión. El tío Jimmy reacciona visceralmente ante la idea de que parte de la culpa de las elecciones de mamá pueda atribuirse a papaw. «Él no le falló. Le pasara lo que le pasara, era su culpa, carajo.» La tía Wee ve las cosas más o menos de la misma manera, ¿y quién puede culparla por ello? Es solo diecinueve meses más joven que mamá, vio lo peor de mamaw y papaw y cometió un buen número de errores antes de pasarse al otro lado. Si ella puede hacerlo, entonces mamá también debería poder. Lindsay es un poco más compasiva y cree que, así como nuestra vida nos ha dejado demonios, la vida de mamá debió hacer lo mismo con ella. Pero en algún momento, dice Lindsay, tienes que dejar de poner excusas y asumir la responsabilidad.

Mi percepción es ambivalente. Se puede decir mucho del papel que los padres de mi madre tuvieron en mi vida, pero sus constantes peleas y el alcoholismo debieron cobrarse un precio en mamá. Incluso cuando eran niños, las peleas parecían afectar de manera diferente a mi tía y a mi madre. Mientras mi tía imploraba a sus padres que se calmaran, o provocaba a su padre para que dejara en paz a su madre, mi madre se escondía, o salía corriendo o se tiraba al suelo con las manos en los oídos. No lo llevaba tan bien como su hermano y su hermana. En cierto sentido, mamá es el hijo Vance que perdió el juego de las estadísticas. En todo caso, quizá mi familia tenga suerte de que solo uno de ellos perdiera en ese juego.

Lo que sí sé es que mamá no es mala. Nos quiere a Lindsay y a mí. Intentó con desesperación ser una buena madre. A veces lo logró; a veces no. Intentó encontrar la felicidad en el amor y el trabajo, pero escuchó demasiadas veces a la voz en su cabeza que no debía. Pero mamá tiene buena parte de culpa. La infancia no le da a nadie derecho a un comodín moral para excusarse perpetuamente, ni a Lindsay, ni a la tía Wee ni a mamá, ni a mí.

A lo largo de mi vida nadie ha podido inspirar emociones tan intensas como mi madre, ni siquiera mamaw. Cuando era niño la quería tanto que cuando un compañero del jardín de niños se rio de su paraguas, le di un puñetazo en la cara. Cuando la veía sucumbir una y otra vez a la adicción la odiaba y a veces deseaba que tomara la suficiente droga para que Lindsay y yo nos libráramos de ella para siempre. Cuando lloraba tumbada en la cama después de otra relación fracasada sentía una ira que me podría haber llevado a matar.

Hacia el final de mis estudios de Derecho, Lindsay me llamó para decirme que mamá había empezado a tomar una nueva droga —heroína— y que había decidido intentar otra vez la desintoxicación. No sabía cuántas veces había ido mamá a rehabilitación, cuántas noches había pasado inconsciente en el hospital por el efecto de alguna droga. Así que no debería haberme sorprendido o molestado en absoluto, pero «heroína» sonaba muy fuerte, era la reina de las drogas. Cuando supe de la nueva sustancia preferida de mamá, sentí una nube cerniéndose sobre mí durante semanas. Quizá había perdido toda mi esperanza en ella.

La emoción que mamá me inspiró en esa ocasión no fue odio, amor o ira, sino miedo. Miedo por su seguridad. Miedo a que Lindsay tuviera que ocuparse una vez más de los problemas de mamá mientras yo vivía a centenares de kilómetros de distancia. Miedo, sobre todo, a no haber escapado de aquella maldita situación. A unos meses de mi graduación en Derecho en Yale debería haberme sentido en la cima del mundo. Pero en lugar de eso estaba preguntándome lo mismo que me había preguntado durante la mayor parte del año anterior: si la gente como nosotros puede cambiar de verdad.

Cuando Usha y yo nos graduamos, el grupo que me vio cruzar el escenario era de dieciocho personas, entre ellos mis primas Denise y Gail, las hijas, respectivamente, de los hermanos de mamaw David y Pet. Los padres de Usha y su tío —gente fantástica, aunque considerablemente menos alborotada que nuestra tropa— también hicieron el viaje. Era la primera vez que su familia coincidía con la mía y nos comportamos. (¡Aunque Denise tuvo que decir algo del «arte» moderno del museo que visitamos!).

El episodio de adicción de mamá acabó como siempre, con una tregua incómoda. No viajó para ver mi graduación, pero en ese momento no estaba drogándose y me pareció bien. La jueza Sonya Sotomayor habló al principio de la ceremonia y advirtió que no pasaba nada por no saber lo que queríamos hacer con nuestra vida. Creo que estaba hablando de nuestras carreras, pero para mí tuvo un significado mucho más amplio. En Yale aprendí mucho de leyes. Pero también aprendí que ese nuevo mundo siempre me parecería un poco ajeno, y que ser un hill-billy a veces significaba no advertir la diferencia entre el amor y la guerra. Cuando nos graduamos, eso era de lo que estaba más inseguro.

Capítulo 15

Lo que más recuerdo son las putas arañas. Muy grandes, como tarántulas o algo así. Yo estaba en la ventanilla de uno de esos sórdidos moteles de carretera, separado de una mujer (cuya especialidad, sin duda, no era la hospitalidad) por una gruesa cristalera. La luz de su oficina iluminaba unas cuantas telas de araña suspendidas entre el edificio y una improvisada sombrilla que parecía a punto de caerse encima de mí. En cada telaraña había por lo menos una araña gigante, y pensé que si apartaba la mirada de ellas durante demasiado tiempo, una de esas espantosas criaturas saltaría sobre mi cara y me chuparía la sangre. No me dan miedo a las arañas, pero esos bichos eran gigantes.

No tenía que haber estado ahí. Había organizado toda mi vida para evitar esa clase de sitios. Cuando pensaba en irme de mi ciudad, en «largarme», de lo que quería huir era de los sitios como aquel. Era pasada la medianoche. El farol revelaba la silueta de un hombre sentado de lado en su camión —la puerta abierta, los pies colgando— con la forma inconfundible de una jeringa hipodérmica clavada en el brazo. Debería haberme sorprendido, pero a fin de cuentas aquello era Middletown. Solo unas semanas antes, la policía había encontrado a una mujer inconsciente en el lavado de coches de la ciudad, con una bolsa de heroína y una cuchara en el asiento del copiloto y la aguja todavía colgada del brazo.

La mujer que se encargaba del hotel esa noche era la visión más patética de todas. Debía de tener unos cuarenta años, pero todo en ella —el pelo largo, gris y grasiento, la boca sin dientes y el ceño fruncido, que llevaba como una carga— denotaba vejez. Esa mujer había tenido una vida dura. Su voz sonaba como la de una niña pequeña, casi un bebé. Era tímida, apenas audible, y muy triste.

Le di a la mujer mi tarjeta de crédito y quedó claro que no lo esperaba. «Normalmente la gente paga en efectivo», explicó. Le dije: «Ya, pero como le dije por teléfono voy a pagarle con tarjeta de crédito. Si prefiere puedo salir a buscar un cajero.» «Ay, lo siento. Lo habré olvidado. Pero está bien, en algún lado debo de tener una de esas máquinas.» Así que sacó una de esas máquinas antiguas por las que se pasaba la tarjeta, las que imprimían la información de la tarjeta en un pedazo de papel amarillo. Cuando le di la tarjeta, sus ojos parecieron implorarme, como si fuera una prisionera en su propia vida. «Disfrute de su estancia», dijo, lo que me pareció un consejo raro. Le había dicho por teléfono menos de una hora antes que la habitación no era para mí, sino para mi madre, que se había quedado sin casa. «Muy bien —dije—. Gracias.»

Me acababa de graduar en Derecho en Yale, había sido editor de la prestigiosa *Yale Law Journal* y era un miembro bien considerado del colegio de abogados. Solo dos meses antes, Usha y yo nos habíamos casado en un día precioso en el este de Kentucky. Toda mi familia había asistido a la ceremonia y ambos cambiamos el apellido por el de Vance, así que por fin tenía el mismo nombre que la familia a la que pertenecía. Tenía un buen trabajo, una casa recién comprada, una relación amorosa y una vida feliz en una ciudad que me encantaba, Cincinnati. Usha y yo habíamos regresado allí, después de acabar Derecho, para realizar las prácticas de un año y habíamos construido un hogar con nuestros dos perros. Yo ascendía socialmente. Lo había conseguido. Había alcanzado el sueño americano.

O al menos eso le habría parecido a un desconocido. Pero la movilidad ascendente nunca es sencilla, y el mundo que había dejado atrás siempre encontraba la manera de arrastrarme de vuelta. No sé qué precisa cadena de acontecimientos me había llevado hasta ese hotel, pero sabía lo que importaba. Mamá había empezado a drogarse otra vez. Había robado las joyas de la familia de su quinto marido para comprar drogas (sedantes con receta, creo) y él la había corrido de casa. Se estaban divorciando y no tenía adónde ir.

Me había jurado a mí mismo que nunca volvería a ayudar a mamá, pero la persona que se había hecho ese juramento había cambiado. Yo estaba explorando, aunque con incomodidad, la fe cristiana que había desechado años antes. Había descubierto, por primera vez, la profundidad de las heridas emocionales de la niñez de mi madre. Y me había dado cuenta de que esas heridas nunca se curaban del todo, tampoco en mi caso. Así que cuando supe que mamá estaba en apuros, no murmuré insultos entre dientes y colgué el teléfono. Me ofrecí a ayudarle.

Intenté llamar a un hotel de Middletown y darles la información de mi tarjeta de crédito. El costo para una semana era de ciento cincuenta dólares y pensé que eso nos daría tiempo para trazar un plan. Pero no aceptaron mi tarjeta de crédito por teléfono, así que a las once de la noche de un martes conduje desde Cincinnati a Middletown (una hora más o menos cada trayecto) para evitar que mamá se quedara en la calle.

El plan que había desarrollado parecía relativamente simple. Le daría a mamá dinero suficiente para ayudarle a levantarse. Ella debía encontrar una casa, ahorrar para recuperar su licencia de enfermería y partir de ahí. Mientras tanto, yo vigilaba sus finanzas para asegurarme de que no se drogaba ni malgastaba el dinero. Me recordó a los «planes» que establecían papaw y mamaw, pero me convencí de que esta vez las cosas serían distintas.

Me gustaría decir que ayudar a mamá me salía solo. Que había hecho las paces con mi pasado y era capaz de solucionar un problema que me había perseguido desde la escuela primaria. Que, armado con empatía y comprendiendo la infancia de mamá, podía ayudarla pacientemente a enfrentarse a su adicción. Pero enfrentarse a ese hotel sórdido era difícil. Y supervisar de forma constante sus finanzas, como tenía pensado hacer, requería más paciencia y tiempo de los que yo tenía.

Gracias a Dios, ya no me escondo de mamá. Pero tampoco puedo arreglarlo todo. Ahora hay espacio tanto para la ira contra mamá por la vida que escoge, como empatía por la infancia que no escogió. Hay espacio para ayudar cuando puedo, cuando las reservas económicas y emocionales me permiten ocuparme de las necesidades de mamá. Pero también está el reconocimiento de mis propias limitaciones y la voluntad de separarme de ella cuando la interacción significa poco dinero para pagar mis facturas o poca paciencia restante para la gente que más me importa. Es una tregua incómoda que he firmado conmigo mismo y por ahora funciona.

La gente me pregunta a veces si creo que hay algo que podamos hacer para «solucionar» los problemas de mi comunidad. Sé lo que buscan: una medida política mágica o un innovador programa del gobierno. Pero estos problemas de familia, fe y cultura no son como el cubo de Rubik, y no creo que existan las soluciones (tal como la mayoría entiende ese término). Un buen amigo, que trabajó un tiempo en la Casa Blanca y se preocupa de veras por los problemas de la clase trabajadora, me dijo una vez: «La mejor forma de mirar esto sería reconocer que es probable que no puedas arreglar esas cosas. Siempre estarán presentes. Pero quizá puedas influir un poquito para ayudar a la gente que está marginada.»

Hubo muchos elementos que influyeron en mi destino. Cuando miro atrás en mi vida, lo que me sorprende es la cantidad de variables que tuvieron que encajar para que yo pudiera tener una oportunidad. Estaba la presencia constante de mis abuelos, incluso cuando mi madre y mi padrastro se mudaron lejos para dejarlos de lado. A pesar de la puerta giratoria de aspirantes a figura paterna, con frecuencia estaba rodeado de hombres cariñosos y amables. Incluso con sus errores, mamá me inculcó para toda la vida el amor por la educación y el aprendizaje. Mi hermana siempre me protegió, incluso cuando yo ya era físicamente más fuerte que ella. Dan y la tía Wee me abrieron su casa cuando yo tenía demasiado miedo para pedírselo. Mucho antes de eso, fueron mi primer ejemplo real de un matrimonio feliz y lleno de amor. Hubo profesores, parientes lejanos y amigos.

Si se elimina a toda esa gente de la ecuación, probablemente habría estado jodido. Otra gente que ha superado las expectativas cita la misma clase de intervenciones. Jane Rex dirige la oficina para estudiantes desplazados de la Appalachian State University. Como yo, creció en una familia de clase trabajadora y fue su primer miembro en ir a la universidad. También lleva casada casi cuarenta años y ha criado a tres niños afortunados. Pregúntale qué cambió su vida y te dirá que una familia estable que le dio confianza y la sensación de control sobre su futuro. Y te hablará de la importancia de ver suficiente mundo para poder soñar a lo grande: «Creo que debes tener buenos modelos de conducta a tu alrededor. El padre de una de mis mejores amigas era presidente del banco, así que pude ver cosas distintas. Sabía que había otra vida ahí fuera, y que estar expuesto a ella te da algo con lo que soñar.»

Desde siempre, mi prima Gail es una de mis personas favoritas: es una de las primeras de la generación de mi madre, los nietos Blanton. La vida de Gail es el sueño americano personificado: una casa preciosa, tres niños geniales, un matrimonio feliz y una apariencia de santa. Aparte de mamaw Blanton, casi una deidad a los ojos de sus nietos y bisnietos, nunca he oído que se llame a nadie más «la mejor persona del mundo.» En el caso de Gail, es un título totalmente merecido.

Yo di por sentado que Gail había heredado su vida de cuento de hadas de sus padres. Nadie es tan amable, pensaba, en especial nadie que haya sufrido una verdadera adversidad. Pero Gail era una Blanton y una hillbilly de corazón, y yo debería haber sabido que ningún hillbilly llega a la edad adulta sin unas cuantas cagadas por el camino. La vida doméstica de Gail le había proporcionado su propia mochila emocional. Tenía siete años cuando su padre se largó, y diecisiete cuando se graduó de la preparatoria con planes para ir a la Universidad de Miami. Pero había una trampa: «Mamá me dijo que no podía ir a la universidad a menos que rompiera con mi novio. Así que el día siguiente de la graduación me largué, y en agosto estaba embarazada.»

Casi de inmediato, su vida empezó a desintegrarse. El prejuicio racial salió a la superficie cuando anunció que un bebé negro iba a unirse a la familia. Del anuncio se pasó a las discusiones, y de un día para otro Gail se encontró sin familia. «No tuve noticias de ninguno de nuestros parientes —me dijo Gail—. Mi madre me dijo que no quería oír mi nombre nunca más.»

Dada su edad y la falta de apoyo familiar, no es sorprendente que su matrimonio no tardara en terminar. Pero la vida de Gail se había vuelto mucho más compleja. No solo había perdido a su familia, sino que tenía una hija pequeña que dependía únicamente de ella. «Cambió por completo mi vida: ser madre era mi identidad. Podría haber sido una *hippie*, pero ahora tenía reglas: nada de drogas, nada de alcohol, nada que hiciera que los servicios sociales se llevaran a mi bebé.»

Así que aquí está Gail: madre soltera adolescente, sin familia, poco apoyo. Mucha gente languidecería en esas circunstancias, pero la hillbilly tomó el control. «Papá no ayudaba mucho —recordaba Gail—, y llevaba años sin hacerlo, y yo obviamente no me hablaba con mamá. Pero recuerdo una lección que saqué de ellos: que podíamos hacer lo que quisiéramos. Yo quería ese bebé y quería que funcionara. Así que lo hice.» Consiguió un trabajo en una compañía telefónica local, trabajó para ascender e incluso volvió a la universidad. Cuando volvió a casarse, había hecho ya unos progresos alucinantes. El matrimonio de cuento de hadas con su segundo marido, Allan, es solo la cereza del pastel.

Versiones de la historia de Gail se producen con frecuencia en el lugar en el que crecí. Ves a adolescentes en apuros, a veces por su culpa y a veces no. Las estadísticas juegan en su contra y muchos sucumben: al crimen o a una muerte temprana en el peor de los casos, a los conflictos domésticos y la dependencia de los apoyos sociales en el mejor de los casos. Pero otros salen adelante. Está Jane Rex. Está Lindsay, que floreció a pesar de la muerte de mamaw; la tía Wee, que puso su vida en el buen camino después de deshacerse de un marido maltratador. Todas se beneficiaron, cada una a su manera, de la misma clase de experiencias. Tuvieron un pariente con el que podían contar. Y vieron

—gracias a un amigo de la familia, un tío o un mentor en el trabajo— lo que estaba disponible y lo que era posible.

No mucho después de que empezara a pensar en cómo se podría ayudar a la clase trabajadora estadounidense a salir adelante, un equipo de economistas, entre ellos Raj Chetty, publicó un estudio pionero sobre las oportunidades en Estados Unidos. Como era de esperar, descubrieron que para un niño pobre las posibilidades de ascender por los rangos de la meritocracia estadounidense eran menores de lo que la mayoría querríamos. De acuerdo con sus métricas, muchos países europeos parecían mejores que el Estados Unidos del sueño americano. Lo que es más importante, descubrieron que las oportunidades no estaban distribuidas de manera igualitaria en todo el país. En lugares como Utah, Oklahoma y Massachusetts, el sueño americano funcionaba bien, igual de bien o mejor que en cualquier otra parte del mundo. Era en el sur, el Cinturón del Óxido y los Apalaches donde los niños pobres tenían serios problemas. Sus descubrimientos sorprendieron a mucha gente, pero no a mí. Ni a nadie que haya pasado algún tiempo en esas zonas.

En un artículo que analizaba los datos, Chetty y sus coautores señalaban dos factores que son importantes para explicar la desigual distribución geográfica de las oportunidades: la prevalencia de padres solteros y la segregación de ingresos. Crecer rodeado de un montón de padres y madres solteros y vivir en un lugar en el que la mayoría de tus vecinos son pobres reduce enormemente el abanico de posibilidades. Significa que, a menos que tengas una mamaw y un papaw que se ocupen de que no pierdas el norte, nunca logras salir adelante. Significa que no tienes gente que te muestre con el ejemplo qué pasa cuando trabajas duro y consigues tener una educación. Significa, en esencia, que todo lo que hizo posible que Lindsay, Gail, Jane Rex, la tía Wee y yo encontráramos en cierta medida la felicidad está ausente. De modo que no me sorprendió que la Utah mormona —con su fuerte iglesia, unas comunidades integradas y las familias intactas— superara por mucho al Ohio del Cinturón del Óxido.

Creo que de mi vida se pueden sacar conclusiones sobre algunas políticas y las formas en que podríamos influir un poco en asuntos cruciales. Podemos ajustar cómo nuestros servicios sociales tratan a las familias como la mía. Recordemos que cuando tenía doce años vi cómo metían a mamá en una patrulla. Había visto antes cómo la detenían, pero sabía que esa vez era distinta. En ese momento estábamos en el sistema, recibíamos visitas de los trabajadores sociales y terapia familiar obligatoria. Y una cita en los juzgados colgaba sobre mi cabeza como la cuchilla de una guillotina.

Está claro que los asistentes sociales estaban ahí para protegerme, pero resultó evidente, muy pronto, que eran obstáculos que superar. Cuando les explicaba que me pasaba la mayor parte del tiempo con mis abuelos y que quería seguir con ese acuerdo, me respondían que los juzgados quizá no sancionaran ese acuerdo. A ojos de la ley, mi abuela era una cuidadora sin formación ni permiso para la acogida. Si a mi madre le iba mal en el juzgado, era tan probable que acabara con una familia de acogida como con mamaw. La idea de separarme de todo el mundo y todas las cosas que amaba era aterradora. Así que cerré la boca, les dije a los trabajadores sociales que todo iba bien y deseé no perder a mi familia cuando llegara el juicio.

Ese deseo se cumplió: mamá no fue a la cárcel y yo me quedé con mamaw. El acuerdo era informal: podía quedarme con mamá si quería, pero si no, la puerta de mamaw siempre estaba abierta. El mecanismo de ejecución era igualmente informal: mamaw habría matado a cualquiera que hubiera intentado alejarme de ella. Esto nos funcionaba porque mamaw era una loca y toda nuestra familia le tenía miedo.

No todo el mundo puede recurrir a la gracia salvadora de una hillbilly chiflada. Los servicios de atención a la infancia son, para muchos niños, los últimos restos de la red de seguridad; si caen a través de ella, les queda muy poco a lo que agarrarse.

Parte del problema es la manera en que las leyes estatales definen la familia. En familias como la mía —así como en la de muchos negros e hispanos— los abuelos, los primos, las tías y los tíos juegan un papel desproporcionado. Los servicios de atención a la infancia, muchas veces, los eliminan del cuadro, como hicieron en mi caso. En algunos estados se exigen permisos ocupacionales para padres de acogida —como a los enfermeros y a los médicos— aun cuando esos potenciales padres de acogida son una abuela u otro pariente cercano. En otras palabras, los servicios sociales de nuestro país no se hicieron para las familias hillbillies y con frecuencia empeoran los problemas.

Ojalá pudiera decir que se trata de un problema pequeño, pero no lo es. En un año cualquiera, 640 mil niños, la mayoría pobres, pasan algún tiempo en acogida. Añádase a eso el número desconocido de niños que se enfrentan al maltrato o al abandono, pero que por alguna razón evitan el sistema de acogida, y tenemos una epidemia, una epidemia que las políticas actuales exacerban.

Hay otras cosas que podemos hacer. Podemos construir políticas basadas en una mejor comprensión de los obstáculos que se encuentran los niños como yo. La lección más importante de mi vida no es que la sociedad no me diera oportunidades. Mis escuelas primaria y media eran perfectamente válidas y contaban con profesores que hacían todo lo que podían por ayudarme. Nuestra preparatoria estaba considerada de las peores en Ohio, pero eso tenía poco que ver con sus trabajadores y mucho con sus alumnos. Recibí becas Pell y créditos para estudiantes subsidiados por el gobierno con bajo interés que me permitieron ir a la universidad, y becas basadas en mis necesidades económicas para los estudios de Derecho. Nunca pasé hambre, en parte gracias a la jubilación que mamaw compartía generosamente conmigo. Esos programas no son ni mucho menos perfectos, pero el grado en que casi sucumbí a mis peores decisiones (y estuve muy cerca) es culpa casi por completo de factores que no están bajo el control del gobierno.

Hace poco me senté con un grupo de profesores de mi preparatoria en Middletown. A todos les preocupaba, de una forma u otra, que la sociedad dedicara demasiados recursos demasiado tarde. «Es como si nuestros políticos creyeran que la universidad es el único camino —me dijo uno de ellos—. Para muchos es genial. Pero para muchos de nuestros chicos conseguir un título universitario no es una posibilidad realista.» Otro dijo: «La violencia y las peleas son lo único que han visto desde pequeños.

Una de mis estudiantes perdió a su bebé como si hubiera perdido las llaves del coche: no tenía ni idea de dónde estaba. Dos semanas después, su hijo apareció en Nueva York con su padre, un dealer, y parte de su familia.» A menos que suceda un milagro, todos sabemos qué clase de vida le espera al pobre niño. Pero ahora, cuando una intervención podría ser de ayuda, poco se puede hacer para apoyar a esa chica.

Así pues, creo que cualquier programa político que quiera tener éxito deberá reconocer lo que mis viejos profesores de la preparatoria ven todos los días: que el verdadero problema para muchos de esos chicos es lo que pasa (o no pasa) en casa. Por ejemplo, nos daríamos cuenta de que los cupones de la Sección 8* deberían administrarse de manera que no segreguen a los pobres en pequeños enclaves. Como me dijo Brian Campbell, otro profesor de Middletown: «Cuando tienes una gran base de padres y niños de la Sección 8 apoyados por un número muy inferior de contribuyentes de clase media, es un triángulo invertido. Hay menos recursos emocionales y económicos cuando toda la gente de un barrio es de ingresos bajos. No puedes agruparlos a todos, porque entonces tienes una acumulación mayor de desesperanza.» En cambio, dijo, «si pones a chicos con ingresos bajos con los que tienen otra forma de vida, los chicos con ingresos bajos empiezan a subir.» Pero cuando, hace poco, Middletown intentó limitar el número de cupones de la Sección 8 en determinados barrios, el gobierno federal se opuso. Es mejor, supongo, mantener a esos chicos aislados de la clase media.

La política del gobierno puede que sea incapaz de resolver otros problemas de nuestra comunidad. De niño asociaba los logros en la escuela con la feminidad. La virilidad significaba fuerza, valentía, disposición a pelear y, más tarde, éxito con las chicas. Los niños que sacaban buenas calificaciones eran «mariquitas» o «nenitas.» No sé de dónde saqué esa idea. Sin duda, no

---

* La conocida simplemente como Sección 8, es la Sección 8 de la Ley de Vivienda de Estados Unidos de 1937, que autoriza el pago de asistencia de vivienda en renta a propietarios privados en aproximadamente tres millones de hogares de bajos ingresos. *(N. del E.).*

de mamaw, que me exigía buenas calificaciones, ni de papaw. Pero estaba ahí, y ahora los estudios muestran que los niños de clase trabajadora como yo rinden mucho menos en la escuela porque consideran que el estudio es una tarea de chicas. ¿Puedes cambiar esto con una ley o un programa? Probablemente no. Es más difícil influir en unas cosas que en otras.

He aprendido que los mismos rasgos que me permitieron sobrevivir durante la infancia inhiben mi éxito de adulto. Veo el conflicto y salgo corriendo o me preparo para la batalla. Esto tiene poco sentido en mis relaciones actuales, pero sin esa actitud los hogares de mi infancia me habrían consumido. Aprendí pronto a repartir mi dinero en distintos sitios por si mamá o alguien más lo encontraba y «lo tomaba prestado»; un poco debajo del colchón, otro poco en el cajón de la ropa interior, otro poco en casa de mamaw. Cuando, más tarde, Usha y yo unimos nuestras finanzas, a ella le sorprendió saber que yo tenía varias cuentas bancarias y pequeñas deudas atrasadas en tarjetas de crédito. A veces Usha todavía me recuerda que no todo lo que me parece una falta de respeto —un motociclista que me rebasa o un vecino que critica a mis perros— es motivo para una reyerta. Y yo siempre reconozco, a pesar de mis crudas emociones, que es probable que tenga razón.

Hace un par de años conducía con Usha por Cincinnati y alguien se interpuso en mi camino. Toqué el claxon, el tipo me mostró el dedo medio y cuando nos paramos en un semáforo (con ese tipo delante de mí) me quité el cinturón de seguridad y abrí la puerta del coche. Tenía pensado exigirle una disculpa (y pelearme con él si era necesario), pero mi sentido común prevaleció y cerré la puerta antes de salir del coche. Usha estaba encantada de que hubiera cambiado de opinión antes de que ella me gritara que dejara de comportarme como un chiflado (cosa que había sucedido en el pasado) y me dijo que estaba orgullosa de mí por resistirme a mi instinto natural. El pecado del otro conductor fue insultar mi honor, y era de ese honor de lo que de niño dependían casi todos los elementos de mi felicidad: hacía que el *bully* de la escuela no se metiera conmigo, me unía a mi madre cuando algún hombre o sus hijos la insultaban (aunque yo estuviera de acuerdo con el contenido del insulto), y me daba algo, por pequeño que fuera, sobre lo que ejercía un control completo. Durante los primeros dieciocho años de mi vida, más o menos, dar un paso atrás me habría valido insultos como «maricón», «flojo» o «niña.» Una buena parte de mi vida me había enseñado que la acción objetivamente correcta era repulsiva en un joven honorable. Durante algunas horas después de hacer lo correcto, me criticaba en silencio a mí mismo. Pero eso es el progreso, ¿verdad? Mejor que estar en una celda de la cárcel por enseñarle a ese idiota una lección acerca de la conducción defensiva.

Conclusión

El año pasado, poco antes de Navidad, estaba en la sección infantil de un Walmart de Washington con una lista de compras en la mano, mirando juguetes y diciéndome que ninguno era adecuado. Ese año me había presentado como voluntario para «adoptar» a un niño necesitado, lo que significaba que la sede local del Ejército de Salvación me pasaba una lista y me decía que volviera con una bolsa de regalos de Navidad sin envolver.

Parece sencillo, pero me las arreglé para encontrarles el sentido a casi todas las sugerencias. ¿Piyamas? Los pobres no se ponen piyama. Nos quedamos dormidos en ropa interior o en jeans. Incluso hoy la idea misma de una piyama me parece un capricho innecesario de la élite, como el caviar o las máquinas eléctricas para hacer cubitos de hielo. Había una guitarra de juguete que me pareció divertida e instructiva al mismo tiempo, pero me acordé del teclado electrónico que mis abuelos me regalaron un año y de cómo uno de los novios de mamá me ordenó de manera desagradable que dejara «de hacer ruido con ese puto trasto.» Pasé del material escolar de refuerzo para no parecer condescendiente. Al final opté por ropa, un falso teléfono celular y camiones de bomberos.

Crecí en un mundo en el que todos se preocupaban por cómo pagar la Navidad. Ahora vivo en uno en el que abundan las oportunidades para que los ricos y privilegiados colmen con su generosidad a los pobres de la comunidad. Muchos bufetes de abogados de prestigio patrocinan un «programa ángel» que asigna un niño a cada abogado y le proporciona una lista con los regalos que desea. El juzgado en el que trabajó Usha animaba a los empleados judiciales a adoptar un niño durante las vacaciones, el hijo de alguien que antes hubiera pasado por el sistema judicial. Los coordinadores del programa tenían la esperanza de que si otro compraba los regalos, los padres del niño se sentirían menos tentados a cometer delitos para conseguirlos. Y siempre está Toys for Tots, el programa de los Marines. Durante las Navidades de los últimos años me he visto en grandes almacenes comprando juguetes para niños que no conozco.

Mientras compro, recuerdo que estuviera donde estuviese en la escala socioeconómica estadounidense cuando era niño, otros ocupan lugares mucho más bajos: los niños que no pueden depender de la generosidad de los abuelos para tener regalos de Navidad; los padres cuya situación económica es tan apurada que recurren a los delitos —en lugar de a los préstamos rápidos— para poner los juguetes debajo del árbol. Es un ejercicio muy útil. A medida que en mi vida la escasez ha dado paso a la abundancia, estos momentos de reflexión compradora me obligan a recordarme lo afortunado que soy.

Con todo, comprar para niños con ingresos bajos me recuerda mi infancia, y cómo los regalos de Navidad podían convertirse en minas terrestres domésticas. Cada año los padres de mi barrio iniciaban un ritual muy distinto al que me he acostumbrado en mi nuevo confort material: preocuparse por cómo darles a sus hijos unas «bonitas Navidades», donde «bonitas» siempre se definía por el montón de regalos colocado bajo el árbol de Navidad. Si tus amigos te visitaban en casa una semana antes de Navidad y veían el suelo desnudo debajo del árbol, dabas una justificación: «Mamá aún no ha ido a comprar» o «Papá está esperando que llegue el pago fuerte de fin de año para comprar una tonelada de cosas.» Estas excusas pretendían enmascarar lo que todo el mundo sabía: todos éramos pobres y un montón de juguetes de las Tortugas Ninja no iba a cambiar eso.

Sea cual fuera nuestra situación económica, nuestra familia siempre conseguía gastar más de lo que tenía en las compras de Navidad. No cumplíamos los requisitos para que nos dieran tarjetas de crédito, pero había muchas maneras de gastar dinero que no tenías. Podías escribir una fecha futura en un cheque (una práctica conocida como «posfechar») de modo que el receptor no pudiera cambiarlo hasta que tuvieras dinero en el banco. Podías recurrir a un crédito a corto plazo de un prestamista. Si todo lo demás fallaba, podías pedirles prestado dinero a los abuelos. De hecho, recuerdo muchas conversaciones en invierno en las que mamá imploraba a mamaw y a papaw que le prestaran dinero para que sus hijos tuvieran una bonita Navidad. Ellos siempre protestaban por la idea que mamá tenía de lo que era una bonita Navidad, pero aun así cedían. Podía ser el día antes de Navidad, pero en nuestro árbol se amontonaban los regalos más de moda aunque los ahorros de la familia pasaran de ser pocos a ser nada y, después, de nada a algo menos que eso.

Cuando yo era bebé, mamá y Lindsay buscaron con locura un muñeco Teddy Ruxpin, un juguete tan popular que se había agotado en todas las tiendas de la ciudad. Era caro y, como yo tenía solo dos años, innecesario. Pero Lindsay aún recuerda el día perdido buscando el juguete. De alguna forma, mamá se enteró de que un desconocido estaba dispuesto a vender uno de sus Ruxpins por un considerable sobreprecio. Mamá y Lindsay fueron a su casa para hacerse con el tesoro que se interponía entre un niño que apenas podía caminar y la Navidad de sus sueños. Lo único que recuerdo del viejo Teddy es que lo encontré en una caja años más tarde, con el suéter deshilachado y la cara cubierta de mocos secos.

Fue en las vacaciones de Navidad cuando supe de las devoluciones de impuestos, que yo creía que eran pequeñas cantidades de dinero gratis que se mandaban a los pobres en año nuevo para salvarlos de los deslices económicos del anterior. Las devoluciones del impuesto de la renta eran el último bastión. «Claro que nos lo podemos permitir, lo pagaremos con el cheque de la devolución» se convirtió en un mantra navideño. Pero el gobierno era veleidoso. Había pocos momentos que provocasen más ansiedad que cuando mamá volvía a casa de ver al asesor fiscal a principios de enero. A veces la devolución superaba las expectativas. Pero cuando mamá descubría que el Tío Sam no iba a cubrir el despilfarro navideño porque sus «créditos» no eran tan altos como ella esperaba, todo ese mes se iba al cuerno. Los eneros de Ohio ya son deprimentes de por sí.

Yo daba por hecho que los ricos celebraban la Navidad como nosotros, quizá con menos preocupaciones económicas y regalos aún más lindos. Pero después de que naciera mi prima Bonnie me di cuenta de que las Navidades en casa de la tía Wee tenían un aire decididamente distinto. Por alguna razón, los hijos de mi tío y de mi tía acababan con regalos más vulgares de lo que yo, como niño, habría esperado. No había ninguna obsesión por llegar al umbral de los doscientos o trescientos dólares por niño, ninguna preocupación porque el niño sufriera si no recibía el último aparato electrónico. A Usha, en Navidad, solían regalarle libros. Mi prima Bonnie, a los once años, les pidió a sus padres que donaran sus regalos de Navidad a los necesitados de Middletown. Sorprendentemente, sus padres aceptaron: ellos no definían las Navidades de su familia por el valor económico de los regalos que acumulaba su hija.

Como quiera que se defina a estos dos grupos y a sus ideas acerca de los regalos —ricos y pobres, educados y no educados, clase alta y clase trabajadora—, sus miembros ocupan dos mundos cada ves más separados. Como emigrante cultural de un grupo al otro, soy perfectamente consciente de sus diferencias. A veces veo a los miembros de la élite con un desdén casi primario; hace poco un conocido utilizó la palabra «confabular» en una frase y yo lo único que quería era gritar. Pero tengo que concedérselo: sus hijos son más felices y más sanos, sus tasas de divorcio son más bajas, su asistencia a la iglesia más alta y sus vidas más largas. Esa gente nos está dando una paliza en nuestro propio campo.

Yo fui capaz de escapar de lo peor de mi herencia cultural. Y aunque me siento incómodo en mi nueva vida, no puedo quejarme: durante mi infancia, la vida que llevo ahora era pura fantasía. Mucha gente ayudó a crear esa fantasía. En todos los aspectos de mi vida y en todos los ambientes he encontrado parientes, mentores y amigos para toda la vida que me apoyaron y me capacitaron.

Pero con frecuencia me pregunto: ¿dónde estaría sin ellos? Pienso en mi primer año en la preparatoria, un curso que casi no pasé, y en la mañana en que mamá entró en la casa de mamaw exigiendo un frasco de orina limpia. O años antes de eso, cuando era un niño solitario con dos padres, a ninguno de los cuales veía muy a menudo, y papaw decidió que él sería el mejor padre que pudiera mientras estuviera vivo. O los meses que pasé con Lindsay, una adolescente que actuaba como una madre mientras nuestra propia madre vivía en un centro de tratamiento. O el momento, que ni siquiera puedo recordar, en que papaw instaló una línea telefónica secreta en la base de mi caja de juguetes para que Lindsay pudiera llamar a mamaw y a papaw si las cosas se salían un poco de control. Pensando en ello ahora, en lo cerca que estuve del abismo, se me pone la piel de gallina. Soy un hijo de puta con suerte.

No hace mucho comí con Brian, un joven que me recordó al J. D. de quince años. Como mamá, su madre se aficionó a los narcóticos y, como yo, tiene una relación complicada con su padre. Es un buen chico con un gran corazón y modales tranquilos. Se ha pasado casi toda su vida en los Apalaches de Kentucky; nos fuimos a comer a una restaurante de comida rápida, porque en ese rincón del mundo no hay mucho más que comer. Mientras hablábamos, advertí pequeñas rarezas que pocos más habrían advertido. No quería compartir su malteada, lo que era un poco impropio en un chico que acababa todas las frases con «por favor» o «gracias.» Se acabó la comida rápidamente y después fue mirando con nerviosismo a una persona tras otra. Me di cuenta de que quería hacer una pregunta, así que le pasé el brazo por encima del hombro y le pregunté si necesitaba algo. «S-sí —empezó a decir, negándose a mirarme a los ojos. Después, casi en un susurro—: Quería saber si podría pedir más papas fritas.» Tenía hambre. En 2014, en el país más rico de la tierra, quería un poco más de comer pero se sentía incómodo pidiéndolo. Que Dios nos ayude.

Pocos meses después de la última vez que nos vimos, la madre de Brian murió inesperadamente. Hacía años que él no vivía con ella, así que quienes no lo conozcan podrían pensar que le resultó fácil sobrellevar su muerte. Pero se equivocan. La gente como Brian y yo no perdemos el contacto con nuestros padres porque no nos importen, perdemos el contacto con ellos para sobrevivir. Nunca dejamos de amarlos y nunca perdemos la esperanza de que nuestros seres amados cambien. Más bien, nos vemos obligados, por sentido común o por la ley, a tomar el camino de la autoprotección.

¿Qué ocurre con Brian? Él no tiene una mamaw o un papaw, al menos no como los míos, y aunque tiene la suerte de tener una familia que lo apoya y que le ahorrará ir a una casa de acogida, su esperanza de una «vida normal» se evaporó hace tiempo, si es que alguna vez existió. Cuando nos conocimos, su madre ya había perdido la custodia de manera permanente. En su corta vida, ya ha experimentado muchos casos de trauma infantil, y en unos pocos años empezará a tomar decisiones sobre trabajo y educación que hasta a los niños ricos y privilegiados les cuesta tomar.

Cualquier opción que tenga va a depender de la gente que lo rodea: su familia, yo, los míos, la gente como nosotros y la amplia comunidad de hillbillies. Y si esa opción se materializa, nosotros los hillbillies tenemos que espabilarnos de una maldita vez. La muerte de la madre de Brian fue otra carta mala en una mano de por sí pésima, pero quedan muchas cartas por repartir: si su comunidad le transmite la sensación de que puede controlar su destino o lo alienta a buscar refugio en el resentimiento contra fuerzas que escapan a su control; si puede acceder a una iglesia que le enseñe lecciones de amor cristiano, familia y resolución; si esa gente que se dispone a influir positivamente en Brian encuentra apoyo emocional y espiritual entre sus vecinos.

Creo que los hillbillies somos la gente más jodidamente dura del mundo. Le metemos una sierra eléctrica por el trasero a quien insulta a nuestra madre. Hacemos que un joven se coma ropa interior de algodón para proteger el honor de una hermana.

¿Pero somos tan duros como para hacer lo que hay que hacer para ayudar a un chico como Brian? ¿Somos tan duros como para construir una iglesia que obligue a los niños como yo a implicarse en el mundo en lugar de desentenderse de él? ¿Somos tan duros como para mirarnos a nosotros mismos en el espejo y reconocer que nuestra conducta daña a nuestros hijos?

Las políticas públicas pueden ayudar, pero no hay ningún gobierno que pueda solventar esos problemas por nosotros.

Recuerdo cómo mi primo Mike vendió la casa de su madre —una propiedad que había sido de nuestra familia durante más de un siglo— porque no podía confiar en que nuestros vecinos no la saquearan. Mamaw se negaba a comprar bicicletas para sus nietos porque no hacían más que desaparecer del porche, aun cuando estuvieran con candado. Al final de su vida le daba miedo responder cuando tocaban a la puerta porque una mujer más fuerte que ella que vivía en la casa de al lado no paraba de pedirle dinero; dinero, supimos más tarde, para drogas. Estos problemas no los creaban los gobiernos, las empresas ni cualquier otro. Los creábamos nosotros y solo nosotros podemos arreglarlos.

No necesitamos vivir como las élites de California, Nueva York o Washington. No necesitamos trabajar cien horas a la semana en bufetes de abogados y bancos de inversión. No necesitamos socializar en cocteles. Pero sí necesitamos crear un espacio para que los J. D. y los Brian del mundo tengan una oportunidad. No sé cuál es la respuesta exacta, pero sé que empieza cuando dejamos de culpar a Obama o a Bush o a empresas sin rostro y nos preguntamos qué podemos hacer nosotros para mejorar las cosas.

Quería preguntarle a Brian si, al igual que yo, tenía pesadillas. Durante casi dos décadas tuve una terrible y recurrente pesadilla. La primera vez que me pasó tenía siete años, me había quedado dormido rápidamente en la cama de mamaw Blanton. En el sueño, estoy atrapado en una gran sala de reuniones, en una gran casa en un árbol, como si los elfos Keebler hubieran terminado un inmenso pícnic y su casa del árbol siguiera decorada con docenas de mesas y sillas. Estoy ahí solo con Lindsay y mamaw, cuando de repente mamá corre por la sala, derribando mesas y sillas a su paso. Ella grita, pero tiene la voz robótica y distorsionada, como filtrada por la estática de la radio. Mamaw y Lindsay corren hacia un agujero en el suelo, supongo que la escalerilla de salida de la casa del árbol. Yo me quedo atrás, y cuando llego a la salida mamá está justo detrás de mí. Me despierto en el momento en que se dispone a atraparme, cuando me doy cuenta no solo de que el monstruo me ha alcanzado, sino que mamaw y Lindsay me han abandonado.

En distintas versiones, el antagonista cambia de forma. Ha sido el instructor del Cuerpo de Marines, un perro que ladra, el malo de una película y un profesor cruel. Mamaw y Lindsay siempre aparecen, y siempre salen justo delante de mí. Sin excepción, el sueño me provoca puro terror. La primera vez que lo tuve me desperté y corrí hacia mamaw, que se había quedado despierta hasta tarde viendo la tele. Le expliqué el sueño y le rogué que nunca me dejara. Ella me prometió que nunca lo haría y me acarició el pelo hasta que volví a quedarme dormido.

Mi inconsciente me había dejado en paz durante años cuando, de la nada, tuve ese sueño de nuevo pocas semanas después de graduarme como abogado. Había una diferencia crucial: el sujeto de la ira de los monstruos no era yo sino mi perro Casper, con el que había perdido los nervios la noche anterior. No salían Lindsay ni mamaw. Y el monstruo era yo.

Perseguía a mi pobre perro por la casa del árbol con la esperanza de atraparlo y estrangularlo. Pero sentía el terror de Casper y sentía mi vergüenza por haber perdido los estribos. Al final lo atrapaba, pero no me desperté. Casper se dio la vuelta y me miró con esos ojos tristes, que te atraviesan el corazón y que solo tienen los perros. Así que no lo estrangulé; le di un abrazo. Y la última emoción que sentí antes de despertarme fue de alivio por haber controlado mis nervios.

Salí de la cama en busca de un vaso de agua fría, y cuando volví Casper me estaba mirando, preguntándose qué demonios estaba haciendo despierto ese humano a esas horas. Eran las dos de la madrugada, probablemente la misma hora en que me desperté por primera vez del terrorífico sueño veinte años antes. Mamaw no estaba para reconfortarme. Pero en el suelo estaban mis dos perros, y tendida en la cama el amor de mi vida. El día siguiente iría al trabajo, sacaría a los perros al parque, compraría comida con Usha y haríamos una buena cena. Era todo lo que siempre había querido. Así que le di una palmada en la cabeza a Casper y volví a dormir.

Agradecimientos

Escribir este libro fue una de las experiencias más exigentes y gratificantes de mi vida. Aprendí muchas cosas que no sabía sobre mi cultura, mi barrio y mi familia, y volví a aprender muchas otras que había olvidado. Estoy en deuda con mucha gente. En orden azaroso:

Tina Bennett, mi maravillosa agente, creyó en el proyecto incluso antes que yo. Me animó cuando lo necesité, me presionó cuando lo requerí y me guio a través de un proceso de publicación que al principio me aterrorizaba. Tiene el corazón de una hillbilly y la mente de una poeta, y me honra poder llamarla amiga.

Además de Tina, la persona que más reconocimiento merece por la existencia de este libro es Amy Chua, mi profesora de contratos en Yale, que me convenció de que mi vida y las conclusiones que sacaba de ella merecían ser escritas. Tiene el sentido común de una académica respetable y la entrega confiada de una Madre Tigre, y en muchas ocasiones necesité, y me beneficié, de ambas cosas.

Todo el equipo de Harper merece un tremendo reconocimiento. Jonathan Jao, mi editor, me ayudó a pensar de forma crítica sobre lo que quería que fuera el libro y tuvo la paciencia de ayudarme a lograrlo. Sofia Groopman leyó el libro con una mirada nueva cuando con más desesperación lo necesitaba. Joanna, Tina y Katie me guiaron por el proceso de promoción con afecto y talento. Tim Duggan nos dio, a este proyecto y a mí, una oportunidad cuando no tenía ninguna necesidad de hacerlo. Estoy agradecido con todos ellos y con el trabajo que han hecho en mi favor.

Mucha gente leyó varios manuscritos y me hizo importantes comentarios, desde cuestionar el uso de una palabra en una frase concreta hasta poner en duda la sensatez de borrar un capítulo entero. Charles Tyler leyó uno de los primeros manuscritos y me obligó a centrar el libro en unos pocos temas fundamentales. Kyle Bumgarner y Sam Rudman me hicieron útiles comentarios al principio del proceso de escritura. Kiel Brennan-Marquez, que tiene la carga oficial y no oficial de haberme enseñado a escribir durante muchos años, leyó y criticó varios manuscritos. Les agradezco el esfuerzo a todos ellos.

Estoy agradecido con mucha gente que compartió conmigo su vida y su trabajo, entre ellos Jane Rex, Sally Williamson, Jennifer McGuffey, Mindy Farmer, Brian Campbell, Stevie Van Gordon, Sherry Gaston, Katrina Reed, Elizabeth Wilkins, JJ Snidow y Jim Williamson. Me expusieron a nuevas ideas y experiencias y, con ello, hicieron mejor este libro.

He tenido la suerte de tener a Darrell Stark, Nate Ellis, Bill Zaboski, Craig Baldwin, Jamil Jivani, Ethan (Doug) Fallang, Kyle Wash y Aaron Kash en mi vida, y considero a cada uno de ellos más un hermano que un amigo. He tenido la suerte, además, de tener mentores y amigos de una increíble capacidad, que han permitido que tuviera acceso a unas oportunidades que no me merecía. Entre ellos están: Ron Selby, Mike Stratton, Shannon Arledge, Shawn Haney, Brad Nelson, David Frum, Matt Johnson, el juez David Bunning, Reihan Salam Ajay Royan, Fred Moll y Peter Thiel. Muchos de estos amigos leyeron versiones del manuscrito y me hicieron comentarios críticos.

Debo muchísimo a mi familia, especialmente a los que abrieron su corazón y compartieron sus recuerdos, por difícil o doloroso que les resultara. Mi hermana Lindsay Ratliff y la tía Wee (Lori Meibers) merecen un agradecimiento especial, por ayudarme a escribir este libro y por apoyarme durante toda mi vida. También estoy agradecido con Jim Vance, Dan Meibers, Kevin Ratliff, mamá, Bonnie Rose Meibers, Hannah Meibers, Kameron Ratliff, Meghan Ratliff, Emma Ratliff, Hattie Hounshell Blanton, Don Browman (mi padre), Cheryl Bowman, Cory Bowman, Chelsea Bowman, Lakshmi Chilukuri, Krish Chilukuri, Shreya Chilukuri, Donna Vance, Rachael Vance, Nate Vance, Lilly Hudson Vance, Daisy Hudson Vance, Gail Huber, Allan Huber, Mike Huber, Nick Huber, Denise Blanton, Arch Stacy, Rose Stacy, Rick Stacy, Amber Stacy, Adam Stacy, Taheton Stacy, Betty Sebastian, David Blanton, Gary Blanton, Wanda Blanton, Pet Blanton, Teabarry Blanton y todos los hillbillies chiflados que he tenido el honor de considerar mi gente.

Y en último lugar, pero, sin duda, no menos importante, a mi querida esposa, Usha, que leyó cada una de las palabras de mi manuscrito docenas de veces, me hizo comentarios muy necesarios (¡incluso cuando no los quería!), me apoyó cuando estuve tentado a abandonar y celebró conmigo los momentos en que avanzaba. Mucho del mérito de este libro y de mi vida feliz es de ella. Aunque una de las cosas que más lamento en mi vida es que mamaw y papaw no la conocieran, que yo sí lo hiciera es el motivo de mi mayor alegría.

booket